Alina Bronsky

Spiegelriss

Weitere Bücher von Alina Bronsky im Arena Verlag:
Spiegelkind

Alina Bronsky

Spiegelriss

Arena

Für Lilith

FSC
www.fsc.org
MIX
Papier aus verantwortungsvollen Quellen
FSC® C110508

1. Auflage 2013

Covergestaltung: Frauke Schneider
Gesamtherstellung: Westermann Druck Zwickau GmbH
ISBN 978-3-401-06799-5

www.arena-verlag.de
Mitreden unter forum.arena-verlag.de
www.spiegel-trilogie.de

Babyfuß

Ich sehe das Feuer nicht, aber ich spüre seine Nähe.

Das Rudel hat sich um die Feuerstelle versammelt. Ich halte mich abseits, ich mag keine Ellbogen an meinen Rippen und keine Füße in meinem Gesicht. Ich will nicht, dass jemand mir seinen Kopf auf die Schulter oder auf die Oberschenkel legt, wie es hier alle tun, um sich aneinander zu wärmen. Tief in mir drin weiß ich, dass es vielleicht langsam ganz gut wäre, wenn ich näher an die anderen rücken, mich geselliger und aufgeschlossener zeigen würde. Aber ich kann das nicht.

Mehr als einmal habe ich schon ein verächtliches Zischen hinter meinem Rücken gehört – dass ich seltsam und eingebildet sei. Dabei gibt es nichts, worauf ich mir etwas einbilden könnte. Niemand hier ist so hilflos und unwissend wie ich. Ich bin dem Rudel dankbar dafür, dass es mich aufgenommen hat. Ohne sie alle wäre ich längst verhungert und erfroren. Aber ich kann mich auch nach Monaten noch nicht dazu überwinden, so zu tun, als wäre ich eine von ihnen.

Ich liege zusammengerollt auf der Seite, die Knie berühren das Kinn, meine Arme sind um meine Beine geschlungen. Ich höre das Knacken des Brennholzes, der Wind weht den Rauch zu mir rüber.

Es ist Nacht. Das Rudel ist hungrig. Das ist immer so. Mit

leerem Magen kann man schwer einschlafen, deswegen versuchen alle, sich mit Gruselgeschichten von der Leere im Bauch abzulenken. Abwechselnd schrauben sich Stimmen hoch, erkämpfen sich das Rederecht, das sie dann mit blutrünstigen Details verteidigen. Wenn die Spannung nachlässt, wird sofort gemeutert und der abgewürgte Erzähler muss dem nächsten Platz machen.

»Und dann beschlossen die Pheen, sich an der Normalität zu rächen.«

Ich lege mir die Hand aufs Ohr, kriege aber trotzdem die Stimme mit, die der Wind zusammen mit dem Rauch von der Feuerstelle zu mir rüberweht. Ich kann das alles nicht mehr hören. Fast alle Gruselgeschichten drehen sich um Pheen. Wenn ich nicht so hungrig und durchgefroren wäre, hätte ich vielleicht noch die Kraft gefunden, darüber zu grinsen. Die Ängste der anderen kommen mir albern vor. Sie wissen nicht, woher der eigentliche Schrecken kommt. Wenn sie wüssten, wo ich bis vor Kurzem noch gewesen bin, würden sie mich garantiert mit etwas mehr Interesse ansehen.

»Uuuuuuhhhh«, kommt es in einem vielstimmigen Chor. »Nicht immer das Gleiche.«

Genau, denke ich, drücke die Hand fester auf die Ohrmuschel. Obwohl ich meine Finger schon kaum spüre, scheint das Ohr noch viel kälter zu sein, jedenfalls fühlt es sich an, als würde es gar nicht zu mir gehören.

»Es ist überhaupt nicht das Gleiche«, verteidigt sich der heisere Erzähler, den ich nicht sehen kann.

Ich nehme die Hand von meinem Ohr und drehe mich auf die andere Seite. In der Geschichte, die gestern erzählt wurde, haben die Pheen normalen Männern die Herzen geklaut und gegessen. Das kam gut an: Das Rudel lauschte konzentriert wie nie. Ich hatte mein Gesicht versteckt, damit niemand die Grimassen mitbekam, die ich mir nicht verkneifen konnte. In der Geschichte von vorgestern ging es darum, wie die Pheen den Männern Küchenschaben ins rechte Ohr pflanzen. Die merke man dann am Kribbeln im Kopf, erzählte die dünne Stimme und schwor, es von der eigenen Großmutter gehört zu haben, die es persönlich beobachtet habe. Die Küchenschaben würden sich vermehren, das Regiment übernehmen über den Körper und den Normalen von innen auffressen. Bleibt nur die Hülle übrig, verlassen sie den Körper durch den Mund.

Ich musste kurz würgen, während die anderen zustimmend nickten und sagten, so etwas hätten sie schon gesehen: tote Leute, denen etwas aus dem Mund kroch.

»Die Pheen hassen die Normalen«, sagt jetzt eine piepsige Stimme ganz nah bei mir. »Deswegen klauen sie ihnen ihre Seelen.«

»Die Normalen hassen die Pheen«, korrigiert jemand von links.

»Klappe!«, schreien einige andere. Sie wollen nun doch weiter hören, wie genau sich die Pheen an der Normalität rächen wollten.

Der Erzähler fährt also fort.

»Sie wollen sich für das Dementio rächen. Für ihre Schwester, die dort eingesperrt wurde und nie wieder herauskam.« Die Stimme wird kraftvoller und geschmeidiger. Entweder der Erzähler ist noch nicht lange dabei oder er raucht weniger Spot als die anderen.

»Das Dementio ist eine alte Idee, so alt wie die Normalität. Damals wusste niemand davon, es war sehr geheim. Die Normalen bauten es und sicherten es mit Stacheldraht, bewaffneten Soldaten und abgerichteten Hunden. Alle Pheen sollten dahin kommen. Aber die Pheen spürten die Gefahr und zogen sich in den Wald zurück. Nur eine einzige, sehr junge Phee wurde gefangen und ins Dementio gebracht. Sie war unerfahren und leichtsinnig und hatte vor nichts Angst. Und sie erwartete ein Kind. Vielleicht war es das, was die Phee so anfällig machte. Ein riesiges, großes, bewachtes Dementio für eine einzige, junge, schwangere Phee.

Die Nachbarn erzählten damals, dass sie das Weinen und Schreien der Phee nächtelang hörten. Sie kratzte an den Wänden und trommelte gegen die Fenster, bis man sie fesselte und knebelte, damit sie endlich still war. Trotzdem gelang es ihr, auch mit Knebel im Mund so laut zu sein, dass es den Nachbarn durch Mark und Bein ging. Selbst wenn sie sich die Ohren zuhielten, hörten sie die anklagende Stimme der jungen Phee, die sie wütend verfluchte.

Mein Kind wird euch zerstören, an seinen Flügeln werdet ihr es erkennen, hörten sie – es vibrierte nicht nur in ihren Ohren, sondern in ihrem ganzen Körper, ging ihnen unter die Haut, durch Mark und Bein.

Für einen Augenblick vergesse ich, wo ich bin. Ich spüre nicht mehr die kalte Erde unter mir, ich richte mich auf und versuche zu erkennen, wer da gerade erzählt, aber er ist verborgen in dem dichten Ring aus aneinandergedrückten Rücken und Gliedmaßen. Das Feuer knistert und das Rudel hält die Luft an.

Ich lege mir die Hand auf die Brust. Mein Herz schlägt so schnell, ich habe Angst, dass es mir gleich aus der Brust springt und davonhüpft.

Früher weckte mich der Juckreiz auf meinen Schulterblättern. Jetzt wache ich auf, weil meine Füße frieren. Das unterscheidet mich von den anderen in unserem Rudel: Alle scheinen sich an die nächtliche Kälte längst gewöhnt zu haben. Sie tragen nicht mehr am Leib als ich, übergroße Jacken aus den Müllcontainern über zerschlissenen Pullovern, abgerissene Ärmel unbrauchbar gewordener Hemden um die Beine gewickelt. Die Haut ihrer Sohlen ist bereits braun und hart, während meine unter der Schmutzschicht noch rosa und leider immer noch sehr empfindlich ist. Als hätte ich gerade erst meine Lederschuhe ausgezogen, von denen ich früher mehrere identische Paare im Schrank stehen hatte, natürlich blank poliert.

Nicht zufällig werden die Neulinge hier auch so genannt – Babyfüße. Ich bin ein Babyfuß, das heißt, ich bekomme als Letzte zu essen und kriege öfter als andere einen Ellbogen in die Magengrube, manchmal gönnerhaft, öfter rüpelhaft-gehässig. Sie erklären mir die Welt und ich höre zu. Ich brauche dieses Rudel, denn allein wäre ich längst verloren. Also nicke ich, stelle dumme Fragen, ziehe meine blau angelaufenen Zehen ein, kratze mit den schmutzigen, langen Nägeln an den Narben auf meinem Rücken herum.

Wegen meiner Ticks gelte ich als durchgeknallt, aber das wundert hier niemanden. Aus der Normalität herauszufallen, verursacht einen mittleren Dachschaden; manchmal ist es auch genau umgekehrt, der Dachschaden führt den Absturz herbei. Mein Schweigen über meine Vorgeschichte, meine Weigerung, mein Gesicht zu waschen, meine Unbeholfenheit in praktischen Dingen – das ist, so komisch es auch klingt, in *meiner* Situation das Normalste der Welt. Der Schmutz in meinem Gesicht ist mein wichtigster Schutz: Niemand aus meinem früheren Leben würde mich jetzt wiedererkennen. Ich bin ein Babyfuß ohne Namen. Mir ist es recht, als Babyfuß angesprochen zu werden, denn mein richtiger Name würde mich umbringen.

Es kommt selten vor, dass wir alle zusammen durch die Straßen ziehen. Immerhin sind wir, wenn das Rudel komplett ist, fast zwei Dutzend unterschiedlich gestörte, aber gleichermaßen zerlumpte Wesen. Weit würden wir zusammen nicht kommen. Mehr als drei Jugendliche, die gemeinsam unterwegs sind, gelten der Normalität als verdächtig, insbesondere dann, wenn es sich um Jugendliche mit fleckigen Gesichtern und vor Schmutz steifen Haaren in allen Regenbogenfarben handelt. Ich weiß nicht einmal genau, wer in unserem Rudel Mädchen und wer Junge ist. Ich verberge mein Gesicht, aber genauso wenig versuche ich, anderen in die Augen zu schauen und mir ihre Gesichtszüge zu merken.

Was sich dagegen nicht vermeiden lässt, sind die Stimmen, die sich einbrennen. Heiser sind fast alle, vor Kälte und Spot, aber trotzdem kann ich das Krächzen der Krähe vom hysterischen Geschrei der Hyäne unterscheiden, den Husten des Kojoten vom Kläffen des Feneks. Mir gefallen die Tiernamen in meinem Rudel, aber ich habe mir noch keinen eigenen verdient. Ich bleibe ein Babyfuß ohne Namen und ich muss dankbar sein, dass man mich durchfüttert, obwohl ich bis jetzt nicht wirklich von Nutzen war.

Meine Aufgabe ist denkbar einfach: rumzulaufen und möglichst unauffällig nach Essen zu suchen. Das Rudel nennt es Futter. Ich nenne es Abfall, aber ich habe gelernt, mein Gesicht dabei nicht mehr so angewidert zu verziehen. Früher, kichert die Hyäne abends am Feuer, war es einfacher. Überhaupt war alles einfacher. Man konnte in den Mülltonnen vor den Restaurants wühlen. Dann kamen die Schlösser an die Deckel der Mülltonnen. Irgendwann wurden sie sogar bewacht. Es war die Zeit, in der die kleineren Abfalleimer der kommunalen Straßen in den Blickpunkt des dauerhungrigen Rudels rückten, aber dort gab es nie viel zu holen, höchstens Zitronencreme- und Schokoladenspuren an der Verpackung von Vitaminriegeln, abgeknabberte Gehäuse von Äpfeln und Birnen, Mandarinenschalen, nicht ganz ausgekratzte Joghurtbecher.

Ich bin immer noch nicht hungrig genug, um irgendwas davon in die Hände zu nehmen, geschweige denn in den Mund. Dafür habe ich auch gelernt, welche Blätter und Beeren der städtischen Hecken essbar sind, wobei sich auch das rasch verändert: Was gestern noch genießbar war, wird heute mit Abwehrsprays gespritzt, von denen wir niesen und husten müssen und uns die Augen anschwellen. In der kurzen Zeit, die ich dabei bin, habe ich schon einige neue Sträucher entdeckt an Stellen, die am Vortag noch völlig kahl waren.

Die Idee hatte, wie immer, der Kojote: nicht mehr die Abfalleimer in Parks oder an öffentlichen Haltestellen durchsuchen, sondern vor Schulen. Wir gehen zum Lyzeum, sagt er an diesem Morgen. Dort würden die Müllkörbe überquellen vor angebissenen Sandwiches, fast kompletten Vitaminriegeln und höchstens zu einem Drittel geleerten Traubenzuckerpäckchen. Am Lyzeum studiert das Geld, flüstern die heiseren Stimmen in unserem Rudel. Die Lyzeisten holen sich an ihren Automaten und in der Kantine mehr Essen, als sie brauchen, schließlich ist alles bereits von ihren Eltern bezahlt. Sie haben aber selten Hunger und stopfen ihre schicken Taschen lieber mit Drogen voll als mit übrig gebliebenen Essensresten.

Die Vorstellung lässt die matten Gesichter im Rudel aufleuchten. Es ist nicht das erste Mal, dass ich Gespräche darüber aufschnappe: Die Lyzeums-Tour gilt als die leichteste und ergiebigste und alle wollen dahin. Dürfen aber selten. Das Lyzeum ist bewacht und in seiner Nähe fällt man schnell auf. Ich bin die Einzige, die sich noch nie freiwillig für diese Tour gemeldet hat, und ich schüttele auch jetzt den Kopf, als Kojote mit seinem blauschwarzen Fingernagel auf mich zeigt.

»Babyfuß, du hast blaue Lippen. Du gehst heute zum Lyzeum. Bring was mit und futter dich selber auch mal satt.«

»Nein«, sage ich und alle schauen auf. Ich sage selten was. Ich lehne nie etwas ab. Und ich widerspreche nicht – schon gar nicht dem Kojoten. Die Ratte und der Lurch, das Pony und die Kröte verdauen es kurz und stimmen mir dann lautstark zu.

»Babyfuß ist doch total unfähig.«

»Babyfuß hat keine Ahnung.«

»Wieso darf er? Ich war seit Ewigkeiten nicht mehr am Lyzeum.«

»Ruck, zuck hat er uns in die Scheiße geritten.«

Ich zucke immer noch zusammen, wenn ich Kraftausdrücke höre. An schmutzige Nägel und dauerknurrenden Magen habe ich mich gewöhnt, an Schimpfworte immer noch nicht.

»Siehst du nicht, wie daneben er ist, Kojote?«

Kojote wäre nicht Kojote, wenn er nicht alle mit einer Handbewegung zum Schweigen bringen könnte. Ich schau zwischen den Haarsträhnen, die mir ins Gesicht hängen, aus der Hocke zu ihm auf. Er sieht auf mich herunter, ich wende mich wie gewohnt ab. Zurückzustarren hieße, den Kampf herauszufordern, und ich könnte gerade nicht mal mit einer Katze kämpfen. Allerdings will ich auf keinen Fall zum Lyzeum. Das scheint Kojote als Einziger von ihnen zu kapieren und vermutlich sagt er exakt aus diesem Grund so leise, dass alle die Luft anhalten, um ihn hören zu können:

»Babyfuß geht zum Lyzeum. Damit er uns nicht in die Scheiße reitet, komme ich mit und passe auf.« Dabei krümmen sich seine Lippen ganz leicht, als er das Wörtchen *er* ausspricht. Und ich werde den Verdacht nicht los, dass er das extra sagt, weil ihm sehr wohl bewusst ist, dass ich eigentlich eine *sie* bin – als wären Babyfüße nicht geschlechtslose Wesen, die sich allesamt zum Verwechseln ähnlich in ihrer Hilflosigkeit und ihrem Dauerfrieren sind.

Darauf sagt keiner mehr etwas. Ich habe in der kurzen Zeit, die ich im Rudel bin, nicht herausfinden können, warum hier niemand dem Kojoten widerspricht. Es gibt Jungs, die deutlich größer und vermutlich auch älter sind – so genau kann man es nie sagen. Kojote ist eher schmächtig als kräftig. Seine Lumpen unterscheiden sich kein bisschen von denen der anderen. Seine Füße sind schwarz.

Das Einzige, was an ihm auffällt, sind die hellsten Augen, die ich je gesehen habe. Ein Graublau fast an der Grenze zu Weiß. Wenn er seine Pupillen auf mich richtet, fühle ich mich wie aufgespießt. Wahrscheinlich geht es anderen auch so. Ich habe ihn selten die Stimme erheben hören. Meist spricht er leise und ist erstaunlich höflich.

Vor vier Tagen habe ich erlebt, wie er zugeschlagen hat. Von der Vorgeschichte hatte ich nichts mitbekommen, wie immer in eigene Gedanken vertieft, und habe nur aus dem Augenwinkel gesehen, wie seine Faust plötzlich mitten in Hyänes Gesicht flog, wie Hyäne gleich darauf zurücktaumelte, einen blutigen Zahn ausspuckte und sich winselnd unter einen Haufen alter Zeitungen grub. Das kann ich nicht vergessen. Dass Kojote ausgerechnet ein Mädchen geschlagen hat, lässt mir die Perspektive, zum ersten Mal mit ihm allein unterwegs zu sein, nicht gerade rosig erscheinen.

»Willst du mir was sagen, Babyfuß?« Die fast farblosen Augen mit je einem schwarzen Punkt in der Mitte, spitz wie Stecknadelköpfe, bohren sich in meinen Blick. Ich fühle mich bedrängt, spüre Panik aufsteigen. Aus beinahe selbstmörderischem Trotz schiebe ich den fettigen Haarvorhang vor meinen Augen beiseite und starre gegen jede Vorsicht zurück. Manchmal habe ich solche Momente, obwohl ich sonst sehr vorsichtig bin, denn ich weiß, dass ich überleben *muss*.

Um uns herum wird es so still, wie es nur sein kann, wenn ein Dutzend verstopfte Nasen gleichzeitig die Luft anhalten. Ich höre deutlich, wie es in den chronisch verkühlten Atemwegen um mich herum rasselt. Sekunden dehnen sich endlos.

Kojote wendet sich nicht ab und ich auch nicht. Ich lasse es jetzt drauf ankommen. Was habe ich schon zu verlieren?

Und dann kapiere ich es plötzlich.

Er weiß, wer ich bin.

Wenn er mich einfach ins Gesicht geschlagen hätte, wäre ich jetzt weniger erschrocken. Ich reiße den Kopf nach unten, Haare fallen mir wieder in die Augen, Tränen quellen hervor, ich wische mit der Faust drüber.

Kojote grinst. »Dann ist ja alles klar.« So eine raue Stimme, so ein sanfter Tonfall.

Lyzeum

Wir laufen Seite an Seite durch das Stadtzentrum. Der Weg ist elend lang und es wird wieder Abend werden, bis wir zurück sind. Früher bin ich solche Strecken nie gelaufen. Ich schaue auf meine Füße und könnte heulen vor Mitgefühl, das ich für jede einzelne meiner Zehen empfinde. Ich versuche, nicht vor Selbstmitleid zu zerfließen.

Meinen Blick halte ich aus mehreren Gründen gesenkt. So muss ich mich nicht damit beschäftigen, ob und wie Kojote mich anschaut und warum er es auf genau die Art und Weise tut, wie er es tut. Zweitens kann ich so am besten mein Gesicht verbergen. Das reduziert das Risiko, dass ich von jemandem erkannt werde.

Drittens: Es ist die einzige Möglichkeit zu ertragen, durch die Straßen zu laufen, über die mich einmal der gut gefederte Schulbus geschaukelt hat. Genauso einer wie der, der gerade vorbeifährt. Ich halte die Augen gesenkt, kann aber das vertraute zischende Geräusch nicht ausblenden, mit dem die kindsgroßen Busreifen an einer Ampel abbremsen.

Es hat nichts mehr mit mir zu tun, wiederhole ich mein neues Mantra, das mich jetzt am Leben halten muss. Das Mädchen, das mit diesem Bus gefahren ist, das bin nicht mehr ich. Das ist irgendwo in der Vergangenheit abgeblieben, ich habe sie verloren, nein, man hat sie mir weggenommen. Ich will sie nicht wiedersehen, ich habe nichts mehr mit ihr gemein.

Ich lüge mich selbst an.

Ich versuche, über etwas anderes nachzudenken. Zum Beispiel darüber, dass ich Glück habe: Es ist immerhin ein ungewöhnlich warmer Oktober. Ich mag es mir nicht ausmalen, wie es sich anfühlt, wenn es schneit und sich Eisspitzen in die nackten Sohlen bohren.

Ich könnte Kojote fragen.

»Was macht ihr eigentlich im Winter?«

»Wir fliegen in den Süden.«

Ich schaue zu ihm auf. »Im Ernst jetzt?«

»Nein.«

Ich senke den Blick wieder auf die Risse im Asphalt. Daraus drängen sich irgendwelche Gräser ans Tageslicht. Habe ich zu selten vor meine Füße geschaut oder war der Bürgersteig früher anders? Hat sich der Zustand der Straßen verschlechtert oder kommt es mir nur so vor? Kojote will mir nicht sagen, wie das Rudel barfuß im Winter überlebt.

Ich habe es nicht anders verdient. Ich rede mit niemandem, also kann ich auch nicht erwarten, dass irgendjemand mir helfen will. Schon gar nicht Kojote.

Wir sind jetzt da und können von der gegenüberliegenden Straßenseite das gusseiserne, herrlich altmodische Lyzeumstor sehen, so vertraut, dass der Anblick mir einen Stich versetzt. Neu ist die Bewachung. Wir haben alle mitbekommen, dass die Sicherheitsbranche floriert. Über jedem Blumenbeet hängt eine Überwachungskamera und vor jedem Bäcker steht jemand in grüner Uniform. Die privaten Dienste versuchen, sich im Farbton den Jacken und Helmen der Polizei anzunähern – dabei ist das patentierte Mintgrün der öffentlichen Sicherheit vorbehalten.

Das Lyzeum wird natürlich von der Polizei bewacht. Vier Männer in Mintgrün flankieren den Eingang, ich sehe neidisch auf ihre schweren, glänzenden Stiefel. Was würde ich jetzt alles dafür geben. Die Polizisten haben uns sofort entdeckt, sie bewegen sich aufeinander zu und unterhalten sich, wobei sie immer wieder auf uns deuten.

Ich trete automatisch hinter Kojotes Rücken.

»Siehst du sie, Babyfuß?«, sagt er leise.

»Natürlich sehe ich sie«, murmele ich. »Ich bin nicht blind.«

Dann begreife ich, dass er im Gegensatz zu mir nicht die Polizei meint, sondern die Mülltonnen. Aber das kann nicht sein Ernst sein. Die mintgrünen runden Eimer sind keine zwei Meter von den mintgrünen Uniformen entfernt. Die Eimer, in die ich selber unzählige Male Bonbonpapiere und Papierservietten versenkt habe.

»Wir können da nicht hin, Kojote.« Meine Stimme bekommt einen schrillen, bettelnden Unterton. »Siehst doch selbst, sie beobachten uns.«

»Jetzt mach dir nicht ins Hemd. Wir sind harmlos. Hast du Angst, dass du zurück nach Hause gebracht wirst?«

Ich bin so verblüfft, dass ich die Wachmänner für einen Moment vergesse. »Wohin?«, frage ich, schiebe mir die Haare aus dem Gesicht, blicke in Kojotes blaugraue Augen. »Sehe ich aus, als hätte ich ein Zuhause?«

»Halte die anderen nicht für zu dumm, Babyfuß.« Seine Hand schnellt nach vorn, packt meinen Unterarm. Ich versuche, mich aus seinem Griff zu winden, aber seine Finger sind unnachgiebig. Er schiebt den übergroßen Ärmel zur Seite und hält mir mein eigenes Handgelenk unter die Nase.

»Was ist das da?«

Ich muss seiner Aufmerksamkeit Respekt zollen: Der schmale weiße Streifen auf meiner Haut ist kaum zu erkennen. Aber er ist da, wenn man genau hinschaut, sieht man die Grenze zwischen der leichten Bräunung und der helleren Spur. Der Spur meines ID-Armbands.

»Lass mich los.« Ich zappele in seinem Griff. Er hält mich immer noch fest.

»Verrat mir, woher du kommst, Babyfuß.«

Ich schüttele den Kopf.

»Soll ich dir auf die Sprünge helfen?«

Ich halte still und blinzele ihn an.

»Okay, ich sag es dir. Du bist eine Normale, weil du ein Armband getragen hast. Das ist doch kein Staatsgeheimnis. Hör auf zu flennen, du bist nicht die einzige.« Endlich lässt er mich los.

»Ich *war* eine Normale«, sage ich und reibe mir das Handgelenk, auf dem sich die Spuren seiner Finger abzeichnen.

»Und was ist mit dir passiert?«, fragt er, aber es klingt nicht sonderlich interessiert.

»Meine Eltern haben sich getrennt.«

»Normale trennen sich nicht.«

»Das war vermutlich auch das Ende unserer Normalität. Mein Vater ist nicht gut damit zurechtgekommen und ziemlich schnell gestorben. Aber schon davor ging alles den Bach herunter.«

»Und deine Mutter?«

Ich schließe die Augen. Ich darf jetzt nicht an sie denken. Nicht daran, was passiert ist.

»Ist deine Mutter damit auch nicht zurechtgekommen?«, bohrt er nach.

Ich öffne ein Auge, plötzlich sehr erleichtert. Er weiß eigentlich gar nichts über mich, denke ich. Ich bin in Sicherheit, vorerst.

»Doch«, sage ich. »Sie ist bestens damit zurechtgekommen.«

»Also?«

Warum ist er so neugierig, denke ich wieder alarmiert, das passt doch gar nicht zu ihm. Der kurze Moment der Erleichterung ist vorbei. Ich zucke möglichst gleichgültig mit den Schultern. Das scheint ihm vielsagend genug zu sein, denn er lässt mich endlich in Ruhe.

Und ich atme aus. Was für ein Glück, dass er nicht weiß, wer der hilflose Babyfuß an seiner Seite in Wirklichkeit ist.

Vielleicht mache ich mir zu viele Sorgen, entdeckt zu werden. Immer wieder denke ich, dass ich mit meinem ungelenken, hilflosen Verhalten jedem sofort ins Auge springen muss. Ich weiß aber auch selber, dass hier ein Denkfehler ist. Verstörte Kinder und Jugendliche gehören neuerdings zum Stadtbild dazu wie die blau gestreiften Tulpen im Frühling in die Parks. Wohlstandskinder, die ihr Zuhause verloren haben, wundern niemanden mehr. Jeder einzelne dieser Teenager sieht aus, als wäre er gerade gegen eine Laterne gelaufen.

Ich kann es selber kaum fassen, dass es inzwischen so viele sind. Meine ersten Tage im Rudel liegen zwar nur drei Monate zurück, aber ich habe das Gefühl, seitdem ist eine Ewigkeit vergangen. Ich kann selber nicht sagen, ob es an meiner anfangs getrübten Wahrnehmung liegt oder ob sich die Welt um mich herum wirklich bis zur Unkenntlichkeit verändert. Anfangs fiel mir noch jedes einzelne Straßenkind auf, dem man die frühere Normalität noch ansah: ein Haarschnitt, der herauszuwachsen begann, Kleider, die sicher noch von zu Hause stammten und langsam die ersten Risse bekamen. Als es dann so viele wurden, hörte ich auf, ihnen hinterherzustarren und mich zu fragen, was sie von mir unterschied.

Meistens macht das Rudel einen großen Bogen um diese Kids – weil sie als unzurechnungsfähig und als Klotz am Bein gelten. Keine Ahnung, warum sie für mich eine Ausnahme gemacht haben.

Manchmal lese ich alte Zeitungen, in die wir uns in den Nächten wickeln, weil die wenigen Decken nicht reichen, schon gar nicht für Babyfüße wie mich. Bibbernd vor Kälte lese ich Artikel über schreckliche Dinge, die neuerdings in normalen Haushalten geschehen. Ich sauge alles gierig in mich hinein, weil es mir eine abartige Erleichterung verschafft zu erfahren, dass ich nicht die Einzige bin, deren Welt zerbrochen ist.

Inzwischen habe ich das Gefühl, dass jedes dritte Wort in der Zeitung *Phee* lautet. Wenn Familien auseinandergehen, Vermögen dahinschmelzen, ehemals wohlerzogene Kinder durchdrehen, dann hat immer eine Phee ihre Finger im Spiel. Wenn die Aktienkurse abstürzen, Lebensmittel mit Krankheitserregern infiziert sind, selbst wenn ein arbeitsloser Exnormaler Amok läuft: Es waren die Pheen.

Wie würde Kojote reagieren, wenn ich ihm meine Familiengeschichte erzählen würde? Zumindest den kleinen Teil, den ich kenne?

Kojote, meine Mutter ist eine Phee, formen meine Lippen, aber lautlos, und es ist nicht Kojotes Art, die Ohren zu spitzen, um das Gestammel eines dummen Babyfußes mitzukriegen. *Ihr haltet mich für harmlos und hilflos. Wenn ihr wüsstet, wer ich wirklich bin, was würdet ihr dann mit mir tun?*

»Was murmelst du da?«

»Nichts«, sage ich. »Lass uns um die Ecke gehen, dort ist noch eine Tür, die lässt sich nur von innen öffnen. An den Mülleimer davor kommen wir vielleicht leichter.«

»Deine alte Schule?«, fragt er scharfsinnig.

Wieder zucke ich zusammen, suche für den Bruchteil einer Sekunde seinen hellen Blick. »Und wennschon?«

Seine Hand streckt sich erneut in meine Richtung, ich will mich wegdrehen, aber er fasst mir nur unters Kinn und kitzelt mich kurz mit seinem Zeigefinger, als wäre ich ein Welpe, den man gern tätschelt. »Das macht mir gar nichts, Babyfuß. Es braucht dir nicht peinlich zu sein.«

Ich warte ab, bis seine Finger mich wieder loslassen, aber nun nimmt er mich an der Hand und zieht mich sanft mit.

»Dann zeig mir die besten Stellen, so als Ehemalige.«

Wir überqueren die Straße unter dem aufmerksamen Blick der Wachleute, nähern uns der Absperrung, laufen an dem hohen, mit Stacheldraht gesicherten Zaun entlang. Das ist nicht verboten, denke ich, wir sind weniger als drei, wir randalieren nicht, wir sind ganz friedlich. Wir können nicht verhaftet werden wie letzte Woche die fünf minderjährigen Freaks, die sich zu laut unterhalten hatten. Darüber hatte ich ebenfalls in der Zeitung gelesen. Doch die Gänsehaut auf meinem Rücken kommt nicht von der Kälte, sondern von meiner Panik.

»Hast noch viele Freunde da?«, fragt Kojote, sein Tonfall ist distanziert und amüsiert zugleich. Seine Art, mich zu beobachten und zu kommentieren, verunsichert mich enorm. Ich verstehe nicht, warum er sich überhaupt mit mir abgibt, warum er nicht ausflippt vor Ungeduld über meine Langsamkeit, mich nicht verhöhnt und einfach stehen lässt, wie es jeder andere in dem Rudel sofort tun würde. Ich bin weniger als ein Niemand, ich zähle nicht, ich bin verachtenswert und abstoßend.

Ich sollte mich jetzt auf den Abfalleimer konzentrieren, mache jedoch den Fehler, zur Seite zu schauen. Mein Blick bleibt an einer Plakatwand hängen, sie ist beklebt mit Werbung für nervenstärkende Pillen ganz ohne Nebenwirkungen und natürlich wieder mit Pheen-Warnungen.

Und mit meinem Gesicht, das gleich dreifach zu sehen ist, weil ein Exemplar dieses Fahndungsplakates offenbar nicht gereicht hat. »Minderjährige Phee – allgemeingefährlich« steht direkt über meinem Scheitel, ironischerweise ist es ein Bild aus dem Jahrbuch des vergangenen Jahres, das mich mit erschrockenen, aufgerissenen Augen, einem mit einer Haarklammer zurückgesteckten Pony und Grübchen auf den noch ziemlich runden Wangen zeigt.

Ich muss wider meinen Willen lachen, denn die schreienden roten Buchstaben passen zu diesem kindlichen Gesicht ungefähr wie Maniküre zu Kojote. Für einen Moment wird mir schwindlig, aber ich zwinge mich, im Hier und Jetzt zu bleiben, nicht abzudriften in die Erinnerung von etwas, was für mich vermutlich unwiederbringlich verloren ist. Und während Kojote auf einen Mülleimer zusteuert, mache ich einen Schritt auf die Plakatwand zu und reiße blitzschnell eines meiner Gesichter mit den dazugehörigen Buchstaben herunter. Ich rolle das zerfranste Papier zusammen und stecke es in meinen Ärmel.

Danach ruiniere ich leider den ganzen Trip, denn als ich Kojote an einem aufgeklappten angebissenen Sandwich schnuppern sehe, übergebe ich mich direkt in die Mülltonne.

Gefährlich für die Allgemeinheit

Am Abend warte ich nicht auf die Strafe. Geprügelt wird selten; meist schicken sie den Schuldigen einfach vom Feuer weg und geben ihm nichts vom gesammelten Essen ab. Während sich das Rudel um die Flammen versammelt, ziehe ich mich lieber von selbst zurück. Ich entdecke ein Stück alte Wolldecke, die offenbar gerade niemand für sich beansprucht, und wickele sie um meine Füße. Ich bin es gewohnt, am ganzen Körper zu zittern und dem Klappern der eigenen Zähne zuzuhören. Das Knistern des Feuers weckt Sehnsucht in mir, nach Wärme und noch viel mehr, aber ich verbiete es mir, dem nachzuhängen.

Ich darf nicht an das Feuer denken. Wenn ich ihm erlaube, in meine Gedanken einzudringen, dann wird mir sofort heiß. Ich spüre, wie es mit einem Funken in meinem Innern beginnt, wie es meine Haarspitzen versengt, wie meine Wangen sich röten, wie mir der Schweiß ausbricht. Ich könnte das Feuer in meiner Erinnerung willkommen heißen, aber lieber friere ich mich freiwillig zu Tode. Ich will nicht die Zweige der Baumkronen in der Hitze knacken hören, das verzweifelte Rufen der Waldtiere mitkriegen und dabei wieder das Gesicht meiner Mutter vor Augen haben. Meine eigene Stimme: *»Auch du hast mich immer angelogen! Ich will mit dir* *und deinem Wald nichts zu tun haben, du Phee!«* Die Stimme meiner Mutter, die mich bittet, nichts von dem zu tun, was ich da gerade tue. Als wüsste ich, was gerade passiert, als könnte ich irgendwas kontrollieren. Ich spüre Flammen der Wut in meiner Brust lodern, ich habe das Gefühl, dass das Feuer mit den Worten meinen Mund verlässt und auf alles überspringt, was mich umgibt.

Ich schlage mir die Hände vors Gesicht, kühle mit den eisigen Handflächen die erhitzten Augenlider.

Das abgerissene Flugblatt raschelt in meinem Ärmel, ich ziehe es raus und streiche es auf meinem Knie glatt.

Gesucht: Juliane Rettemi, minderjährige Phee, allgemein gefährlich.

Es ist nicht das erste Mal, dass ich darauf stoße. Die Plakate hängen überall in der Stadt herum. Ich sollte mich längst daran gewöhnt haben, trotzdem muss ich mich jedes Mal zügeln, um nicht empört zu protestieren oder loszulachen oder sie wütend herunterzureißen. Die Buchstaben setzen sich zu Worten zusammen, die aus den Krimis stammen könnten, die mein Vater so geliebt hat.

Nachdem die Phee heimtückisch ihren Vater, den Normalen Dr. Rudolf Rettemi, ermordet hat, fehlt von ihr jede Spur.

Ich kenne diesen Text auswendig, in manchen Nächten spreche ich ihn nach, um mich daran zu gewöhnen, dass das inzwischen mein Leben ist: Ich bin eine gesuchte Verbrecherin, eine gefährliche Unperson. Für Hinweise, die zu meiner Verhaftung führen, ist eine saftige Belohnung ausgesetzt. Unter anderen Umständen fände ich die Summe fast schon schmeichelhaft. Ich bin es nicht gewohnt, so wichtig zu sein, meinen Namen in den Artikeln zu lesen, die sich mit der Pheengefahr beschäftigen. Kein Beitrag, in dem ich nicht als Beispiel angeführt würde für das Risiko, eine Ehe mit der Phee einzugehen und mit ihr Nachwuchs zu bekommen.

Ich falte das Blatt mit meinem Gesicht zusammen und beginne, es in Fetzen zu reißen. Jemand schubst mich mit dem Fuß an, ich sehe hoch. Kojote steht neben mir und hält mir ein gepelltes und angebissenes Ei hin.

»Du musst was essen, Babyfuß. Du hättest nicht wegrennen brauchen. Ich bin nicht sauer, dass du mich vollgekotzt hast.«

»Ich will das Ei nicht«, lüge ich. Dabei knurrt mein Magen lauter, als meine Zähne klappern. Die Leere in meinem Bauch saugt alle Gedanken in sich hinein. Ich habe das Gefühl, innen ganz hohl zu sein.

Kojote beugt sich zu mir herunter, fasst mir mit der Hand ins Haar, zieht meinen Kopf zurück und stopft mir das Ei gewaltsam zwischen die Zähne. Ich schlage mit dem Fuß gegen seine Wade und spucke sofort wieder aus.

»Was fällt dir ein!«

Die Ei-Reste liegen zwischen meinen Knien auf dem Boden. Ich sehe den weißen und gelben Krümeln bedauernd hinterher. Hätte ich ein wenig länger nachgedacht, hätte ich das Ganze doch lieber runtergeschluckt.

Kojote schüttelt den Kopf. »Du bist der verrückteste Babyfuß, den ich je gesehen habe.«

Ich spüre, wie ein schiefes Grinsen ganz gegen meinen Willen mein Gesicht verzerrt.

»Was hast du da?«, fragt er plötzlich.

Ich reagiere zu langsam, denn schon reißt er mir die Fetzen

des Faltblattes aus der Hand. Ich stopfe alles, was er nicht gekriegt hat, eilig in meinen Ärmel zurück. Er hat einige erwischt und dreht sie jetzt um. Auf dem einen Stück ist ein wenig von meiner Wange zu sehen, meine frühere Wange, wohlgemerkt, pausbäckig wie bei einem Kleinkind, sanft gerötet und mit einem niedlichen Grübchen gekrönt. Kein Vergleich zu meinem jetzigen hohlwangigen Gesicht. Auf dem anderen Papierfetzen ist ein Teil des Haaransatzes zu sehen, mit der Spange, die mit einem hellblauen Blümchen verziert ist.

Während Kojote sie betrachtet, hole ich die übrig gebliebenen Papierreste wieder hervor und reiße sie in noch kleinere Stücke. Gut, dass er keinen Ausriss mit einem Auge erwischt hat, denke ich. An den Augen könnte er mich noch erkennen. Ich muss noch vorsichtiger sein, mein Kopfgeld ist einfach zu hoch. Im Rudel gibt es niemanden, der sich in den letzten Monaten satt gegessen hätte.

»Wo hab ich das schon mal gesehen?«, überlegt Kojote laut und steckt zu meinem Entsetzen die beiden Papierstücke unter sein Hemd.

Er geht zurück zum Feuer, ohne mich noch eines Blickes zu würdigen. Ich sammele das zerkrümelte Eigelb vom Boden auf und stopfe es hastig in den Mund, bevor eine der fetten aggressiven Tauben, die den Vergiftungskommandos der Stadtverwaltung bis jetzt entkommen sind, mich mit ihrem krummen Schnabel und ihren Flügeln beiseitedrängt und alles aufpickt.

In dieser Nacht erlaube ich mir das erste Mal seit längerer Zeit zu weinen. Das Rudel ist am Feuer enger zusammengerückt. Die Jungs und Mädchen, die Seite an Seite kauern, sich aufeinander abstützen, sehen mit ihren ineinander verkeilten Gliedmaßen und gerundeten Rücken wirklich wie Tiere aus. Die Haare stehen ab wie zerrupftes buntes Gefieder. Alle im Rudel haben Freakfrisuren. Der einzige Akt der Körperpflege, der hier nicht vernachlässigt wird, ist das regelmäßige Buntmachen der Haare mithilfe von Sprühfarben aus Metalldosen.

In den ersten Tagen hatte ich mich noch gefragt, was mit ihren Eltern passiert ist. Dann schnappte ich Gespräche auf, die sich um versoffene Väter drehten und um Mütter, die den Überblick über die Namen und die Anzahl ihrer Kinder verloren haben. Es ist genau das albtraumhafte Bild der Freaks, das ich als Kind eingebläut bekommen hatte. So etwas passiert eben, wenn man nicht normal ist. Und genau das ist jetzt auch mir passiert.

Da ich Berührungen nicht ertragen kann, bleibe ich abseits, bin niemals Teil der kuschelnden, im Einklang atmenden Meute. Ich wende mich vom Feuer ab, weil ich Sorge habe, dass ein Funke auf meine Gedanken überspringt und dann alles wieder losgeht. Ich habe schon genug kaputt gemacht, deswegen friere ich lieber, bis in den Schlaf und darüber hinaus.

Die heisere Stimme des unsichtbaren Erzählers schwebt über dem atmenden Rudel, dem erlöschenden Feuer, er darf die Geschichte des Vorabends weitererzählen, die Geschichte, die mich in einen Zustand seltsamer Unruhe versetzt.

»Das Kind der jungen Phee wurde im Dementio geboren. Es ist ein Kind, das als der größte Störfall in den Zeiten der Normalität in die geheimen Geschichtsbücher einging. Es

war schrecklich verunstaltet und alle, die es sahen, bekamen furchtbare Angst und hatten nächtelang Albträume. Insbesondere dann, wenn sie die Flüche der Phee noch in den Ohren hatten. Mit diesem Kind musste etwas passieren, wenn die Normalität eine Chance haben sollte.

Experten hatten versucht, die schlimmsten Verunstaltungen zu operieren, um dem Kind wenigstens einen Hauch normales Leben zu ermöglichen. Sie nahmen es der Phee weg und ihre Schreie flogen über der Stadt, sodass nicht nur die Nachbarschaft des Dementio, sondern auch die zentralen Viertel keinen Schlaf mehr fanden.

Und eines Morgens war plötzlich alles still. Nicht nur über der Stadt, sondern auch im Dementio. Die Phee und ihr frisch operiertes Kind waren verschwunden. Die Anstalt stand verlassen und schwarz da und die diensthabenden Experten schauten mit leeren Augen den Wald an, der das Dementio umgab.«

Razzia

Als ich aufwache, stelle ich überrascht fest, dass ich nicht mehr auf dem Boden zusammengerollt liege, sondern auf beiden Beinen stehe, wobei sie immer wieder einknicken. Die Arme, die mich am Umfallen hindern, gehören Kojote, der mich kräftig durchrüttelt und dafür sorgt, dass ich in der Senkrechten bleibe. Ich reiße die verklebten Lider auseinander. Hinter Kojotes Rücken herrschen Gerenne und Geschrei, jemand tritt mit bloßen Füßen das Feuer aus, ein anderer klaubt die Decken zusammen und zwei gebückte Gestalten stopfen sich hastig die Reste der mageren Rudelvorräte in den Mund.

»Razzia, Babyfuß«, brüllt Kojote in mein Ohr und schlägt mich mit der flachen Hand auf die Wange. Obwohl die Bewegung so leicht und fast zärtlich aussieht, habe ich das Gefühl, dass mein Kopf wegfliegt. Dafür bin ich sofort wach.

Ich weiß, dass ich jetzt losrennen muss, genau wie alle anderen, die in unterschiedliche Richtungen davonschießen wie Strahlen von einer Lichtquelle. Doch das Geratter der nahenden Polizeimotorräder lähmt meine Beine. Die Erinnerung ist plötzlich wieder so nah und lebendig, als wäre es gerade erst passiert. Sie kommen, um mich zu holen, denke ich.

Vielleicht sind sie aber auch gar nicht meinetwegen hier. Ich war die ganze Zeit sehr gut darin, unauffällig zu sein.

Wenn ich bleibe, bin ich trotzdem verloren. Die Experten der Polizei werden jeden verhaften, den sie kriegen können. Sie werden versuchen, die Identität festzustellen. Sie werden mir das Gesicht waschen und vielleicht auch die blasse Spur des ID-Armbands auf meinem Handgelenk entdecken. Sie werden merken, dass ich kein Freak bin, dass ich zumindest früher normal war. Sie werden meine Gesichtszüge einscannen und mit der Fahndungskartei abgleichen. Dann wissen sie, dass ich Juli Rettemi bin, die minderjährige mordende Phee, die allgemeingefährlich ist.

Und ich kann noch so oft sagen, dass ich das nicht war. Noch so oft protestieren, dass ich keine Schuld am Tod meines Vaters habe. Ich habe etwas Schlimmes getan, aber das, was mir die Normalität vorwirft, ist albern. Doch selbst wenn ich es herausschreien würde – das wird niemanden interessieren.

Rudolf ist nicht dein Vater, hat meine Mutter gesagt.

Und sich geweigert, es mir zu erklären.

»Aufwachen«, brüllt Kojote in mein Ohr. Er packt mich unter den Armen und zerrt mich weg. Meine nackten Füße schleifen über den Asphalt. Ich wundere mich über die Kraft, die dieser schmächtige, unterernährte Junge hat. Alle anderen haben unseren Schlafplatz bereits verlassen, die Lichtkegel der Polizeischeinwerfer durchschneiden die Dunkelheit, gleich haben sie uns gestreift.

»LOS JETZT!«, schreit Kojote und ich setze mich atemlos in Bewegung.

Ich weiß nicht, wohin ich rennen soll. Seit ich wieder da bin, zurück aus dem Wald, hab ich nicht die geringste Ahnung, wohin ich jetzt noch flüchten kann. Das Rudel hat mich im Schlafanzug auf der Straße aufgelesen, als ich vergeblich versuchte, mich an den Straßenschildern zu orientieren. Damals kamen mir ihre Gesichter alle gleich vor. Ich registrierte, dass sie über mich stritten, kann aber heute nicht mehr sagen, wer dafür war, mich aufzunehmen, wer mich dagegen lieber zurückgelassen hatte. Ich hatte stumm danebengestanden und gewartet, bis sie sich entschieden hatten.

Damals ging ich fest davon aus, dass mein Leben vorbei war. Ich hatte alles zerstört, was mir irgendwas bedeutet hatte. Allerdings wusste ich zu dem Zeitpunkt auch noch nicht, dass überall in der Stadt Plakate mit meinem Gesicht hängen und dass mein Name Synonym für schlimmste Gefahr geworden ist. Zum Glück hatte niemand im Rudel in dem Nervenbündel im gestreiften Schlafanzug, mit abstehenden blauen Haaren, noch blaueren Lippen und dem irren Blick die angebliche Mörderin erkannt, auf die ein hohes Kopfgeld ausgesetzt worden war.

Sie hatten mich in ihre Mitte genommen und zu ihrem Schlafplatz geführt, an dem sie nachts Feuer machen – was streng verboten ist – und abends nach einem strikten System das knappe Essen aufteilen. Ich bekam einige abgelegte Kleiderreste, die nach Rauch und Spot stanken. Meinen Schlafanzug trage ich immer noch darunter und ich denke, dass mich einige darum beneiden. Ich war noch nie in dem Viertel gewesen, in das sich das Rudel gleich in der ersten Nacht zurückzog. Es besteht aus schnurgeraden Straßen, die enger wirken, als sie in Wirklichkeit sind, weil sie von Hochhäusern gesäumt werden und daher im ewigen Schatten liegen.

Im Sommer wäre es hier wahrscheinlich angenehm kühl gewesen, jetzt ist man immerhin, wenn man die richtige Ecke findet, vor Wind geschützt. Mir war von Anfang an unwohl zwischen den grauen Türmen, deren obere Enden sich in den tief hängenden Wolken verlieren, die die gleiche Farbe haben. Erstens fühlte ich mich sehr klein, zweitens hatte ich Angst, dass die Hochhäuser umstürzen und mich unter den Trümmern begraben würden. Manchmal legte ich den Kopf zurück, um die oberen Stockwerke zu sehen, und blieb so, bis mich die Nackenschmerzen wieder in eine andere Haltung zwangen.

Ich weiß nicht, wann ich genau bemerkte, dass es in dieser unwirtlichen Umgebung ziemlich viel Grün gab. Ranken mit dicken, glänzenden und gezackten Blättern, die mich entfernt an Efeu erinnerten, der in meiner Kindheit so verpönt war, drängten sich durch die Risse im Asphalt und wucherten vor den Hauseingängen. Später entdeckte ich ganze Fassaden, deren Grau unter dem Grün nicht mehr richtig zu erkennen war. Ich fragte mich, ob es wirklich von Tag zu Tag mehr wurden oder ob meine Augen mich täuschten. Vielleicht führte mich auch der erste Herbst meines Lebens, den ich ohne Dach überm Kopf erlebte, in die Irre: die Unruhe des Septembers, die immer kürzer und düster werdenden Oktobertage, die drohenden endlosen Novembernächte.

Der Schlafplatz befand sich auf einem früheren Parkplatz zwischen zwei Hochhäusern, ich erkannte es an den verblichenen Markierungen auf dem rissigen Asphalt. Ich beobachtete die Häuser im Liegen, manche Fenster waren eingeschlagen, fast alle blieben auch in der Nacht dunkel, einige wenige leuchteten auf. Ich fragte mich, wer dadrin wohnte. Irgendwann fiel mir auf, dass ich nie jemanden die Häuser betreten oder verlassen gesehen hatte. Einmal erkundigte ich mich bei Krähe, warum es hier so menschenleer war.

»Wie soll man dadrin leben?«, fragte Krähe. »Siehst du nicht, dass sich hier der Wald breitmacht?«

Ich wusste nicht, was sie damit meinte – etwa die paar Pflanzen? Ich fragte sie. Sie nannte mich bescheuert.

»Wenn keiner drin wohnt, warum schlafen wir hier draußen?«, fragte ich. »Warum gehen wir nicht in diese verlassenen Wohnungen?«

»Wenn du nicht sofort deine Klappe hältst, schmeißen wir dich da rein«, sagte Krähe.

So gingen unsere Wortwechsel meistens aus. Niemand aus dem Rudel redete ernsthaft mit mir. Länger am Stück hörte ich ihre Stimmen nur, wenn sie sich untereinander balgten oder abends am Feuer ihre Geschichten erzählten.

Ich war dem Rudel fremd geblieben, sie hatten mich nicht gemocht, aber immerhin geduldet. Trotz alldem war es in den letzten Monaten mein Zuhause gewesen. Ein anderes hatte ich nicht mehr.

Das Armband

Es hatte eine Zeit gegeben, in der ich nur eine einzige Sorge hatte: Welche Hausaufgaben ich zuerst erledigen und welche Bluse ich mir für morgen rauslegen sollte. Ich hatte in einem schönen dreistöckigen Haus gelebt, mit Garage und einem bepflanzten Vorgarten. Ich hatte mir heimlich einen kleinen Mops gewünscht, stöhnte jeden Morgen, wenn der Wecker klingelte, trug eine gebügelte Lyzeumsuniform und fuhr täglich mit dem Schulbus ins Zentrum und zurück. Meine Welt war auf unser Viertel und das Lyzeum begrenzt. Jetzt kommt mir diese Zeit unendlich weit weg und paradiesisch glücklich vor – die Zeit, in der ich noch nicht wusste, dass auch meine Mutter eine Phee ist. Und dass mein Vater sie bei den Behörden angezeigt hat, um nach der Trennung Vorteile im Sorgerecht zu bekommen.

Es hat mich schon ein paar Mal gedrängt, einfach loszugehen und nach meiner alten Adresse zu suchen. Was würden die Nachbarn in dem Normalenviertel sagen, in dem ich aufgewachsen bin, wenn sie mich auf der Straße entdecken würden? Sie würden Fenster und Türen zuknallen und die Polizei rufen. Wiedererkennen würden sie mich nicht, so viel ist sicher. Auf unseren sauberen, normalen Straßen sind bestimmt immer noch ausschließlich Normale unterwegs. Eine Ausnahme war meine Mutter, die Phee, die versucht hatte, unauffällig normal zu leben, bis sie es nicht mehr aushielt und meinen Vater verließ.

Jetzt habe ich alles verloren. Mein Zuhause, meinen Vater, meinen Status, mein Leben. Und meine Familie: Meine Mutter und meine Geschwister sind weiter weg von mir, als ich es mir jemals vorstellen konnte.

Ich sehe ihre Gesichter vor mir, während ich weiterrenne und das Wort »Razzia« immer noch zwischen meinen Schläfen pulsiert. Zwischendurch habe ich fast vergessen, wovor ich überhaupt fliehe, als hätten mein Körper und meine Gedanken nichts miteinander zu tun. Meine Füße fliegen über die engen Bürgersteige zwischen den Hochhäusern. Der Wind pfeift in meinen Ohren. Ich werde das Gefühl nicht los, dass man mich verfolgt. Meine Kondition ist extrem schlecht: Auszehrung und Schlafmangel haben mich dünn und schwach gemacht. Das Seitenstechen wird von Schritt zu Schritt heftiger und in meinen Ohren pocht es hektisch. Ich schnappe nach Luft. Meine Füße spüre ich nicht mehr. Ich habe keine Ahnung, wo ich mich befinde. Gleich werde ich zusammenbrechen und dann haben sie mich eingeholt und es ist alles vorbei.

Doch kurz bevor ich auf den Asphalt sinke, höre ich die Stimme, mit der ich jetzt am wenigsten rechne.

»Jetzt halt doch mal an, Babyfuß.«

Ich schaffe es gerade noch bis zur einzigen nicht kaputten Laterne in dieser Straße und lehne mich mit dem Rücken dagegen. Ich schnaufe wie dreihundert Nilpferde und drücke mir die Hände gegen die schmerzenden Rippen. Kojote steht vor mir, er ist nicht einmal außer Atem.

»Wo soll es denn hingehen?«

»Du hast doch gesagt, wir müssen abhauen«, presse ich zwischen den Zähnen hervor. »Also bin ich losgerannt.«

»Einfach drauflos?«, fragt er. Ich muss ihm extrem schwachsinnig vorkommen.

»Ja. Ich kenne mich nicht aus.«

»Kennst du dich denn überhaupt irgendwo auf dieser Welt aus, Babyfuß?« Er sieht mich voller Mitleid an.

Ja, denke ich. Es gibt etwas, wo ich mich ausgekannt habe. Es war der Wald, von dem ich dachte, dass meine Mutter ihn gemalt hat. Bis sie mir erklärt hat, dass das nicht sein kann. Auch eine malende Phee kann keinen Wald *erschaffen.* Sie kann bloß die Zugänge bauen. Die Quadren sind die Tore.

Der Wald gehört nicht meiner Mutter, er ist einfach da. Wie kann der Wald jemandem gehören, hatte sie gesagt, als ich sie danach gefragt hatte.

Bevor ich in diesen Wald hineinkam, war ich seit Jahren nicht mehr in einem richtigen Wald gewesen. Am Anfang hatte er mir Angst gemacht, wie so ziemlich alles, was ich in meinem früheren normalen Leben nicht kannte. Ein paar Mal hatte ich mich böse verlaufen und Dinge erlebt, die sich wie Albträume anfühlten, aus denen ich nicht mehr aufwachen konnte. Ich hatte den Wald für feindselig gehalten und voll düsterer Geheimnisse.

Bis mir ein seltsamer Gedanke gekommen war: Der Wald und ich, wir sind uns näher, als ich zuerst vermutet hatte.

Und dann hörte ich sofort auf, mich zu verlaufen, und der Wald hörte auf, mich zu ängstigen und in die Irre zu führen.

Und dann dauerte es gar nicht mehr so lange und ich machte wieder alles kaputt.

»Ich kenne mich nirgends aus«, sage ich und schaue in Kojotes Augen. Wäre es heiß, denke ich, wäre dieser kühle Blick richtig wohltuend. Aber es ist nicht heiß und ich zittere nur noch heftiger.

»Ich weiß«, sagt er. Er legt die Hand von hinten auf meinen Hals, wieder komme ich mir so vor, als wäre ich sein Hund. Ich bin trotzdem froh, dass er da ist. Ich bin so allein, wie man es nur sein kann, und dass er noch nicht weggelaufen ist und mich einfach zurückgelassen hat wie alle anderen, kommt mir wie ein Wunder vor.

Andererseits macht mir seine Anwesenheit auch Angst. Er ist sehr schlau. Man darf ihn nicht unterschätzen. Vielleicht weiß er doch mehr über mich, als er sich bisher hat anmerken lassen. Vielleicht will er mich in die Falle locken und dann der Polizei ausliefern und das Kopfgeld kassieren. Und er hat extra die Razzia abgewartet, um nicht mit dem Rudel teilen zu müssen.

Wir laufen die leeren Straßen entlang. Kojotes Hand liegt auf der Stelle, wo mein Hals aufhört und meine linke Schulter beginnt. Es ist tiefste Nacht, die Zeit, in der es nicht nur am kältesten ist, sondern auch in jedem Gebüsch, wie es mir scheint, etwas besonders Fieses lauert. Mir kommt es vor, als würden die Blätter flüstern. Nur deswegen erdulde ich Kojotes Hand auf meiner Haut.

Wir unterhalten uns leise über das Rudel. Kojote sagt, er

habe keine Ahnung, wohin die anderen gelaufen sind. Nicht umschauen, einfach losrennen ist die Devise. Kopflos, genau wie ich es gemacht habe. Bloß dass die anderen irgendwann anhalten und wissen, wo sie sind, weil sie im Gegensatz zu mir die Viertel und die Zonen kennen. Sie warten ein paar Tage ab und gehen dann zum vorher vereinbarten Treffpunkt. Den hat mir niemand verraten. Manchmal ist das Rudel innerhalb kürzester Zeit wieder vollzählig, erklärt mir Kojote leise. Aber diesmal ist es nicht sehr wahrscheinlich. Ist der Schlafplatz einmal entdeckt worden, gilt das Rudel als infiziert. Irgendwas ist faul, irgendjemand hat etwas verraten, man fühlt sich beobachtet und traut erst einmal keinem alten Gefährten.

»Und warum bist du hier?«, frage ich.

Kojote schaut mich von der Seite an. »Weil du der bescheuertste Babyfuß bist, dem ich jemals begegnet bin.«

»Vorher hast du gesagt, der wahnsinnigste«, sage ich und spüre irritiert, wie meine Lippen sich in einem Lächeln verziehen.

Er geht nicht darauf ein. »Ich glaube, es war das Feuer«, sagt er kühl und schaut in den Himmel, der tiefer gelegt scheint, bewölkt, kein einziger Stern ist zu sehen. »Die Razzien kommen wegen des Feuers. Man hört neuerdings, jede Feuerstelle wird mit Helikoptern aufgespürt. Wir hätten eben kein Feuer machen dürfen. Offenbar brennt es häufig in der Stadt und sie haben Angst, dass ihnen alles unter den Füßen weggekokelt wird.«

Vier Mal hat er das Wort *Feuer* erwähnt, denke ich, während mein Herz schneller klopft. War das Absicht?

»Die Normalen drehen durch«, sagt er und seine Hand auf meiner Schulter wird schwerer. »Das wird immer schlimmer. Sie haben jetzt vor allem Angst. Feuer, Wasser, Frost, Hitze, Schmutz, Krankheiten. Jedes Wesen auf zwei Beinen ist eine potenzielle Gefahr.«

»Jedes Wesen ohne ID-Armband, meinst du.«

»Nein, das ist ja das Lustige«, sagt er. »Jedes Wesen überhaupt.«

»Das sagst du nur, weil du selber ein Freak ohne Armband bist«, sage ich. »Wenn du eins hättest, wärest du jetzt nicht hier, barfuß und ausgehungert auf der Straße und auf der Flucht. Du würdest im warmen Wohnzimmer vor einem Elektrokamin sitzen zwischen staatlich zertifizierten Kunstwerken, du würdest dir Sorgen machen, ob die Farbe deiner Socken zum Reißverschluss deines Cordsakkos passt, und du hättest Feuchttücher von HYDRAGON in der Hosentasche, Duftrichtung Schießpulver.«

Er wirft den Kopf zurück und lacht. Dann streckt er den anderen Arm aus und schüttelt ihn, bis seine mehrschichtigen Ärmel den Unterarm freigeben. Ich reiße ungläubig die Augen auf. Wir bleiben unter der Laterne stehen und er hält mir sein ID-Armband unter die Nase.

Ich starre es lange und ungläubig an, als hätte ich so etwas noch nie in meinem Leben gesehen, als hätte es nie die Zeit gegeben, in der ich selber ein solches Armband getragen habe; erst selbstverständlich und gleichgültig, weil ich damals noch nicht gewusst hatte, dass nicht jedermann ein Armband besitzt; später, als sogar zu mir durchgedrungen war, dass nur das Armband einen Normalen als solchen ausweist, durchaus auch mit Stolz, der mir heute peinlich ist. Ich hatte mein Armband im Waldhaus meiner Mutter abgenommen und unters Kissen gelegt und nicht mehr daran gedacht, bis ich plötzlich aus dem Wald zurück in meine frühere Welt katapultiert wurde und feststellte, dass das Handgelenk nackt ist. Wahrscheinlich ist das sogar besser so. Sonst könnte mich jeder Polizist einscannen und jener Juli zuordnen, die erschrocken von den Plakaten in der Stadt schaut.

Ohne Armband ist es aber auch nicht einfach, denn die Verbote haben sich verschärft: Man kann ohne ID keinen Einkaufsladen betreten, keine öffentlichen Verkehrsmittel nutzen, die von der Normalität betrieben werden, und kommt an keiner Kontrolle vorbei, die inzwischen die Übergänge zwischen den Stadtteilen bewachen. Das Rudel kennt Schlupflöcher und auch ich bin schon öfters durch auseinandergeschobenen Stacheldraht geklettert und habe dabei Fetzen meiner Lumpen und meiner Haut am Zaun hinterlassen.

Einige im Rudel haben schon Erfahrung mit den prophylaktischen Verhaftungen von »Personen ohne ID« gemacht – eine relativ neue Maßnahme der öffentlichen Sicherheit, die darin besteht, drei Nächte hintereinander auf engstem Raum mit ähnlich aggressiven, hungrigen Wesen eingesperrt zu sein, um dann ohne eine Erklärung wieder freigelassen zu werden. Ohne ID ist man automatisch ein Freak und ein öffentliches Ärgernis.

Aber immer noch besser das als eine Phee.

Ich starre das Armband auf Kojotes Handgelenk an. Das kann nicht sein, denke ich, er hat es jemandem geklaut. Aber kein Normaler lässt sich einfach so ein Armband klauen.

Es gibt nur eine Möglichkeit. Als ich daran denke, mache ich automatisch einen Schritt weiter weg von Kojote.

»Wo hast du es her? Hast du seinen Besitzer umgebracht?«

Er sieht mich an, als wäre ich wahnsinnig. Dann seufzt er und schiebt den Ärmel über das silbrige Band.

»Es ist mein Armband«, sagt er müde. »Eine kleine Erinnerung an das Leben, das ich mal hatte.«

Hinter Stacheldraht

Wir stehen vor dem zweistöckigen Haus mit einem flachen Dach. Wir sind Stunden durch die Stadt gelaufen, die Nacht lichtet sich wieder etwas. Meine Beine zittern: Es ist das erste Mal seit längerer Zeit, dass ich wieder in einem Normalenviertel bin. Kojote hat mir ein Loch im Maschendrahtzaun gezeigt und geholfen, durch die Lücke zu klettern.

»Kommst du öfters hierher?«, frage ich.

»Nein.«

Ich kralle mich an Kojotes Ellbogen fest und lege den Kopf in den Nacken, um das Haus besser sehen zu können. Direkt über meinem Gesicht ist das Straßenschild. Die Straße ist nach Henry Aneko benannt, ich erinnere mich dunkel, dass es ein Widerstandskämpfer gegen irgendwas aus früheren Zeiten war. Straßen, die Namen haben, sind ziemlich altmodisch. Heute tragen sie fast immer Codes aus Zahlen und Buchstaben, ich zum Beispiel habe in der Straße XX42 gewohnt.

Irgendwo in der Ferne bellt ein Hund. Es klingt nicht nach einem kleinen Mops, ist ein tiefes, bedrohliches Bellen. Die Grenzen zwischen den Stadtteilen werden neuerdings mit abgerichteten Hunden bewacht, das hat man im Rudel erzählt. Es gibt eine neue Züchtung, eine Rasse kurzbeiniger schwarzer Tiere, die ihre Kiefer nicht mehr lösen, wenn sie einmal zugebissen haben. Man erkennt sie an dem typisch heiseren Bellen.

»Hattet ihr einen Hund?«, frage ich Kojote.

Er schüttelt den Kopf. »Wir hatten eine Schildkröte. Macht weniger Dreck.«

»Wie alt bist du eigentlich?«

»Und du?«

Wir schweigen beide, als hätten wir uns eine indiskrete, ja verbotene Frage gestellt. Als hätte Kojote mir nicht gerade viel privatere Dinge erzählt. Dass auch seine Familie zerbrochen ist und sie alle aus dem Haus ausziehen mussten – dem Haus, vor dem wir jetzt stehen.

Die gelben Laternen werfen runde Lichtkreise auf den Asphalt. Ich luge über den Zaun in den Garten, auf die rechteckigen Beete, die schon winterfest abgedeckt sind. Die Rollläden sind heruntergelassen, das Garagentor ist zu.

»Hier wohnt doch jemand«, sage ich.

»Natürlich«, sagt Kojote bitter. »Eine andere Familie. Vater, Mutter, ein Sohn.« Er spuckt auf den Boden. »Alle schön normal ... vorerst.«

Ich sehe ihn an. »Wie lange lebst du schon auf der Straße?«

»Ich führe keinen Kalender«, sagt er, seine Stimme ist voller Hass und ich trete wieder einen Schritt zur Seite, obwohl ich weiß, dass dieses Gefühl nicht mir gilt.

»Aber du bist doch öfters hier.«

»Ich komme manchmal nachts. Wenn mich einer tagsüber hier sieht, dann ruft er sofort die Polizei. Ich bin schon einmal verwarnt worden, das nächste Mal werde ich eingesperrt, darauf kann ich verzichten. Außerdem will ich nicht, dass man meine ID entwertet. Solange es geht, will ich das Ding behalten. Wegwerfen kann ich es später immer noch.«

»Aber du hast früher hier gewohnt. Du hast sogar noch das Armband. Können sie nicht ein bisschen Rücksicht auf deine Gefühle nehmen?«

Er lacht.

»Ich habe dich für einen Freak gehalten«, gestehe ich.

»Inzwischen bin ich einer«, sagt er. »Armband hin oder her. Ich hasse das alles hier. Wenn ich könnte, würde ich sie umbringen.«

»Wen? Die Leute, die hier eingezogen sind? Sie können doch am wenigsten für dein Unglück. Sie haben das Haus gekauft und wissen vielleicht gar nicht, wer vorher drin gewohnt hat.«

»Sie haben das Haus gekauft, weil es günstig war.« Kojote spuckt wieder aus. »Sie haben alles übernommen – die Möbel, unser Geschirr, der kleine Scheißer schläft jetzt in meinem Bett. Sie fanden das praktisch. In der Garage steht das Auto meines Vaters. Erzähl mir nicht, dass sie sich nicht denken konnten, warum jemand alles verkauft, und das zu einem Spottpreis.«

Ich hebe die Hand an und muss plötzlich an meine Mutter denken. Sie hätte ihm jetzt die Hand auf die Schulter gelegt. Ich lasse meinen Arm wieder sinken. Ich habe Kojote noch nie so wütend gesehen. Und ich rufe mir mein früheres Zuhause in Erinnerung, das ich nicht mehr betreten habe, seit ich den letzten Atemzug meines Vaters gehört habe. Wem gehört nun das alles? Wer wohnt dort? Diese Fragen habe ich mir nie gestellt. Ich war zu lange dort, wo solche Fragen keine Rolle spielen.

Plötzlich wird mir etwas mit erschreckender Deutlichkeit klar. Es war falsch, sich für diese Dinge nicht zu interessieren. Was ist zum Beispiel mit den Quadren meiner Mutter passiert, die bei uns zu Hause hingen? Sie waren angeblich ein Vermögen wert. Und ich könnte mit ihrer Hilfe versuchen, in den Wald zurückzukommen. Ein Gedanke, den ich bis jetzt verdrängt habe. Würde mich der Wald akzeptieren, wenn ich ein Quadrum vor mir hätte und mit einem Schritt wieder bei meiner Familie sein könnte?

Wenn wir jetzt vor Kojotes altem Haus stehen, müsste es auch möglich sein, auf ganz normalem Wege in mein früheres Viertel und mein früheres Zuhause zu gelangen.

Ich versuche mich zu erinnern, was wir am Lyzeum über die Erbfolge gelernt haben. Wenn einer der Eheleute stirbt, erben die Ehegatten und die Kinder. Bei uns dürfte es etwas komplizierter sein. Mein Vater ist tot, aber angeblich war er gar nicht mein richtiger Vater. Zudem waren meine Eltern zum Zeitpunkt seines Todes schon geschieden. Meine Mutter ist eine Phee und nach mir wird gefahndet. Und was ist mit meinen kleinen Geschwistern, den Zwillingen Kassie und Jaro? Stehen Pheenkinder unter Pauschalverdacht, werden auch sie verfolgt wie ich, die angebliche Mörderin? Sind sie berechtigt zu erben? Garantiert nicht.

Meine Großeltern, denke ich plötzlich. Die Eltern meines Vaters, Ingrid und Reto. Wenn wir Kinder als Erben nicht infrage kommen, sind meine Großeltern dran. Sie bekommen alles, was mein Vater einmal besessen hat. Was würden sie sagen, wenn ich plötzlich vor ihrer Haustür auftauchen und sie bitten würde, mir eines der von ihnen so verhassten Quadren zu geben? Sie haben vielleicht auch gar kein einziges behalten, sondern sie allesamt entsorgen lassen.

Ich erinnere mich an unsere letzte Begegnung. Wahrscheinlich würden sie mich sofort an die Polizei ausliefern.

Es gibt noch zwei Namen, an die zu denken, ich mir die ganze Zeit verboten habe, weil ich den Gedanken nicht ertragen kann, dass sie vielleicht im Wald verbrannt sind. Ksü und Ivan.

Vielleicht haben sie ja doch überlebt. Vielleicht sind sie, so wie ich auch, rausgeflogen. Vielleicht sind sie gerade zu Hause und warten auf mich. Zum ersten Mal erlaube ich der Hoffnung, aufzukeimen und mich langsam in Beschlag zu nehmen. Bis jetzt hatte ich zu viel Angst davor, Dinge zu erfahren, von denen ich mich nicht mehr hätte erholen können. Jetzt will ich es wissen.

Ich sehe Kojote von der Seite an und weiß nicht, ob ich ihm dankbar dafür sein soll, dass er mich ins Leben zurückgeholt hat, indem er mir sein früheres Zuhause zeigte.

In meinen ersten fünfzehn Lebensjahren war ich in der Nacht kaum jemals wach. Ich ging immer zur gleichen Zeit ins Bett und schlief sofort ein. Am Morgen riss mich der Wecker aus dem Schlaf und ich kannte kein anderes Gefühl, als ständig unausgeschlafen zu sein.

Dann war ich im Wald und es schien, als wäre die Trennlinie zwischen Schlaf und Wachsein verschwunden. Ich fühlte mich leicht und beschwingt und meine Augen waren meist offen.

Nach dem Feuer, zurück in der Normalität, ging es mir ähnlich, nur mit dem umgekehrten Vorzeichen. Wieder hatte ich ständig das Gefühl zu träumen, diesmal aber schlecht. Ich hielt trotzdem die Augen geschlossen, wann immer es ging, um nicht zu viel von meiner Umgebung mitzubekommen. Ich wollte nichts mehr damit zu tun haben. Mein ganzer Körper fühlte sich auch in jeder Bewegung bleischwer an. Ich hatte mich während der Zeit im Rudel daran gewöhnt, dass die Nacht für mich sicherer war als der Tag, jedenfalls, was die Polizeikontrollen anging.

Trotzdem werde ich immer noch sofort müde, sobald die Sterne am Himmel funkeln. Und ich denke jetzt, dass wir uns langsam einen Schlafplatz suchen müssen.

Kojote steht nach wie vor erstarrt vor seinem früheren Haus in der Henry-Aneko-Straße. Ich berühre ihn am Ärmel. Ich weiß ziemlich genau, was jetzt in ihm vorgeht. In Gedanken sieht er sich durch das Fenster steigen und den fremden Jungen aus seinem, Kojotes, Bett werfen. Die wichtigste Frage habe ich ihm gar nicht gestellt, ich halte sie für zu intim. Ich würde so etwas schließlich auch nicht beantworten.

»Was genau ist deiner Familie passiert, Kojote?«

Es entsteht eine Pause, in der ich mir am liebsten die Hand vor den Mund halten würde.

»Entschuldige«, schiebe ich schnell nach.

»Hör auf damit«, fällt er mir ins Wort. »Wir sind nicht auf einem Absolventenball.«

Ich klappe beschämt den Mund zu.

»Wir müssen hier weg«, sagt er. »Es wird bald hell und die Normalen werden aufwachen, Kaffee trinken, Vollkorntoast mit Vitaminmarmelade essen und zur Arbeit fahren. Sobald uns jemand hier sieht, ruft er sofort die Polizei. Wir haben noch Glück, dass in diesem Viertel nicht so viel kontrolliert wird wie in den anderen.«

»Ist es nicht überall gleich?«

»Es ist nie überall gleich«, sagt Kojote, seine hellen Augen auf die Eingangstür mit den Gartenzwergen davor gerichtet. »Es ist ein kleines, unbedeutendes Viertel. Die Leute, die hier leben, hatten nie viel Geld. Ihre Privilegien sind begrenzt.«

»Oh«, sage ich, zum ersten Mal mit der Vorstellung konfrontiert, dass es auch unter den Normalen Unterschiede gibt. »Dann lass uns jetzt trotzdem gehen.«

»Ja, lass uns gehen«, sagt er, rührt sich aber nicht von der Stelle.

Ich zupfe ihn am Ärmel.

Plötzlich löst sich die Starre und er schießt nach vorn, springt über den Zaun und hebt einen der Zwerge auf, der offenbar ganz schön schwer ist. Bevor ich kapiere, was er vorhat, schrillt die Alarmanlage los. Damit hat er offenbar nicht gerechnet. Er springt über den Zaun zurück auf den Bürgersteig und holt aus. Ich packe seinen Arm, versuche, ihn aufzuhalten, und bringe ihn immerhin zum Taumeln.

»Hör auf, Kojote«, flüstere ich, spüre seine steinharten Muskeln unter den vielen Schichten Kleidung. Der Zwerg fällt runter und schlägt auf meinem Fuß auf. Ich jaule auf.

Kojote kommt zur Besinnung.

»Weg hier«, flüstert er, packt meine Hand und zerrt mich davon.

Wir rennen über die Bürgersteige, die mit hartem Splitt bestreut sind, der sich in unsere Fußsohlen bohrt. Ich bin sofort außer Atem und denke wieder mal, dass ich gleich zusammenbreche. Kojote lässt es nicht zu, dass ich stehen bleibe und verschnaufe. Und wieder passiert es: Gerade dann, wenn ich die Anstrengung nicht mehr ertragen kann, habe ich das Gefühl, mich von meinem Körper zu lösen. Ich spüre keine Schmerzen mehr, fliege an Kojotes Hand, meine Füße schweben über dem Asphalt.

Wir laufen in die andere Richtung als die, aus der wir gekommen sind. Schon taucht der hohe Maschendrahtzaun auf, oben mit Stacheldraht gesichert, unten allerdings löst er sich von der Verankerung in der Erde. Kojote zerrt die Drähte auseinander, vergrößert die Öffnung und schubst mich. Ich lasse mich fallen und krabbele durch, komme erst auf die Idee, mich umzudrehen und ihm zu helfen, als er sich schon fluchend hindurchgezwängt hat.

»Weiter«, sagt er und schlägt mir gegen die Schulterblätter, was einen juckenden Schmerz verursacht, der mir durch Mark und Bein geht.

Ich renne gehorsam noch eine Weile weiter, dann bleibe ich stehen und sehe mich um.

»Wo sind wir hier?«

»Im Wald«, sagt er. »Siehst du das nicht?«

Natürlich sehe ich das, denke ich und bücke mich, stütze die Handflächen auf den Knien ab und versuche, meine Atmung wiederzufinden. Ich spüre meinen Körper wieder, das verkrampfte Zwerchfell, die angerissenen Muskelfasern, den ausgetrockneten Mund. Wir stehen zwischen Bäumen, die in den Himmel ragen, die Füße berühren etwas Feuchtes und wohltuend Warmes, ich bohre meine schmerzenden Zehen in das flauschige Moos.

»Wieso gibt es hier einen Wald?«, flüstere ich. »War der schon immer hier?«

Kojote schiebt das hohe Gras mit dem Fuß auseinander. Auch er genießt sichtlich die Streicheleinheiten der Halme.

»Hier durften wir niemals hin«, sagt er.

»Wovon redest du?«

»Als wir klein waren. Weißt du, meine Familie hatte nicht viel Geld. Mein Vater war sehr stolz, als wir uns endlich ein Eigenheim leisten konnten. Das Viertel hatte nicht den besten Ruf, aber es war immerhin normal. Das war ein Aufstieg für ihn. Ich habe erst viel später kapiert, dass die Bauplätze wegen der Nähe zum Wald viel günstiger waren als anderswo. Uns Kindern wurde eingebläut, dass wir niemals über den Zaun in den Wald dürfen.«

»Warum nicht?«

Ich sehe mich um, der Wald ist im Vergleich zu *meinem* Wald ziemlich mickrig, die Bäume hoch, doch ihre Stämme schmal und krumm, die kahlen Äste sehen schwach aus.

»Gibt's hier etwa wilde Tiere?«

»Als ich klein war, behaupteten sie, die Pheen wohnen hier«, sagt Kojote.

Ich schaue wieder zu ihm. »Wenn man alles zusammenträgt, was man über Pheen sagt …«

»… kommt ziemlich viel Mist zustande«, stimmt mir Kojote überraschend zu. »Ich habe auch nie eine gesehen. Hatte aber als Kind trotzdem immer Angst. Als ich klein war, galt es unter uns als Mutprobe, zum Zaun zu gehen und ihn anzufassen. Schon das hat sich niemand getraut. Angeblich hat es früher, noch vor meiner Zeit, Kinder gegeben, die sich nicht an das Verbot gehalten haben und im Wald verschwunden sind.«

Mich beginnt es zu frösteln. »Was ist mit ihnen passiert?«

»Das weiß eben niemand. Sie sind nie wieder zurückgekommen. Sagen die Leute.«

»Haben die Pheen sie adoptiert?«

Kojote betrachtet mich amüsiert. »Eher gefressen, hat man bei uns damals behauptet.«

»Ich habe hier noch nie einen Wald gesehen«, sage ich. *Hier in der Normalität,* füge ich in Gedanken hinzu.

»Die Normalität führt permanenten Krieg gegen den Wald«, sagt Kojote. »Als ich klein war, fuhren jede Woche Zisternen mit Pflanzenvernichtungsmitteln und Männer in Schwarz mit riesigen Kreissägen vorbei. Haben aber nie geschafft, ihn komplett auszurotten.«

Ich nicke und spüre plötzlich eine bleierne Müdigkeit, die von den Füßen hochsteigt und meinen Körper schwer und unbeweglich macht. Ich sinke auf das weiche Moos, schiebe mir die Handfläche unter den Kopf. So gut habe ich lange nicht mehr gelegen.

»Ich muss ein wenig schlafen«, murmele ich. »Sofort.«

Kojote hockt sich neben mich. Ich zucke zusammen und fahre sofort hoch, als seine rauen Fingerkuppen meinen linken Fuß berühren.

»Was soll das?«, fauche ich.

»Entschuldige«, sagt er, lässt mich aber nicht los, sondern fährt mit dem Daumen über meinen Fußrücken.

Ich entziehe ihm meinen Fuß. Erst jetzt sehe ich den länglichen blauen Fleck, der sich auf der gräulichen Haut abzeichnet. Der verdammte Zwerg, den Kojote hat fallen lassen. Überraschende Schmerzen gehören inzwischen so fest zu meinem Leben, dass ich sie entweder nicht richtig wahrnehme oder sofort vergesse.

»Wenn du vorhin nicht gewesen wärst, hätte ich jetzt ein Problem«, sagt Kojote.

Ich zucke mit den Schultern und schließe die Augen. Eigentlich müsste *ich* mich bedanken, aber dazu bin ich zu müde.

»Ich hätte nicht gedacht, dass sie eine Alarmanlage haben. Zu meiner Zeit… ich meine, als wir noch in dem Haus gelebt haben, hatten wir nichts von der Art. Ich bin automatisch davon ausgegangen, dass auch sie keine haben werden.«

»Mmmmh«, sage ich. Ich brauche seine Erklärungen nicht. Ich weiß genau, was in ihm vorgegangen ist, und das lässt ihn in meinen Augen ein wenig anders erscheinen. Irgendwie näher, verständlicher. Außerdem bin ich müde und will jetzt nichts mehr hören. Nicht, wie es nun genau dazu gekommen ist, dass seine Familie alles verloren hat. Nicht, was mit seinen Eltern passiert ist. Ist ja auch so schon klar, dass es keine schöne Geschichte ist. Überhaupt sind schöne Geschichten Mangelware geworden.

Ich schlafe ein. Auf der Innenseite meiner geschlossenen Augenlider spielt sich ein Film ab, den ich mir ansehen muss; nicht weil er mich wirklich interessiert, sondern weil es nichts anderes zu sehen gibt. Ich blicke auf ein streitendes Ehepaar in einer engen Küche. Einen kleinen blonden Jungen, der mit aufgerissenen Augen seine schreiende Mutter anschaut, die hellsten Augen, die ich je gesehen habe. Die Szenen wechseln sich schnell ab, als würde man ein Video vorspulen.

Der Mann allein in der Küche, etwas gierig aus einer Dose in sein Gesicht sprühend, die Augen geschlossen, den Mund aufgerissen, die Nasenflügel bebend. Der Mann verlässt das Haus, die Tür fällt ins Schloss, die Spiegel an den Wänden erzittern. Er läuft torkelnd die Straße herunter. Ich sehe ihn an seinem Handgelenk nesteln, er zerrt am ID-Armband, bricht mit ungeduldigen Fingern den Verschluss auf. Die kleine silbrige Schlange des Armbands fliegt ins Gebüsch.

Schnitt. Eine Menschentraube am Kanal, dessen trübe Wellen an den Stahlwänden hochschlagen. Rettungskräfte in Mintgrün ziehen einen Körper hoch, nasse Haarsträhnen kleben auf seiner Stirn.

Es ist wie ein Albtraum. Ich will diesem Jungen nicht mehr zusehen – nicht dabei, wie er in seinem Zimmer die Spielsachen in die Kisten packt, nicht, wie er in einer anderen, sehr kleinen Wohnung nachts am Küchentisch sitzt und auf seine Mutter wartet, die große runde Uhr an der Wand im Blick. Ich schüttele heftig den Kopf, zwinge mich zum Aufwachen.

Ich bin im Wald, mein Hinterkopf ruht auf dem weichen Moos, ich sehe den Himmel über den Baumkronen. Der Wald beschert seltsame Träume, die lange nachwirken, denke ich. Eigentlich dürfte es nichts Neues für mich sein, aber ich hätte nicht geglaubt, dass dieser Wald hier es auch vermag. Langsam verstehe ich, was die Normalität gegen den Wald hat. Ich drehe den Kopf und sehe Kojote, der sich neben mir ausgestreckt hat, sein Gesicht ist mir zugewandt, es ist blass und ruhig, die Augen geschlossen. Und ich weiß, dass er wach ist.

»Was ist mit deiner Familie passiert?«, frage ich.

»Nichts Besonderes«, sagt er.

»Und sucht dich niemand?«

»Mich sucht niemand.« Er lächelt. »Dich?«

Ich zucke mit den Achseln. Im Liegen fühlt sich das merkwürdig an.

»Du hast den ganzen Tag verschlafen«, sagt er. »Jetzt wird es wieder Abend und wir sollten aufbrechen.«

»Das kann nicht sein«, sage ich.

»Doch«, sagt er. »Ich dachte schon, der Wald hat dich umgebracht. Aber du hast dich hin und her geworfen, also wusste ich, dass du noch lebst.«

»Vielen Dank«, sage ich, »das ist eine gute Nachricht. Hast du auch geschlafen?«

»Nein«, sagt er. »Ich will hier nicht einschlafen.«

»Warum nicht?«

Er antwortet nicht.

»Ich weiß, warum«, sage ich. »Du hast Angst, dass du Albträume bekommst.«

»Nein«, sagt er schlicht. »Ich habe nicht vor den Albträumen Angst, sondern davor, was sie mit mir machen. Ich will den Wald nicht in meinen Kopf lassen. Wenn ich schlafe, bin ich ihm total ausgeliefert.«

»Den Wald in deinen Kopf? Was sagst du da?«

»Vergiss es. Ich will einfach von hier verschwinden, bevor es noch einmal dunkel wird.«

Eine spöttische Antwort liegt mir auf der Zunge, aber ich verkneife sie mir. Kojote und Angst – das passt in meinen Augen nicht wirklich zusammen. Dass er Angst vor dem Wald hat und ich nicht, schmeichelt dem, was von meinem Selbstbewusstsein übrig geblieben ist.

Ich erinnere mich an mich selber, als die Normalität noch mein Zuhause war. Ich hatte keine Angst vor dem Wald, wie ich auch keine Angst vor den Pheen hatte: Beides kam in meiner Welt einfach nicht vor. Der Wald existierte nur in den Quadren meiner Mutter, er füllte unsere Zimmer mit Schönheit und Geborgenheit und flüsterte mich in den Schlaf. Den anderen, atmenden, mal gnadenlosen, mal zärtlichen Wald hatte ich erst kennengelernt, als ich durch das Quadrum gegangen war.

Für einen kurzen Moment habe ich Lust, Kojote alles zu erzählen. Über die Quadren. Über meine Mutter. Und wie ich alles kaputt gemacht habe.

Doch ich verkneife es mir.

Er sieht mich aufmerksam an. Der Himmel ist klar, es wird rasch dunkel, im Mondlicht haben seine Augen einen gelblichen Farbton, wie bei einer Katze.

»Hast du einen Ort, an dem du schlafen kannst, Babyfuß? Außer dieser Wiese, meine ich? Ich mach mich jetzt auf den Weg. Wenn du willst, begleite ich dich noch eine Weile.«

Natürlich gibt es einen solchen Ort. Ich habe schon an ihn gedacht, als ich mit Kojote vor seinem alten Haus stand. Aber jetzt habe ich wieder Angst vor dem, was mich dort erwartet.

»Meinst du, wenn es einen Ort gäbe, an dem ich willkommen wäre, wäre ich jetzt hier?«, sage ich trotzig, während zwischen meinen Schläfen die Frage kreist, warum er mich begleiten will. »Wäre ich dann überhaupt vorher beim Rudel gewesen?« Ich schüttele den Kopf. »Nein, ich bleibe hier.«

»Wie du willst«, sagt er, steht auf und klopft sich die Grashalme von der Hose. »Ich gehe.«

Ich sehe zu, wie er sich entfernt, seine Schritte wirken nicht eilig, aber dennoch ist er bald zwischen den Bäumen verschwunden und ich werde allein bleiben auf der ganzen Welt.

»Warte!«, rufe ich, springe auf und renne ihm hinterher. Ich hole ihn am Zaun ein und gehe auf die Knie, um durch den Riss in den Maschen zu klettern. Jetzt ist es richtig dunkel, ich bleibe auf der Straße unter einer Laterne stehen und Kojote auch.

»Vielleicht hast du noch nicht genug nachgedacht. Nenn mir den Ort, ich bring dich dahin«, sagt er.

»Warum?«, flüstere ich und er drückt mir seinen Zeigefinger auf die Lippen.

»Psst«, sagt er leise, legt mir den Arm um die Schultern und zieht mich weg von den Laternen, in den Schatten, der undurchdringlich dicht ist wie ein schwarzer Vorhang.

Bus & Bahn

Nenn mir den Ort, ich bring dich dahin.

Ksü und Ivan, denke ich.

Jetzt oder nie.

Jetzt oder ich schlafe wieder ein und werde nicht mehr richtig lebendig.

Jetzt oder ich bin nicht mehr ich.

Ich nenne Kojote die Adresse, froh darüber, dass auf mein Gedächtnis wenigstens in diesem Punkt Verlass ist.

»Wo ist das?«, fragt er gleichgültig.

»Bei Z«, sage ich.

»Klingt nicht nach einem Normalenviertel.«

»Es sind Freunde von mir. Freaks«, sage ich. »Also ihre Eltern sind Freaks. Was sie selber sind, weiß ich nicht so genau. Sie haben einen Sonderstatus. Es hat mich nie groß interessiert.«

»Wie tolerant von dir, Babyfuß ohne ID-Armband«, sagt er und der Spott in seiner Stimme, an den ich mich eigentlich gewöhnt haben sollte, lässt mich reflexartig die Schultern hochziehen. »Ich bringe dich zu deinen Freunden, die einen Sonderstatus hatten und deren Eltern Freaks sind, was dich allerdings nie interessiert hat. Und dann kümmere ich mich endlich wieder um meinen eigenen Kram.«

Das könntest du jetzt schon tun, liegt mir auf der Zunge.

Aber ich spreche es nicht aus. Nun, wo die Entscheidung gefallen ist, wünsche ich mir nur, dass er mich so schnell wie möglich zu Ksü und Ivan bringt und dann wieder verschwindet.

Mit Kojote unterwegs zu sein, fühlt sich an, als würde man mit einem Igel kuscheln. Gemütlich ist etwas anderes. Eben noch lächelt er. Dann ein falsches Wort von mir und schon ergießt sich ein Schwall eiskalten Hohns über meinen Kopf. Und zugleich hat er etwas von einem Blindenhund. Die Blinde bin ich – weil ich durch die Gegend stolpere, die Straßenschilder anblinzel, mich nicht mehr traue zu fragen, wo wir uns eigentlich befinden.

»Schau mal«, flüstert er in mein Ohr, als wir das Normalenviertel durch ein Loch im Zaun verlassen haben und an diesem Zaun nun entlanglaufen wie Besucher im Zoo. »Siehst du die Schranke da? Das Wachhäuschen? Sie lassen mittlerweile nur diejenigen passieren, die als Anwohner registriert sind oder eine schriftliche Einladung vorweisen können.«

Ich denke an das Viertel, in dem ich aufgewachsen bin. Ich würde da inzwischen also gar nicht mehr reinkommen. Ich befinde mich jetzt auf der anderen Seite des Zauns.

In der Nacht klingt die Stadt anders als am Tage, die Geräusche sind leiser, aber gleichmäßiger, ein kaum wahrnehmbares Summen kommt von den Strommasten, die in den Himmel ragen. Es ist wie ausgestorben, die Normalen bleiben nachts sowieso zu Hause, andere – wie wir – machen sich möglichst unsichtbar, um keiner der verstärkten Nachtkontrollen in die Hände zu fallen.

Einmal hält Kojote in einem Park an und zeichnet mit einem Stock Bienenwaben auf die Erde. Meine Ahnungslosigkeit ist einfach nicht auszuhalten, sagt er und füllt einige Waben mit Strichen aus. Das ist der Stadtplan und ich soll mir endlich ein paar Sachen merken. Ich erkenne das Zentrum, das logischerweise in der Mitte liegt. Die gleichmäßigen Tortenstücke des ersten Rings sind die Normalenviertel, gelegentlich durch schmale, von den Freaks bewohnte Streifen voneinander abgegrenzt. Die äußeren Kreise wirken chaotischer, die gestrichelten Normalengebiete kommen wie Inseln daher, die sich dennoch bis zum letzten Ring aneinanderreihen, umgeben von Freak- oder *Niemandsland,* wie Kojote es formuliert. Ich traue mich nicht zu fragen, ob es eine offizielle Bezeichnung ist.

»Und was beginnt hier?« Ich zeige mit der Fußspitze auf die Gegend jenseits des äußeren Rings.

»Der Wald, Süße«, sagt Kojote mit einem Seufzer. »Stadtkunde ungenügend. Kann man das Lyzeum eigentlich verklagen?«

»Die Stadt ist umgeben vom Wald?«

»Und der Ring zieht sich, wenn man die Nachrichten richtig versteht, immer enger zusammen.« Kojotes Grinsen lässt ahnen, dass diese Aussicht ihn nicht sonderlich betrübt.

Ich sehe mir die Skizze an, versuche, sie mir einzuprägen. Aber Kojote drängt weiter. Ich traue mich nicht zu fragen, wie lange wir noch laufen müssen. Meine Füße schmerzen mehr als sonst. Es ist etwas kälter als die Tage davor, ich bin ungefähr das Zehnfache gelaufen von dem, was ich gewohnt war. Kojote sieht mich humpeln.

»Wir müssen fahren«, sagt er.

»Wir können nicht«, sage ich schwach und drehe mein Handgelenk vielsagend vor seiner Nase hin und her. Ohne Armband kann ich keine öffentlichen Verkehrsmittel nutzen. Und als ich noch eins hatte, bin ich nur mit dem Schulbus gefahren – oder mein Vater hatte mich mit dem Auto mitgenommen.

Kojote lacht, hebt seinen Arm in die Höhe und macht eine winkende Bewegung über meine Schulter hinweg. Ich weiche erschrocken zurück: Direkt vor uns hält ein dreckiger, scheppernder Kleinbus.

Kojote holt mich mit eiserner Hand an seine Seite, schiebt mich hinein und quetscht sich hinterher. Mir verschlägt es den Atem. Das Fahrzeug quietscht und rattert jämmerlich, und sobald sich die Türen hinter uns geschlossen haben, drücke ich mich verängstigt an Kojote. Der Bus ist voll mit bunthaarigen Gestalten, aber das Schlimmste ist der Gestank. Ich versuche, die Luft anzuhalten, rieche aber trotzdem eine Mischung aus altem Schweiß, faulen Zähnen und etwas anderem, wovon mir schwindlig wird.

Das Gute ist, dass niemand uns anschaut. Kojote hat dem Fahrer ein paar Münzen in die Kasse geworfen und hält sich jetzt an einer Stange fest. Ich komme an keine dran, aber er stützt mich mit seiner freien Hand. Mein Gesicht ist gegen seine Halsbeuge gepresst. Erleichtert stelle ich fest, dass er gut riecht. Ich atme den Duft seiner Haut ein und plötzlich sehe ich wieder den kleinen Jungen vor mir, der seine Eltern durch den Türspalt beobachtet. Er hat Kojotes helle Augen, aber sein Mund ist ängstlich verzerrt, nicht so spöttisch gekrümmt wie jetzt.

Ich blinzele das Bild weg und versuche, durch das verschmierte Fenster irgendwas von der Umgebung zu erkennen, was mir bekannt vorkommt und woran ich mich orientieren könnte. Der Bus hält alle paar Minuten an – weil jemand am Straßenrand winkt oder weil einer der Passagiere dem Fahrer »Ich muss an der nächsten Ampel raus!« zugebrüllt hat. Einmal stopft sich gleich ein Dutzend Leute hinein. Als der Fahrer erneut anhält, um jemanden einsteigen zu lassen, hagelt es Protestrufe. Innerlich schließe ich mich ihnen an – der Bus ist schon jetzt völlig überfüllt. Der Fahrer streitet heiser mit denen, die drin sind, und mit denen, die reinwollen. Die Leute an den Türen versuchen zu verhindern, dass sich jemand von außen dazuquetscht.

»Ich schmeiß euch alle raus!«, brüllt der Fahrer und ich drücke mich noch dichter an Kojote.

»Wir müssen sowieso gleich aussteigen«, flüstert er mir ins Ohr. »Fang an, dich zum Ausgang durchzukämpfen.« Weil ich wie gelähmt bin, schiebt er mich voran. Ich pralle gegen eine Schulter, trete auf einen Fuß, ziehe den Kopf ein, als ich wüst beschimpft werde, und reiße erleichtert den Mund auf, als wir endlich herausgefallen sind. Schon lange habe ich mich nicht mehr so über frische, kalte Luft in meinen Lungen gefreut.

»Was war das für eine Buslinie?«, frage ich. »Habe ich noch nie gesehen.«

Kojote zuckt die Achseln. »Eine Freak-Busgesellschaft. Es sind unzählige unterwegs.«

»Wovon leben sie?«

Kojote zwinkert mir zu. »Sicher nicht von den Busfahrkarten.«

Ich nicke, als würde ich irgendwas verstehen. Wir überqueren eine sechsspurige Straße. Natürlich ist es Kojote zu weit, bis zur Ampel zu laufen. Er packt mich an die Hand und springt von einer Spur zur nächsten, Autos zischen an uns vorbei, ich habe das Gefühl, dass sie mich gleich streifen, zucke immer wieder zusammen, aufgeschreckt vom aggressiven Hupen. Irgendwann gehe ich nicht mehr davon aus, dass ich den gegenüberliegenden Bürgersteig noch erleben werde.

Aber dann stehen wir doch da. Ich reiße das Kinn hoch zu den Bürotürmen, in deren Glasfassaden sich die Leuchtreklame der benachbarten Hochhäuser spiegelt. HYDRAGON – UNSERE ARBEIT FÜR IHRE SAUBERKEIT. VITAPLUS – MEHR ALS LEBENSMITTEL. SEID WACHSAM: DIE PHEEN SIND UNTER UNS.

Ich stolpere und falle fast hin, Kojote fängt mich auf.

»Seit wann?« Ich deute auf den riesigen blinkenden Schriftzug hoch im Himmel. »Seit wann steht es so da?«

»HYDRAGON ist eine bekannte Marke.« Kojote lacht in sich hinein. Wieder schaue ich ihn misstrauisch an. Was weiß er über mich?

»Sind wir im Zentrum?«, frage ich.

»Woran hast du das bloß schon wieder erkannt? Schlaf nicht, Babyfuß. Wir müssen weiter. Im Zentrum wird dauernd kontrolliert.«

»Aber wir waren doch neulich erst im Zentrum, am Lyzeum, am helllichten Tag.«

»Die Zeiten ändern sich. Was gestern noch ging, ist heute möglicherweise schon verboten.«

Nein, denke ich, das wäre eine zu einfache Erklärung. Auch

wenn es sich manchmal so anfühlt – solche Veränderungen kommen nicht über Nacht. In den drei Monaten im Rudel gehörte es einfach zu meiner Überlebensstrategie, Dinge auszublenden. Und in den letzten Stunden mit Kojote ist etwas mit mir passiert und ich kann mich nicht mehr abwenden.

»Schau, wo du hinläufst«, sagt Kojote.

Fast wäre ich die Treppe hinuntergeflogen, die unter die Erde führt, in einen schmutzigen Tunnel, dessen Wände in Leuchtfarben besprüht sind. Es stinkt nach Schweiß und Urin. Ich halte mir die Nase zu und schlängele mich an den verdächtigen Pfützen vorbei, die den Boden bedecken.

»Können wir hier bitte schnell raus?«

»Können wir nicht. Wir müssen jetzt U-Bahn fahren.«

Es kommt mir wie Stunden vor, in denen wir in Waggons durchgeschüttelt werden, in denen ich auf einem Fuß stehe, um wenigstens den anderen vor Dreck zu schützen und vor den fremden Schuhen, die es darauf abgesehen zu haben scheinen, mir auf die Zehen zu treten. Immer wieder muss ich ein hysterisches Kichern unterdrücken. So sieht es also aus, ein aktives Leben jenseits der Normalität.

Ich frage mich, ob ein Küken Schmerzen empfindet, wenn es aus dem Ei schlüpft. Einmal hatte ich schon eine Blase durchbrochen, die mich beschützt hat, und es war schmerzhaft gewesen. Dass ich jetzt wieder zu mir komme, aus der Starre erwache, versetzt mich in einen ähnlichen Zustand nervöser Unruhe, die sich mit Empörung mischt.

Es ist wirklich wahr, ich bin es, Juli Rettemi, die sich die Kapuze ins Gesicht zieht, um nicht erkannt zu werden. An der U-Bahn-Station prangte mein Gesicht gleich auf mehreren Säulen. Ich habe Kojote daran vorbeigezogen, damit er ja nicht zu genau hinschaut. Vom Geschaukel und Geratter des Waggons ist mir übel. Ich bin hoffnungslos übermüdet und zugleich sind alle meine Sinne hellwach.

Ich mustere verstohlen die anderen Passagiere. Einige haben sich auf den Bänken ausgestreckt, die Füße ragen über die Sitze hinaus in den Gang. Die grünen, roten und blauen Frisuren fallen mir nicht mehr auf, auch nicht die verkrusteten Klamotten, in unzähligen Schichten übereinandergetragen.

Mein Blick bleibt an einer Frau hängen und mein Herz stockt für einen Moment. Sie trägt ein langes Kleid und darüber einen Umhang, der schmutzig aussieht, aber je genauer ich hinschaue, desto klarer wird mir, dass es bloß ein raffiniertes Muster ist, das Dreck vortäuschen soll. Auch sie hat sich eine Kapuze übergezogen, trotzdem fallen mir die gelockten hellen Strähnen auf, die hervorschauen. Naturfarbe. Die Frau scheint mein Interesse zu spüren, denn sie dreht sich kurz in meine Richtung.

Ich wende mich nicht schnell genug ab.

Unsere Blicke treffen sich. Jetzt sehe ich nur noch ihre Augen, von einem durchdringenden Grün, das mir durch Mark und Bein geht. In diesen Augen liegt etwas, was keiner der anderen Passagiere in diesem Waggon hat, das niemand im Rudel gehabt hat und auch sonst keiner, der mir in den letzten Wochen begegnet war. Und an diesem Blick erkenne ich sie sofort. Sie ist eine Phee.

Schlimmer ist, dass sie mich anschaut. Auch sie kann sich nicht von mir abwenden. Wann habe ich das letzte Mal in den Spiegel gesehen? Habe ich jetzt etwa auch diesen Blick? Hat sie mich daran erkannt? Kennt sie meine Mutter? Ist sie eine Schwester von ihr? Wenn dem so wäre, dann wüsste sie auch sofort, wer ich bin, denn mein Bild hängt mit fast schon schmeichelhafter Penetranz überall in der Stadt herum. Verbindet uns etwas, bin ich wie sie? Warum merke ich dann nichts?

Der Waggon hält an. Sie wirft mir eine Kusshand zu und steigt aus.

»Hast du sie gesehen?« Ich stupse Kojote an, aber er schläft im Stehen, eine Hand am Haltegriff. Ich rüttele an seiner Schulter, er öffnet ein Auge.

»Ich glaube, hier war gerade eine Phee.«

»Hurra«, sagt er mit Grabesstimme. »Jetzt hat der Babyfuß auch noch Halluzinationen.«

»Habe ich nicht. Hier war eine.«

»Das glaube ich nicht. Je mehr über Pheen geredet wird, desto seltener kriegt man welche zu Gesicht. Neulich habe ich gehört, wie sich ein Normaler beklagt hat, dass man neuerdings weder eine vernünftige Heilerin noch eine Wahrsagerin auftreiben kann. Nur Freak-Fälschungen. Der Preis für Pheentee ist in astronomische Höhen gestiegen. Die ganzen Hetzkampagnen sind schuld. Wenn du mich fragst, die Pheen haben die Nase voll und verschwinden endgültig.«

»Aber wohin?«, frage ich atemlos.

»Bin ich eine Phee?«, fragt er zurück.

»Ich hab überhaupt noch nie eine auf der Straße gesehen!«

»Hast du überhaupt schon mal irgendwas in deinem Leben gesehen?«

Diesmal lass ich mir die Unverschämtheit nicht gefallen und trete ihm in die Kniekehle. Damit hat er nicht gerechnet, er knickt ein und fällt hin. So stark wollte ich ihn nicht treffen. In Erwartung einer knüppelharten Revanche ziehe ich den Kopf ein. Aber er rappelt sich einfach wieder auf und klopft mir auf den Rücken, genau zwischen die Narben.

»Nicht schlecht für den Anfang«, sagt er. »Wir steigen aus.«

Es kommt mir wie ein Wunder vor, dass wir jetzt tatsächlich durch Ksüs Siedlung laufen. Meine Müdigkeit ist von einer Aufregung verdrängt worden, die meine Hände zittern und die Knie schlottern lässt. Es kommt mir wie ein Verrat vor, dass ich so aufgeregt bin. Schließlich hätte ich schon seit Monaten hierherkommen können.

Ich schaue mich um, bin mir noch nicht ganz sicher, dass es wirklich Ksüs Siedlung ist, aber Kojote sagt, ich soll mir ja nicht ins Hemd machen, die Adresse stimmt, er habe ein implantiertes Navi im Hirn.

»Echt?«, frage ich überrascht.

»Nein, Dummkopf.«

Ich beschließe, es zu ignorieren. »Dann müssten hier Ratten sein«, sage ich und drehe den Kopf hin und her.

»Ratten sind doch längst abgeschafft«, sagt Kojote. »Alle angeblich von der Stadtverwaltung vergiftet. Wobei ich ja eher denke, die sind einfach in den Wald geflohen.«

Keine Ratten auf den Straßen, das finde ich wiederum ziemlich gut. Ich schäme mich für meine Erleichterung, als ich an Ksüs geliebte Haustiere denke. Laub raschelt unter meinen Füßen. Ich glaube es erst, als ich es sehe: Das Haus ist das letzte in der Reihe, es ist mit keinem anderen zu verwechseln, eigentlich nur ein halbes Haus, mit verbogenen, verkohlten Kanten, als wäre eine Hälfte von einer riesigen, grausamen Hand abgerissen worden.

Im Grunde ist es genauso gewesen. Eine Explosion hat es zerstört und Ksüs Eltern umgebracht. Bis heute ist nicht eindeutig geklärt, was sie verursacht hat. Die Polizei behauptet, dass es an den Quadren meiner Mutter gelegen hat, die Ksüs Eltern in ihrem Haus aufbewahrt haben. Ksü und Ivan gingen von einem Attentat aus, aber sie hatten keine Chance, es zu beweisen. Dafür, dass sie die Angelegenheit auf sich beruhen ließen, kamen sie in den Genuss von Privilegien, die für andere Jugendliche aus Freak-Familien unerreichbar waren. Dazu gehörte auch der Normalen-Status.

Ich schaue zu dem verwundeten Haus hoch, dem schiefen Dach, den zugeklappten Fensterläden. Es sieht leblos und verlassen aus. Jetzt habe ich meine Gewissheit.

Mir sitzt ein Kloß im Hals, als ich mich zu Kojote drehe. »Wir hätten uns den ganzen Weg sparen können. Sie sind nicht mehr hier.«

»Da kommt aber Rauch aus dem Schornstein«, sagt Kojote nachdenklich. Ohne auf mich zu achten, steigt er die Treppenstufen zur Eingangstür hoch und klopft mit der Faust dagegen.

Ksü

Wer wagt es, im Haus zu wohnen, das Ksü und Ivan gehört, frage ich mich, während meine Ohren schlürfende Schritte im Inneren des Hauses wahrnehmen und sich die Tür so langsam öffnet, dass ich dahinter einen uralten Menschen vermute. Dass im Haus meiner Freunde Fremde leben können, empört mich viel mehr als die Vorstellung, dass auch mein eigenes Kinderzimmer längst jemand anderem gehört.

Ich zucke zusammen, als ich das Geschöpf erblicke, das sich nun nach draußen schiebt. Es ist einen Kopf kleiner als ich, hat schuppige Haut auf dem kahlen Kopf und unmenschliche Augenlider, die sich schwer heben bei unserem Anblick. Dann setzt sich das ausgeblichene Muster auf dem Schädel, je länger ich es angucke, zu etwas Vertrautem zusammen. Ich schnappe nach Luft. Ist sie das oder ist sie das nicht?

Der Mund des Geschöpfs, ein schmaler und fast lippenloser Spalt, öffnet sich ein wenig.

»Wassss wollt ihr?« Die Stimme ist leise und zischend, aber ich kann nicht antworten, denn ich bin gelähmt.

Selbst Kojote scheint beeindruckt. Er schaut fragend zwischen dem Geschöpf und mir hin und her. Ich habe keine Erklärung für ihn. Wie könnte ich ihm auch erklären, was hier passiert, wenn ich es selbst nicht verstehe? In Gedanken haste ich irgendwohin, fliehe wieder einmal, wahrscheinlich in das kleine Stückchen Wald, das uns in dieser Nacht beherbergt hat. In Wirklichkeit rühre ich mich nicht von der Stelle und halte sogar den Atem an.

Die schweren Augenlider heben sich. »Habt ihr Hunger? Ich kann euch Esssssen geben.«

Kojote schaut mich weiter fragend an. Ich bin immer noch erstarrt, die Augen auf das Gesicht geheftet, in dem ich langsam nun doch die vertrauten Züge wiedererkenne. Ksü, denke ich. Meine beste Freundin, mit der etwas passiert ist, was nicht sein kann

Dann fällt die Starre von mir ab. Ich schüttele mich wie ein nasser Hund. Jetzt bin ich hier und ich renne nicht weg. Kojote tritt zur Seite, um mich durchzulassen. Ich setze einen Fuß vor den anderen, trete über die Schwelle ins Dunkle, Warme, ziehe gierig die Luft ein. Hier hat es immer so gut gerochen, ein bisschen wie bei meiner Mutter, nach Kuchen, Vanille, nach feuchtem Fell irgendwelcher Tiere und den staubigen Seiten alter Bücher. Jetzt riecht es nach gar nichts, nur eine schwache Note Haushaltsreiniger reizt meine geschundenen Atemwege.

Ich werfe die Kapuze zurück, drehe mein Gesicht ins Licht, ihr direkt entgegen.

Sie blinzelt, ihr Mund öffnet sich staunend, die gespaltene Zunge schießt zwischen den Lippen hervor, um sofort wieder zu verschwinden, eine ruckartige Bewegung, und ich denke, gleich wird sie mich beißen und es ist alles vorbei.

Aber sie wirft sich mir um den Hals und ruft dabei meinen Namen.

Das Erste, was ich in der Küche sehe, ist die leere Wand. In der Mitte ist ein großes Rechteck dunklerer Farbe, hier hatte das Quadrum mit der auf der Fensterbank knienden Kassie gehangen und das Stück Wand vor den ausbleichenden Sonnenstrahlen bewahrt. Die Enttäuschung, dass es nicht mehr da ist, nimmt mir jeden Antrieb.

Ich lasse mich auf einen Stuhl fallen und strecke die Beine aus. Ich will nicht, denke ich. Ich will mich nicht an die Zeit erinnern, die ich mit Ksü verbracht habe, an die am Anfang so irritierende Erfahrung, zum ersten Mal im Leben eine Freundin zu haben. Nachdem ich mich daran gewöhnt hatte, hatte es mich regelrecht beflügelt – zu wissen, dass ich nicht allein bin, egal, was passiert.

Und jetzt? Ich schäme mich dafür, dass ich Angst vor ihr habe und mich ein wenig ekele, anstatt glücklich zu sein. Ich hatte mich so davor gefürchtet, sie nie wiederzusehen. Dabei hätte ich mich viel eher davor fürchten sollen, was von ihr ich wiedersehe.

Tief in mir drin geht das Feuer aus und meine Sicht trübt sich.

Ksü starrt auf meine rissigen Füße mit den langen abgebrochenen Zehennägeln. Dann blickt sie zu Kojote hoch, der sich hinter meinem Rücken aufgebaut hat. Ich bemühe mich, nicht nach links und rechts zu schauen, als könnte ich es übersehen: Der Ort, den ich für kurze Zeit geliebt habe, hat jetzt etwas Totes.

Meine Augen treffen Ksüs. Sie kommt langsam näher, ihre Bewegungen sind von einer schleichenden Geschmeidigkeit. Sie streckt den Arm aus. Ich drücke mich gegen die Stuhllehne. Ich spüre ihre Hand in meinen Haaren, auf meinem Gesicht, sie betastet mich wie eine Blinde. Alles in mir schreit, dass dieses Wesen hier vor mir nicht Ksü ist, aber ich reiße mich zusammen.

»Bisssst du das wirklich?«, fragt sie.

Ich greife hinter mich, nehme mir ein gräuliches, einst fröhlich gemustertes Küchentuch von einem Haken, stehe auf und feuchte es am Waschbecken an, fahre mir damit übers Gesicht. Kojotes Blick verrät mir, dass diese Maßnahme mich nicht automatisch ansehnlicher macht, aber ich hoffe, dass damit wenigstens Ksüs Zweifel ausgeräumt sind. *Mein* Gesicht ist schließlich noch dasselbe wie früher.

»Ich dachte, du wäressssst tot«, sagt Ksü und nimmt ihre Finger aus meinen verfilzten Haaren. »Ich dachte, du wäresssst verbrannt.«

»Das habe ich von dir auch gedacht«, flüstere ich.

»Nein. Wir wurden rausgeworfen. Sssofort.« Sie zeigt auf einen Punkt auf den Küchendielen, der sich unter dem Rechteck an der Wand befindet.

»Was, direkt hierher?«

Sie nickt.

»Das heißt …«, formuliere ich ganz vorsichtig, um nicht zu früh Hoffnung zu schöpfen. »Ihr seid ganz normal durch das Quadrum hierher zurückgekommen.«

»Normal würde ich dassss nicht nennen.« Ksü verzieht den Mund und wird dabei ihrem früheren Selbst, das ich so vermisse, ein wenig ähnlicher. »Wir sssssind gerannt, weg von den Flammen. Sssie haben uns in Richtung Ausgang getrieben.«

»Und dann seid ihr hier gelandet?«

Sie nickt und schaut zu Kojote hoch, der uns reglos zuhört.

»Wo ist das Quadrum, Ksü?«, frage ich. »Ihr seid dadurch zurückgekommen, also existiert es noch. Warum habt ihr es abgehängt? Habt ihr Angst?«

Sie senkt den Blick. »Ivan wollte essssss so«, sagt sie.

»Verstehe«, sage ich heiser.

»Nein, es ist nicht sssso, wie du denkst«, sagt sie eilig und wieder schießt ihre Zunge hervor, ich sehe ihr gespaltenes Ende, bevor sie sich einen Bruchteil von Sekunden später zurückzieht.

»Habt ihr die Quadren überhaupt noch?«, frage ich. »Oder habt ihr alle entsorgt?«

Sie streckt wie selbstverständlich die Hand nach mir aus. »Komm mit. Ich zeig dir wassss.«

Ich reiche ihr meine Finger, bemüht, mir meine neue Angst vor ihr nicht anmerken zu lassen. Dann durchflutet mich die Erinnerung daran, wie wir uns in den schlimmsten Momenten an den Händen gehalten haben. Die Wärme ihres Händedrucks hat mich damals aufrecht gehalten. Jetzt ist ihre Haut kalt und trocken, aber mit einem Mal ekele ich mich nicht mehr davor. Trotzdem kann ich ihr immer noch nicht ins Gesicht schauen, das sich so verändert hat.

Kojote folgt uns lautlos. Ksü ignoriert ihn, als hätte ich einen seelenlosen Bodyguard mitgebracht, den man wie ein Möbelstück behandeln kann. Das sieht der früheren Ksü gar nicht ähnlich. Ich denke flüchtig daran, dass ich Kojote vielleicht bitten sollte, in der Küche zu warten. Aber ich weiß auch selber, dass die Vorstellung absurd ist. Kojote ist nicht der Typ, der gehorsam in der Küche wartet.

Die Treppenstufen knarzen vertraut unter unseren Füßen. Wieder atme ich gierig ein, wieder bleibt das erwartete Glücksgefühl aus. Ein verwinkelter Flur, noch eine Treppe und dann macht Ksü eine Tür auf.

»Aber krieg keinen Schschschock«, zischt sie.

Genauso gut hätte sie mir das Luftholen verbieten können. Hier war ich noch nie gewesen. Ich hatte mir den Abstellraum der Quadren meiner Mutter immer wie eine kleine Kammer unter der Treppe vorgestellt, die man nur gebückt betreten kann. Aber das abgedunkelte Zimmer ist groß. Nur atmen lässt es sich schwer darin, es riecht verraucht und brennt sofort in meinen leidgeprüften Lungen. Ich höre Kojote neben mir kurz würgen.

»Ich wusste gar nicht, dass es so viele Quadren gibt«, flüstere ich. »Sind das alles Zugänge zum Wald? Wenn ich das früher geahnt hätte.«

»Nicht sssso schnell«, sagt Ksü und drückt auf den Lichtschalter. Es wird schlagartig so hell, dass es mir in den Augen brennt. Durch die Schlitze zwischen den zusammengekniffenen Augenlidern sehe ich mehrere Dutzend Rahmen in unterschiedlichen Größen. Aber meine Freude darüber verpufft sofort.

Sie sind alle verkohlt. Die Leinwände sind komplett zerstört, nur verrußte Fetzen hängen wie verbrannte Haut herunter.

»Was ist hier passiert?«, flüstere ich. »Wieder ein Attentat?«

Ksü schüttelt traurig den Kopf.

»Die waren schon sssso, als wir hier ankamen. Auch das Quadrum, aus dem wir rausgeflogen waren. Sie fühlten sich alle noch warm an. Sssonst war nichts zerstört.«

»Das Waldfeuer hat also auch die Zugänge verbrannt.«

»Ja«, sagt Ksü. »Und wie es ausssssieht, komplett.«

»Aber meine Mutter ist mit meinen Geschwistern dadrin geblieben!«, brülle ich und breche in Tränen aus, wie die frühere Juli, die keine bessere Antwort auf Schwierigkeiten wusste. »Das heißt, wenn alle Quadren vernichtet sind, kann ich nicht mehr zu meiner Familie in den Wald zurück! Falls sie überhaupt noch am Leben sind.«

»Vielleicht gibt es irgendwo doch noch eins, das heil geblieben ist«, sagt Kojote plötzlich.

Ksü und ich, wir drehen uns gleichzeitig zu ihm um. Wir hatten beide fast vergessen, dass wir nicht unter uns sind – so lautlos hatte er sich an unsere Fersen geheftet, so unauffällig, fast mit der Umgebung verschmolzen. Ksü mustert ihn erneut misstrauisch von Kopf bis Fuß, in ihrem Gesicht steht Abneigung, die mich überrascht.

In mir regt sich die frühere Normale Juli Rettemi, die sich ihrer Manieren entsinnt. Ich habe die beiden nicht einmal einander vorgestellt, denke ich.

»Kojote, das ist Ksü«, sage ich. »Meine allerbeste Freundin«, füge ich hinzu, als hätte ich eine Menge Freundinnen, die besten und die weniger besten. »Wir… wir haben viel zusammen durchgemacht. Ich versuche es dir ein andermal zu erklären, wenn es dich interessiert.«

Sein Kinn deutet ein Nicken an. Immerhin.

»Ksü, das ist Kojote.« Ich weiß nicht, welcher Part dieser Show der schwierigere ist. »Er ist… so eine Art Chef eines Rudels, das gestern von einer Razzia zersprengt wurde. Das Rudel hat mich aufgenommen, als ich orientierungslos durch die

Straßen irrte, nachdem …« Ich überlege, wie ich das nennen soll. Nachdem ich vor dem Feuer geflohen war? Ich wollte nicht fliehen. »Nachdem der Wald mich rausgeschmissen hat«, sage ich schließlich.

»Der Wald hat dich rausgeschmissen?« Ksü reißt ihre Augen auf, wieder schimmert so viel Vertrautes durch die neue Härte ihrer Gesichtszüge durch. »Wie kann das sein?«

»Hast du nicht gesehen, wie es war?«

»Ich habe es gesehen«, sagt Ksü. »Du warst mit Laura im Haus. Ihr wart alleine. Ihr habt euch unterhalten. Sehr laut. Es hat … nach einem Streit geklungen, Juli.«

»Konntest du sehen, was ich getan habe?«, frage ich mit klopfendem Herzen.

»Nein«, sagt sie und ich atme erleichtert aus. Wenigstens kann ich diese schreckliche Wahrheit für mich behalten.

»Der Wald war zu laut«, fährt Ksü fort. »Es kam ein Wind auf, alles hat geraschelt, irgendwas hat in der Ferne geheult, ich hab mich noch gefragt, ob es ein wildes Tier ist oder auch nur ein Windstoß. Und dann hat alles um uns herum angefangen zu brennen. Laura rannte heraus und schrie die Flammen an und drängte sie mit den Händen weg. Dann drehte sie sich zu uns um und rief: ›Lauft los! Jetzt wird's für euch gefährlich.‹ Und wir rannten los. Wir dachten, du hättest das Gleiche gemacht.«

»Nein, ich war im Haus«, sage ich. »Ich war so wütend auf meine Mutter … Ich hab gar nicht kapiert, dass der Wald brennt. Nicht sofort.«

Ksü sieht mich verständnislos an. Sie muss denken, dass ich jetzt komplett wahnsinnig bin. Dann zucke ich wieder zusammen, diesmal, weil sich Kojotes Arm ohne Vorwarnung um meine Taille legt. Wieso denkt hier neuerdings jeder, dass er mich begrapschen darf, denke ich genervt. Ich knuffe ihn in die Rippen und mache einen Schritt zur Seite, mit dem ich mich unauffällig hinauswinden will. Klappt nicht wirklich gut.

Kojote steckt die Hände in die Hosentaschen und verzieht den Mund zu einem schiefen Grinsen. »Juli also«, sagt er gedehnt. »Juli ist der Name, den man in diesen Tagen ständig hört. Kein Aktienkurs stürzt ab, ohne dass Juli ihre Finger mit im Spiel hätte. Kein Lebensmittelskandal, ohne dass sie mitmischt. Du hast *sehr* interessante Bekanntschaften, Babyfuß.«

Nichts sagen, Ksü, flehe ich innerlich, halt jetzt einfach den Mund. Ich sehe doch, dass du Kojote nicht leiden kannst, verzichte aber bitte auf diese Überheblichkeitsgeste. Du kennst ihn nicht und kannst auch nicht wissen, dass es seine Art ist, Späße zu machen. Aber warum vertraust du mir nicht? Denkst du, ich bringe einen Feind mit?

Sie hat recht, man kann mir nicht mehr vertrauen. Ich vertraue ja auch niemandem mehr.

Was auch immer Kojote denkt, er ist wahnsinnig schlau und ich habe bereits den Fehler gemacht, ihn hierherzubringen. Was natürlich schon wieder Quatsch ist, denn *er* hat mich hierhergebracht. Er hat mich nach einem Ort gefragt und ich habe geantwortet.

Sag einfach nichts, richte ich eine stumme Bitte an Ksü, denn du kannst nicht wissen, worauf er hinauswill. Ich weiß es ja selber nicht.

Aber meine Gedanken haben keinerlei Wirkung auf Ksü,

die sich zu Kojote dreht und mit schlecht unterdrücktem Zorn zischt: »Wenn du ihr was antusssst, bissst du tot, Schwachkopf.«

Halt die Klappe, Ksü, denke ich verzweifelt, bitte halt die Klappe.

Und dann höre ich zwei Dinge: Kojotes kehliges Lachen und das Knistern von Papier. Ich drehe mich zu ihm und sehe, wie er etwas aus den Tiefen seiner Kleider herausholt und entfaltet, was ziemlich schmutzig und bunt bedruckt ist, er hält es gegen die Wand und streicht es glatt und ich brauche Zeit, um zu kapieren, worum es sich nun genau handelt. Es ist das Fahndungsplakat mit der Haarspangen-Juli, mit den schreienden Buchstaben, die mich zu einer Mörderin erklären.

Mir entfährt ein erschrockenes Quieken. Ksü runzelt die Stirn und kommt näher. Kojote ignoriert sie.

»Entspann dich, Babyfuß.« Er klopft mir auf die Schulter. Mit der anderen Hand hält er das Plakat neben meinen Kopf. Ich unterdrücke den Impuls, mir beide Hände vors Gesicht zu schlagen. Ich kann mich nicht mehr verstecken. Mein Herz klopft irgendwo im Hals. Kojote schaut zwischen meiner Nase und dem Papier hin und her, legt den Kopf schief und schnalzt mit der Zunge.

»Du hast dich verbessert«, sagt er schließlich.

Hypnos

Danach passieren mehrere Dinge gleichzeitig. Ich höre, wie jemand die Eingangstür mit einem Schlüssel öffnet und das Haus betritt, etwas Schweres im Flur ablegt, bevor die Dielen im Flur unter seinen Füßen knarzen, immer lauter, je näher es kommt. Mein Herz klopft wieder schneller, aber diesmal nicht vor Angst.

Dann werde ich kurz abgelenkt, weil Ksü, die etwas Zeit gebraucht hat, um das Plakat zu studieren, zu einem Schluss gekommen ist, mit dem ich nicht gerechnet habe. Mit einem Zischen wirft sie sich zwischen Kojote und mich, krallt sich an seiner Jacke fest, er weicht zurück und sie prallen gemeinsam gegen die Wand. »Lassss sie in Ruhe«, zischt sie und drischt auf Kojote ein.

»Halt!«, brülle ich, weil mich Ksüs Zunge irritiert, hat sie vielleicht sogar Giftzähne, denke ich, wenn sie jetzt Kojote beißt, was dann? Habe ich einen Mitwisser weniger? Ich versuche, Ksü an den Schultern zu packen, kriege aber nur ihren Ellbogen gegen die Nase. Dass ich drei Monate auf der Straße gelebt habe, hat noch keine gute Schlägerin aus mir gemacht.

Ich richte mich auf, drücke die Hand gegen die Nase, sie fühlt sich an, als wäre sie abgeschlagen, und entsetzt sehe ich, wie es rot in meine Handfläche tropft. Und so, bluttriefend und mühsam atmend, drehe ich mich zu Ivan, der mit kalkweißem Gesicht und merkwürdig ausgestrecktem Arm den Raum betritt.

Beim Anblick seiner mit Kojote verkeilten Schwester überlegt er nicht lange. In seiner ausgestreckten Hand blitzt eine kleine silbrige Dose auf. Er zögert nur kurz und richtet sie gegen das fluchende und zischende Knäuel. Eine nach Veilchen duftende Wolke hüllt Gliedmaßen und herumfliegende Fetzen ein, von denen ich nicht sofort erkenne, ob es sich um herausgerissene Haarbüschel oder herausgebissene Stoffstücke handelt. Ich spüre etwas Ätzendes in der Kehle und dann richtet Ivan die Dose mit der Düse in meine Richtung. Ich strecke den Arm ebenfalls aus – an meiner blutigen Hand zittern alle Finger gleichzeitig.

»Ich bin's doch, Ivan«, flüstere ich. »Juli.«

Ich sehe in sein Gesicht, das sich im Gegensatz zu Ksüs kaum verändert hat. Weiß Gott, womit ich gerechnet habe. Er ist sogar etwas schöner geworden, die Gesichtszüge ebenmäßiger, ich nehme mir die Zeit, sie zu studieren, während ich an der Sprühdose vorbeiblicke, die mir die Sicht verstellt. Sogar in dieser Situation wirkt Ivan fast unnatürlich ruhig. Wir starren uns in die Augen, seine sind von einem dunklen Blau. Aus dem Augenwinkel sehe ich, dass auch Ksü und Kojote inzwischen zu einer unheimlichen Ruhe gekommen sind, auf den Boden gesunken, die Arme immer noch umeinandergelegt. Man könnte sie jetzt für ein Liebespaar halten.

»Ich bin's, Ivan«, flüstere ich. »Bitte glaub mir. Ich weiß zwar selber nicht mehr genau, wer ich bin, aber auf jeden Fall bin ich das Mädchen, das einmal Juli geheißen hat. Ich sehe etwas anders aus, als du mich vielleicht in Erinnerung hast. Das liegt daran, dass ich die letzten Wochen auf der Straße gelebt habe, in einem Rudel obdachloser Jugendlicher. Ich habe mich so dreckig gemacht wie nur möglich, denn als ich den Wald wieder verlassen hatte, hingen überall in der Stadt Fahndungsplakate herum, die mich zu einer Mörderin erklärten. Ich konnte vor Angst nicht mehr denken: Das Einzige, was mir noch klar war, war, dass mich niemand wiedererkennen darf. Wenn ich gekonnt hätte, hätte ich mich verstümmelt, mein Gesicht mit Narben übersät, so sehr hab ich mich gefürchtet. Aber ich bin zu feige, mehr als ein bisschen Dreck um die Nase habe ich nicht hingekriegt. Sieh dir meine Füße an, kannst du dir vorstellen, dass ich früher einmal zur Pediküre gegangen bin? Ist das nicht komisch, Ivan?«

Ich erzähle ihm all das, aber ich spreche nicht davon, welche Angst ich hatte hierherzukommen, wie sehr ich mich gefürchtet habe, dass sie genauso verschwunden sein würden wie alles andere, das mir etwas bedeutet hat.

Er weicht nicht zurück, bleibt stehen, als ich auf ihn zugehe, auf seinen ausgestreckten Arm zu, aber sein Gesicht verrät, wie viel Überwindung ihn diese Haltung kostet. Ich lege meine Hand auf die Dose, bedecke damit den Sprühkopf, doch er entzieht mir seinen Arm, lässt ihn schließlich sinken und fixiert mein Gesicht.

»Hab ich mich so verändert, Ivan? Es ist lange her, dass ich in einen richtigen Spiegel geschaut habe. Habe ja immer nur nach meinen Spiegelbildern in Schaufenstern und Pfützen gesucht, mich dort aber auch nicht wiedererkannt, kannst du dir ja vielleicht denken. Das gilt aber nicht nur für mich, sondern für alles drum rum, es fühlt sich an wie ein Zerrspiegel von dem, was früher mal gewesen ist.«

Dann habe ich plötzlich genug davon, beim Sprechen in sein maskenhaftes Gesicht zu schauen.

»Gib mir ein Zeichen, dass du mich hören kannst, Ivan«, sage ich. »Irgendeinen kleinen Hinweis, dass du dich an mich erinnerst und mich wiedererkennst. Ich kann mich leider nicht mehr ausweisen, um meine Identität zu beweisen. Ich hab mein ID-Armband im Wald gelassen und kann nicht mehr zurück. *Der Wald,* du erinnerst dich vielleicht noch.«

Es ist, als würde jetzt irgendetwas in Ivans Kopf Klick machen.

»Jetzt red nicht so einen Unsinn«, sagt er mit alltäglicher Stimme, als wäre alles wie immer, dreht sich um und lässt mich kurz stehen, verschwindet im Flur, um wenig später mit einem Paar Hausschuhen zurückzukehren, die er vor meine Füße wirft. Ich schau drauf, als hätte ich so etwas noch nie im Leben gesehen. Auf einmal wage ich es nicht, meine schmutzigen Zehen da hineinzustecken, und bleibe einfach daneben stehen.

Ivan scheint es nicht weiter zu kümmern. Er dreht mir den Rücken zu und beugt sich über Ksü und Kojote. »Du siehst dir immer noch absolut ähnlich«, wirft er mir über die Schulter zu, während er versucht, die beiden im Kampf Erstarrten voneinander zu lösen. Schließlich hebt er ächzend Ksü hoch, ihre Arme und Beine baumeln herunter, der Kopf ist zurückgeworfen.

»Was hat sie?«, frage ich.

»Sie ist betäubt«, sagt Ivan. »Schlafgas.«

»Du benutzt Schlafgas gegen deine Schwester?«

»Es wirkt schneller als Argumente. Und es ist völlig unschädlich. Sie ruht sich aus und am Morgen ist sie wieder wach.« Er dreht mir abermals den Rücken zu und verlässt die Küche.

Ich beuge mich über Kojote, der auf den Dielen zusammengesunken ist. Dabei fällt mir ein, dass ich ihn noch nie schlafend gesehen habe. Ich studiere sein Profil. Es überrascht mich, dass er eine sehr gerade Nase und ein Grübchen auf dem Kinn hat. Er sieht jünger aus als im Wachzustand. Ich schaue mich um auf der Suche nach etwas Weichem, das ich ihm unter den Kopf schieben könnte. Die Dielen knarzen erneut – Ivan ist wieder da, stellt sich neben mich und blickt auf Kojote herunter.

»Welches Problem hatte Ksü mit ihm?«

»Hab ich auch nicht genau verstanden«, gestehe ich.

»Hat er sie provoziert?«

»Nicht wirklich. Höchstens ein ganz klein bisschen.«

»Sie lässt sich im Moment sehr leicht provozieren.« Ivan schaut an mir vorbei auf das Rechteck an der Wand. »Das ist ziemlich gefährlich. Deswegen habe ich sie krankschreiben lassen. Sie geht nicht mehr aufs Lyzeum. Streng genommen darf sie gar nicht auf die Straße. Sie könnte mit dem, was sie dort sehen würde, überhaupt nicht umgehen.«

Die Vorstellung, dass Ksü weiter aufs Lyzeum gehen könnte, während ich die Mülltonnen vor dessen Tor nach Essensresten durchwühle, kommt mir absurd vor.

Ich denke an die gespaltene Zunge und daran, was aus Ksü geworden ist. Aus jener Ksü, die früher so gelächelt hat, als könnte ihr nichts Böses passieren. An die ich mich schreiend geklammert habe, als wir auf ihrem Moped durch die Stadt gerast sind. Mir ist danach zu weinen, obwohl ich mir das längst abgewöhnt habe.

»Was macht sie denn die ganze Zeit?«

»Sie sitzt zu Hause.« Ivan schiebt mit der Fußspitze Kojotes Ärmel hoch. Im Gegensatz zu mir ist er beim Anblick des ID-Armbands kein bisschen überrascht. »Sie trauert dem Wald nach. Und dir. Ich mag mir nicht ausmalen, was der Anblick dieser Fahndungsplakate bei ihr auslösen würde. Ich kann es nicht riskieren, dass sie einen Anfall in der Öffentlichkeit kriegt.«

Ich spüre die heiße Empörung in mir. »Das heißt, du sperrst sie ein?«

»Hast du eine bessere Idee?«

»Aber ich bin doch wieder da«, sage ich dümmlich.

Ivan dreht sich zu mir. Ich habe Angst vor seiner Antwort. Aber er sagt gar nichts. Deswegen verrate ich ihm nicht, wie sehr ich mich gefreut habe, ihn zu sehen. Ich schäme mich für meine Begeisterung von vorhin, so sehr, dass ich spüre, wie meine Wangen glühend rot werden. Ich wende mich ab.

»Du hast dich verändert«, sage ich, ohne ihn anzusehen.

»Nicht nur ich«, sagt er bitter.

»Was ist denn passiert? Erklär es mir bitte.«

Er zuckt mit den Schultern, als wäre die Frage dumm. Dann deutet er auf den schlafenden Kojote.

»Was ist jetzt mit dem Kerl? Hier kann er nicht liegen bleiben.«

»Wir könnten ihn zusammen nach oben ins Bett tragen«,

sage ich vorsichtig. Und halte sofort inne. Ich habe noch gar nicht gefragt, ob ich überhaupt bleiben darf.

»Ich kenne ihn nicht. Ich kann ihm nicht trauen«, sagt Ivan gleichgültig.

»Aber mich kennst du doch. Scheinst mir aber auch nicht zu trauen«, bemerke ich bitter.

»Nimm es nicht persönlich. Die Zeiten sind so.«

»Die Zeiten?« Ich spüre, wie Wut in mir hochsteigt. Ich hätte viel früher wütend werden sollen, denn endlich wird mir warm. Ivan schaut mich besorgt von der Seite an, als würde er jetzt abschätzen wollen, wie gefährlich ich bin. Soll er doch Angst vor mir haben, denke ich zornig.

»Du benimmst dich so, als würdest du mich nicht mehr kennen, Ivan. Was habe ich dir getan? Was genau nimmst du mir übel? Den Wald? Meine Mutter hat dich da reingeholt, als du schwer verletzt warst, um dich vor der Polizei zu retten. Okay, die Polizei war letztendlich meinetwegen da... aber ich kann doch nichts dafür. Hasst du mich, weil deine Eltern gestorben sind und du meiner Mutter die Schuld gibst?«

Ivan hebt den Kopf und sieht mir in die Augen. Ich höre sofort auf zu brüllen. Für einen kurzen Moment erkenne ich den Schmerz, der darin aufflackert.

»Hast du gesehen, was mit Ksü passiert ist?«

Für einen Moment bleibt mir die Spucke weg. Was glaubt er denn? Natürlich habe ich gesehen, was mit ihr passiert ist. Gesehen, aber nicht verstanden. »Ksü verwandelt sich«, sagt Ivan.

»Ist das... eine Nebenwirkung des Inspiros?«, frage ich und hoffe, dass meine Frage nicht dumm wirkt. Ich weiß nicht viel darüber. Ksü war nach der Explosion in ihrem Haus so schwer verletzt, dass sie im Sterben lag. Meine Mutter hatte einen Inspiro gerufen, der sich für ihren Körper und damit auch für die Heilung zuständig erklärt hat.

»Eine Nebenwirkung?«, fragt Ivan und die Hoffnungslosigkeit in seinem Gesicht verursacht mir einen fast körperlichen Schmerz. »Das ist die Hauptwirkung. Sie *ist* der Inspiro.«

Die furchtbare Wahrheit sickert in mich hinein. So ausgesprochen wirkt es viel schlimmer als nur gedacht. Aber natürlich weiß ich es, ich wusste es von dem Moment an, als ich Ksü an der Tür gesehen habe. Ich habe es bei meinem Vater gesehen. Und bei ihm habe ich auch erlebt, was passiert, wenn der Inspiro den Körper wieder verlässt. Wenn man das geliehene Leben wieder zurückgeben muss.

»Das ist entsetzlich, Ivan, aber wofür hasst du jetzt *mich?«*, frage ich hilflos, dabei bin ich es ja selber, die sich hasst.

»Ich hasse dich nicht!«, schreit Ivan plötzlich und nun trete ich einen Schritt zurück. Ich habe ihn noch nie schreien gehört. »Aber ich bin, nachdem wir vom Feuer aus dem Wald geflohen sind, tagein, tagaus mit den Folgen von dem beschäftigt, was andere angerichtet haben. Ihr denkt, es ist so einfach, es ist alles erlaubt, ihr überlegt überhaupt nicht, bevor ihr was tut. Aber alles, was ihr macht, hat Konsequenzen und vieles davon ist vernichtend für andere. Weil deine Mutter so dringend ihre Quadren malen musste, die andere um den Verstand bringen, sind meine Eltern tot und meine Schwester verwandelt sich in ein Reptil. Unsere Welt bricht auseinander und ich kann es mir nicht leisten, jetzt noch etwas falsch zu machen. Ksü ist das Einzige, was mir geblieben ist, verstehst du? Aber ich finde keinen Zugang mehr zu ihr, weil sie dich so vermisst hat, dass sie lieber sterben wollte, als ohne dich zu leben. Es ist, als hätte der Wald ihr einen Teil ihrer Seele geraubt.«

Ich habe so etwas Ähnliches schon mal gehört, denke ich. Kojote hat es aber irgendwie anders formuliert.

»Du hast *alles, was ihr macht* gesagt.« Ich kämpfe mich mühsam durch den Satz. Ich muss Ivan diese Frage stellen, denn darum dreht sich das hier alles. »Wen meinst du mit *ihr?*«

»Was für eine Frage.« Und weil ich ihn immer noch angucke, spuckt er aus: »Ihr Pheen.«

»Ich weiß immer noch nicht, ob ich eine bin.«

Ivan lacht, aber es klingt alles andere als fröhlich.

»Früher hast du anders über Pheen gesprochen. Früher wolltest du ein Pheen-Anwalt werden«, sage ich.

»Früher war früher.«

»Und jetzt hasst du die Pheen wie ein Vorzeige-Normaler, oder was?«

»Nein«, sagt Ivan und seine Stimme klingt wieder ruhig und beherrscht. »Ich hasse euch nicht. Aber ich habe Angst vor euch.«

Ich denke an Ksü, die in ihrem Bett einen chemischen Schlaf schläft. Ohne sie wäre ich längst nicht mehr hier. Aber warum gehe ich nicht einfach? Schließlich ist sie es ja nicht wirklich, die da oben liegt.

Dann aber fällt mir ein, wie sie Kojote angegriffen hat. Sie wollte mich verteidigen, denke ich, und pulsierende Wärme breitet sich in meiner Brust aus. Sie hat mich vermisst wie ich sie. Sie ist immer noch so, wie sie früher war, wenn sie zwei Obdachlose in ihr Haus lässt, um ihnen etwas zu essen zu geben. Auch wenn sie jetzt verändert aussieht und deutlich reizbarer geworden ist. Was der Wald ihr auch genommen haben muss – es scheint immer noch genug von ihrem früheren Selbst da zu sein.

Sie hat dich so vermisst, dass sie lieber sterben wollte, als ohne dich zu leben, hat Ivan gesagt. Vorhin, da muss sie gedacht haben, dass Kojote etwas Schlimmes mit mir vorhat. Sie hat seine kleine Show mit dem Plakat, das er schon die ganze Zeit bei sich getragen hat, einfach nicht verstanden. Sie war sich sicher, dass er eine Gefahr für mich ist.

Ich sitze auf dem Boden neben Kojote, der leise schnarcht, nachdem Ivan und ich ihn an den Beinen ins Nachbarzimmer gezogen haben.

»Ich werde gehen, sobald er aufgewacht ist«, sage ich und versuche, meine Stimme unter Kontrolle zu halten.

Ivan nickt wortlos und ich habe das Gefühl, dass mir das Herz in der Brust vor Enttäuschung zerspringt.

»Kojote ist ein Normaler«, sage ich, aber ich glaube nicht wirklich, Ivan damit zu besänftigen. »Er ist in Ordnung. Seine Familie hatte große Probleme und er ist auf der Straße gelandet.«

»Das kommt jetzt immer häufiger vor«, sagt Ivan gleichgültig. »Die normalen Familien fallen auseinander. Dafür ziehen immer mehr Freaks in die Häuser, die Normale verkaufen müssen.«

»Das muss dir doch gefallen«, sage ich. »Du warst immer gegen die Trennung, Ivan.«

»Die Trennung ist damit nicht aufgehoben«, sagt Ivan hart. »Im Gegenteil. Wir stehen kurz vor einem Bürgerkrieg.«

Das ist mir völlig neu und ich sehe ihn fassungslos an.

»Mein Gott, Juli, in welcher Welt lebst du?«

»Das frage ich mich auch«, flüstere ich und stehe auf. »Kann ich bitte noch mal Ksü sehen?«

Ivan zögert. Doch dann nickt er. »Ich komme mit«, entscheidet er und deutet an, dass ich vorgehen soll.

Ich hätte Ksüs Zimmer auch allein finden können, aber offenbar traut Ivan mir so wenig über den Weg, dass er unbedingt dabei sein will. Ich öffne die Tür, ohne anzuklopfen, weil ich Ksüs flache, mit leisem Schnarchen unterlegte Atemzüge schon im Flur hören kann. Es ist das Zimmer, in dem ich einige Tage mit Ksü wohnen durfte, nachdem ich von zu Hause weggelaufen war. Ksü liegt auf dem Bett, liebevoll zugedeckt mit einer bestickten Decke. Auf der Fensterbank entdecke ich ein kleines verbranntes Quadrum. Ivan sieht es auch sofort, durchquert das Zimmer zielstrebig und steckt es schnell ein.

»Sie hat nicht aufgehört zu hoffen, dass du aus einem dieser Quadren wieder rauskommst«, sagt er ohne ein Lächeln. »Ich verstecke sie immer und sie holt sie wieder hervor. Ich denke daran, sie alle ein für alle Mal entsorgen zu lassen.«

»Tu es doch«, sage ich und merke, wie sie mir inzwischen völlig gleichgültig geworden sind. Verbrannte Quadren helfen niemandem mehr. Ich weiß, dass meine Mutter nicht mal an ihnen gehangen hat, als sie noch heil waren. Wenn sie eins fertig gemalt hat, hat es sie nicht weiter interessiert. Sie hat sie verschenkt, obwohl sie ihre Bilder auch für viel Geld auf dem Schwarzmarkt hätte verkaufen können. Aber Geld war ihr unwichtig. Was war ihr überhaupt wichtig gewesen?

Die Kinder, hat sie behauptet. Stimmt wenigstens das?

Ich setze mich an Ksüs Bettrand. Jetzt verstehe ich, warum sie mich unbedingt anfassen musste, als sie mich wiedergesehen hat. Ich möchte sie auch berühren. Zu überwältigend ist das Gefühl, etwas Verlorenes wiederzufinden und festzustellen, dass es gar nicht das ist, was man vermisst hat, sondern eine neue, beängstigende Mischung aus Vertrautem und Fremdem.

»Schläft sie fest?«, frage ich Ivan. Er nickt.

Ich fahre mit der Fingerspitze über Ksüs flach gewordene Nase. Die Haut an ihrem Schädel fühlt sich warm und trocken an, die Handfläche ist irritiert von dem ungewohnten Gefühl, etwas Reliefartiges zu berühren. Ksüs Atem geht viel, viel schneller als meiner, dafür aber auch sehr flach. Jetzt, wo sie schläft, habe ich Zeit, mich an die Veränderung zu gewöhnen, und das tut mir gut. In mir steigt der Wunsch auf, Ksü auf die Schläfe zu küssen, aber wenn Ivan zusieht, werde ich es nicht tun.

Ich bleibe noch eine Weile sitzen und streichel Ksüs Finger, dann stehe ich auf und gehe an Ivan vorbei aus dem Zimmer.

»Warte.« Er hält mich an der Schulter fest. Ich schaue ihn müde an, mache mich innerlich bereit auf noch mehr Worte, die sich wie Ohrfeigen anfühlen. »Glaub mir, Juli, mir wäre es viel lieber, wenn die Dinge anders wären und du bleiben könntest. Aber es ist nicht nur für uns gefährlich. Sondern auch für dich. Ich gehe fest davon aus, dass wir unter verschärfter Beobachtung stehen.«

»Ist klar«, sage ich, ohne ihn anzusehen. »Du wolltest mich eigentlich nie hier haben. Schon früher hattest du das Gefühl, dass ich euch Unglück bringe. Vielleicht hattest du damit recht.«

»Nein, Juli, du siehst es falsch.« Überrascht bemerke ich, dass Ivans Gesicht nicht mehr gleichgültig ist. Warum habe ich früher immer gedacht, dass er so viel älter ist als ich, wundere ich mich. Vielleicht haben mich die Monate ohne Schuhe auf der Straße einige Jahre älter gemacht? Vielleicht hat der Aufenthalt im Wald uns beide so sehr verändert? Jedenfalls habe ich zum ersten Mal das Gefühl, dass wir uns ebenbürtig sind.

»Du kannst nicht mehr in euer Haus zurück«, sagt Ivan leise. Wir stehen jetzt nebeneinander im dunklen Flur, und obwohl ich so enttäuscht bin, klopft mein Herz immer noch schneller und ich denke, vielleicht entscheidet er sich doch um und ich darf bleiben und alles wird gut.

»Danke für die Nachricht.«

»Im Ernst. Ich sage es nur für den Fall, dass du es noch nicht gehört hast. Dort lebt jetzt eine andere Familie. Du wirst nicht einmal ins Viertel gelassen. Du weißt sicher längst, dass nach dir gefahndet wird. Aber hast du schon mal dran gedacht, deine Großeltern aufzusuchen?«

»Ich habe keine Großeltern«, informiere ich ihn matt.

»Natürlich hast du. Die Eltern deines Vaters.«

Rudolf ist nicht dein Vater, sagt die Stimme meiner Mutter.

»Ach so, klar«, sage ich. »Die Eltern meines Vaters. Aber leider haben wir ein etwas zerrüttetes Verhältnis. Wenn ich da auftauche, rufen sie sofort die Polizei.«

»Das glaube ich nicht, Juli. Sieh mal, sie sind im Moment sicher komplett vereinsamt und verzweifelt. Sie haben alles verloren. Bitte fahr zu ihnen, ich bin mir sicher, dass es eine gute Idee ist. Sie werden dir helfen.«

»Sie haben mir noch nie im Leben geholfen. Sie hassen mich.«

»Juli!« Ivan steht so dicht vor mir, dass ich mich wundere, warum er nicht einfach seine Arme um mich legt. Aber er lässt sie kraftlos hängen. »Ich weiß, dass du mir jetzt, nach allem, was ich dir gesagt habe, misstrauen musst. Aber glaub mir bitte. Fahr zu ihnen. Tu es … für mich.«

Hat er es wirklich gesagt? Ich kann seine Augen in der Dunkelheit erkennen, sie sind voller Abgründe und ernst.

»Mal sehen«, sage ich unbestimmt und mache mich auf den Weg zur Treppe. Hinter mir höre ich Ivans Schritte.

Kojote liegt nicht mehr auf dem Boden, sondern sitzt, gegen die Wand gelehnt, an der er sich zusätzlich mit einer Hand abstützt. Er schaut sich um, blinzelt und reibt sich die Augen: Offenbar weiß er nicht mehr so genau, wie er hierhergekommen ist und was ihn erwartet. Als er mich sieht, verzieht sich sein Gesicht zu einem breiten, wenn auch etwas einseitigen Grinsen.

»Der geheimnisvollste aller Babyfüße! Komm her, alter Kumpel.«

»Du bist ja schon wach«, sage ich und auch Ivan guckt überrascht in Kojotes Richtung. Wahrscheinlich hätte er mit längerer Wirkung seines Sprays gerechnet.

Kojote richtet sich langsam weiter auf, wobei er sich an der Wand hochtastet. »Welcher Stoff war das?«, fragt er.

»Hypnos«, antwortet Ivan. »Du hast dich mit meiner kleinen Schwester geprügelt. Ich musste Maßnahmen ergreifen. Nicht persönlich nehmen.«

»Ist deine Schwester die Schlange von vorhin?«

»Kojote!«, sage ich warnend.

»Exakt«, sagt Ivan mit einer Stimme, aus der jegliches Leben gewichen ist.

»Ich hoffe, ich habe sie nicht verletzt«, sagt Kojote und deutet eine wacklige Verbeugung in Richtung Ivan an.

»Ich hoffe, sie hat dich nicht verletzt«, antwortet Ivan ebenso liebenswürdig.

»Und jetzt, bevor ihr euch noch gegenseitig zum Tanzen auffordert, müssen wir leider schon gehen, Kojote«, sage ich.

Für einen kurzen Moment ist Erstaunen in seinem Gesicht zu sehen. Er schaut zwischen mir und Ivan hin und her. Ich bin ihm unendlich dankbar dafür, dass er nicht nach dem Grund der Planänderung fragt, sondern einfach nur nickt. Wahrscheinlich wird er mir gleich auf der Straße alles sagen, was er davon hält, dass er mich durch die ganze Stadt hierherbegleitet, um erst in eine Schlägerei verwickelt, dann betäubt und schließlich zusammen mit mir rausgeschmissen zu werden.

»Wartet«, sagt Ivan heiser. »Geht nicht einfach so. Ich gebe euch vorher noch was zu essen.«

Ich will nichts mehr von dir, will ich antworten, aber Kojote hält mir mit seiner dreckigen Hand einfach den Mund zu, als wüsste er, was mir auf der Zunge liegt. Ivan verzieht das Gesicht, als er das sieht, aber ich rede mir ein, dass mich das nicht mehr kümmert. Ich bilde mir auch ein, dass ich nur wegen Kojote noch ein paar Minuten bleibe, weil er sicher wahnsinnigen Hunger hat und ich ihm zumindest eine Mahlzeit schuldig bin.

Ivan stellt Brot, Butter und Käse auf den Tisch, öffnet irgendwelche Dosen mit Fisch, Fleisch und Gemüse, wärmt kalte gekochte Kartoffelscheiben in der Pfanne auf und brät Eier an. Ich stelle fest, dass ich dabei unruhig mit den Fingern auf die Tischplatte trommel und alle zwei Sekunden ganz laut schlucke. Dann muss ich mich zügeln, um mir nicht alles auf einmal in den Mund zu stopfen und dabei nicht zu knurren wie ein Hund. Aus den Augenwinkeln sehe ich, dass Kojote mit geradem Rücken am Tisch sitzt und etwas gelangweilt Bissen mit der Gabel zu seinem Mund führt, als wäre er längst absolut satt und würde nur aus purer Höflichkeit eine Kleinigkeit essen. Bei diesem Anblick verschlucke ich mich und besinne mich ebenfalls des Bestecks.

Trotz Kojotes bedächtigen Tempos dauert es merkwürdig kurz, bis wir alles, was auf dem Tisch stand, in uns hineingeschaufelt haben. Ich spüre meinen Magen wie einen vollgestopften Ballon zwischen meinen Rippen und das vergessene Gefühl des Sattseins macht mich schläfrig. Mir ist peinlich, dass Ivan mein gieriges Schlingen mit angesehen hat, selbst ein kleines Lächeln glaube ich, in seinem Gesicht zu bemerken. Dann verschwindet er noch mal kurz aus der Küche, um mit zwei Paar Schuhen und zwei warmen Jacken zurückzukehren. Er hält das alles in unsere Richtung. Ich wechsele einen Blick mit Kojote.

Nimm es, sagen seine Augen und ich gehorche.

Kojote nickt Ivan zu, steckt die Füße in die Schuhe und beginnt, sie zuzubinden. Es sind feste Wanderschuhe mit etwas abgenutzten Schnürsenkeln. Die Schuhe, die Ivan mir gereicht hat, stellen sich als hohe Schnürstiefel mit dicken Sohlen heraus.

»Ist es Ksü recht, dass du sie mir gibst?«, frage ich.

»Sie sind nicht von Ksü«, sagt Ivan. »Ksü hat viel kleinere Füße. Sie sind von meiner Mutter. Und die da…« Er nickt in Kojotes Richtung. »…sind von meinem Vater.«

Kojote sieht aufmerksam auf. Ich bücke mich, um mein Gesicht zu verbergen.

»Danke«, murmele ich.

Als Kojote und ich das Haus verlassen, steht Ivan in der Tür. Da ich nicht weiß, mit welchen Worten ich mich verabschieden soll, sage ich lieber gar nichts. Kojote begnügt sich auch mit Gesten – ein kurzes Nicken und die zum Abschiedsgruß angehobene Hand. Ich muss ihn dafür bewundern. Jede meiner eigenen Regungen kommt mir unbeholfen und peinlich vor.

Ivans Gesicht ist wieder so gleichgültig wie am Anfang. »Macht's gut«, sagt er.

Wir wandern die Straße herunter, eingehüllt in dicke Jacken, das ungewohnte, schwere und wohlige Gefühl der Schuhe an unseren Füßen auskostend. Ich denke an Ksü, wie sie in ihrem Bett liegt, und an Ivan, der vielleicht gerade zu ihr geht. Bevor wir um die Ecke zur U-Bahn-Station biegen, drehe ich mich noch mal um.

Ivan steht in der Tür und sieht uns nach. Da er sich gerade offenbar unbeobachtet gefühlt hat, erhasche ich einen Blick auf sein Gesicht ohne Maske. Und ich sehe so viel Furcht und Verzweiflung darin, dass ich sofort bereit bin, ihm diesen schrecklichen Empfang zu verzeihen.

Ingrid und Reto

Das waren also deine besten Freunde?«, fragt Kojote im U-Bahn-Waggon. Die schwarze Jacke mit unzähligen Reißverschlüssen und Taschen macht einen anderen Menschen aus ihm, vor dem ich mich abermals abwende, diesmal, weil ich mich in Grund und Boden schäme.

Ich habe neue Kleider und Schuhe und bin unglücklich wie schon lange nicht. Ich habe die schlafende Ksü vor Augen. Jetzt, wo wir das Haus verlassen haben, frage ich mich, warum ich mich dadrin eigentlich so angestellt habe. Im Rückblick kommt sie mir gar nicht so schrecklich verändert vor. Ich fühle mich, als hätte ich etwas Wichtiges verpasst.

Ich schiele in Kojotes Richtung. Das lenkt mich ab. Was wird er jetzt von mir denken? Natürlich schulde ich ihm nichts. Aber er hat mir geholfen, auch wenn es nichts gebracht hat. Und er trägt auch noch das Fahndungsplakat bei sich. Vermutlich schon länger. Fragt mich aber nicht danach. Begleitet eine mutmaßliche Mörderin zu ihren Großeltern, deren Adresse ich aus den Tiefen meiner Erinnerung hervorgekramt habe. Fragt nur höhnisch: »Noch mehr Freunde?«

»Schlimmer«, antworte ich. »Oma und Opa.«

Sein Schweigen macht mich nervös. Er müsste mich jetzt ausfragen – über Ksü, Ivans abweisendes Verhalten, die verbrannten Quadren. Wie kann er so viel über das Leben wissen, wenn er so wenig neugierig ist?

Die einzige Frage, die er mir stellt, lautet: »Warum heulst du?«

Dabei versuche ich schon die ganze Zeit, mein Gesicht zu verbergen. Ich kann ja schlecht antworten, wie mich der Besuch schockiert hat. Dass ich für den glücklichen Fall, dass wir Ksü und Ivan zu Hause angetroffen hätten, mit einem herzlichen Empfang gerechnet habe und nicht damit, dass Ksü nach einer Viertelstunde in einen chemischen Schlaf sinkt und ich mit Kojote nur wenig später wieder auf der Straße stehe.

»Der Bruder deiner Freundin ist ein Arschloch«, sagt Kojote, als hätte er meine Gedanken gelesen.

»Ist er nicht«, protestiere ich. »Du hast keine Ahnung, was er durchgemacht hat.« Das Bild von einem früheren Ivan taucht vor meinem inneren Auge auf. Ivan auf dem geflügelten Motorrad. Aufrecht und lächelnd. »Wenn du ihn vor einem Jahr gesehen hättest, würdest du jetzt anders über ihn denken.«

»Glaub ich nicht«, sagt Kojote. Ich sehe kurz zu ihm und denke: Stimmt, ich hab ja auch kaum Ahnung davon, was *du* durchgemacht hast.

»Schau mich nicht so an«, sagt Kojote. »Zieh dir lieber die Kapuze ins Gesicht. Bist ja, wie wir gerade gemeinsam rausgefunden haben, der teuerste Babyfuß der Welt.«

Panisch versuche ich, mein Gesicht hinter Kapuze und Kragen zu verbergen. Die Stiefel an den Füßen haben einen gefährlichen Entspannungseffekt. Ich habe in der Tat für einen kurzen Moment vergessen, dass ich vogelfrei bin. Wenn man barfuß herumläuft, wenn jeder Schritt mit Schmerz droht, steht man permanent unter Strom. Das fördert die Wachsamkeit.

»Wie lange weißt du es schon?«, frage ich Kojote, der sich mit geschlossenen Augen auf seinem Sitz zurücklehnt.

Er zuckt mit den Schultern. »Eine Weile.«

»Und weiß es noch jemand aus dem Rudel?«

Sein mir zugewandter Mundwinkel fährt nach oben. »Glaubst du wirklich, du wärest dann noch hier?«

Ich schlucke. »Und wann verrätst du mich an die Polizei?«

Jetzt grinst er noch breiter. »Mal sehen.«

»Es ist eine Belohnung auf mich ausgesetzt«, sage ich hoffnungslos. »Eine ziemlich hohe.«

»Ich kann lesen. Steht überall drauf. Aber ich mach mir nichts aus Geld.«

Ich weiß nicht, was ich darauf antworten soll. Ich stütze die Ellbogen auf die Knie, verberge mein Gesicht hinter den Händen. Ohne Kojote wäre ich verloren. Was nicht heißt, dass ich ihm vertraue. Ich habe bloß keine Wahl. Welches Spiel auch immer er spielt, ich spiele mit, so gut ich kann.

Kojote hustet und wischt sich mit dem Ärmel über den Mund.

»Dieses Hypnoszeug, das dein bester Freund da herumgesprüht hat«, sagt er, ohne mich anzusehen. »Das benutzen übrigens normalerweise die Experten der Polizei. Und zwar, behaupten sie jedenfalls, ganz exklusiv.«

Das Viertel, in dem Ingrid und Reto leben, begrüßt mich ebenfalls mit einem hohen Zaun, der oben mit Stacheldraht gesichert ist. Der Zaun ist neu, früher konnte man ungehindert herein. Die Zugangsstraße ist abgesperrt, davor steht ein Glashäuschen, in dem jemand sitzt, dessen buschigen Schnurrbart ich von Weitem sehen kann. Obwohl ich damit gerechnet habe, stöhne ich nun doch leise und bleibe sofort stehen.

»Das war es. Ende der Veranstaltung.«

»Mach dir nicht ins Hemd. Ich melde dich bei dem Walross an. Er holt dann deine Großeltern.«

»Superidee. Am besten, du kündigst mich mit vollem Namen an. Es meldet sich schließlich nicht jeden Tag eine gesuchte Verbrecherin.«

»Muss doch gar nicht dein richtiger Name sein, Superhirn. Wen würden deine Großeltern noch reinlassen außer dir?«

Ich überlege nicht lange, bevor ich »Kassie Rettemi« sage.

Ich verstecke mich hinterm Baum und beobachte, wie Kojote dem Schnauzbart winkt. Gut, dass er nicht mehr barfuß ist und eine Kapuze über seinen blutroten Haaren trägt, denke ich, jedenfalls scheint er sich schnell Gehör zu verschaffen. Ein kleines ovales Fenster an der Seite des Glashäuschens geht auf, Kojote schreit den Namen meiner Schwester hinein, den sich der Mintgrüne offenbar mehrmals buchstabieren lässt. Dann hebt er einen Telefonhörer ab.

Es dauert nicht lange, bis ich sie sehe: eine große gebückte und eine kleine, aber kerzengerade Gestalt, die sich Seite an Seite nähern. Ihre Schritte wirken bedächtig, aber ich erkenne die Zielstrebigkeit und die verborgene Hast, die in diesen Bewegungen steckt. Schneller als vermutet sind sie hier, ganz nah bei uns. Mein Herz zieht sich schmerzhaft zusammen. Sie werden enttäuscht sein, denke ich. Sie wollen Kassie, ihre richtige Enkelin, sehen und wen kriegen sie stattdessen?

Der Wächter deutet auf Kojote, der jetzt zwischen ihnen und mir steht. Sie sehen ihn an. Ingrid runzelt die Stirn, als versuche sie, sich an ihn zu erinnern. Ich atme tief ein und aus, komme hinter dem Baum hervor und stelle mich an Kojotes Seite. Am liebsten würde ich mich jetzt an ihm festhalten, behalte aber meine zitternden Hände schön bei mir.

Die Schranke fährt langsam hoch. Ingrid und Reto stehen dahinter und schauen mir entgegen. Wenn sie jetzt erstaunt sind, so lassen sie es sich nicht anmerken. Erst als ich noch ein Stück näher komme und ihre Augen sehe, begreife ich, dass sie längst mit allem gerechnet haben. Es ist nicht mehr so einfach, sie zu überraschen. Vielleicht haben sie bereits jedes Zeitgefühl verloren und es würde sie gar nicht wirklich wundern, wenn Kassie bereits meine Größe erreicht hat. Vielleicht bin auch ich diejenige, die nicht mehr genau weiß, was real ist und was nicht.

Rudolf ist nicht dein Vater, rufe ich mir in Erinnerung.

Die Schranke ist jetzt oben und ich betrete das umzäunte Viertel mit Kojote im Schlepptau. Ich spüre die Blicke des Mintgrünen im Wachhäuschen auf meinem Rücken. Wenn Ingrid und Reto in diesem Augenblick Alarm schlagen würden, wäre es für mich gelaufen.

»Ich bin's, Juli«, flüstere ich, wahrscheinlich zu leise, als dass sie mich hören könnten. Ich nähere mich ihnen ganz langsam. Wildfremde, denke ich. Warum habe ich bloß auf Ivan gehört und bin hierhergekommen?

Als ich dicht vor ihnen stehe, schrecken sie zu meinem Erstaunen nicht zurück. In der Stille habe ich Gelegenheit, ihre Gesichter zu studieren. Sie sind älter geworden, eingehüllt in schwarze Trauerkleider, ihre Haare glänzen neuerdings silbern. Ingrids Wangen sind eingefallen, sie ist eine sehr alte Frau. Sie streckt die Hand aus und betastet mein Gesicht, genauso, wie Ksü es gemacht hat. Nur dass Ksüs Finger dann doch um einiges sanfter waren als die eiskalten, rauen Fingerkuppen Ingrids.

»Juliane?«

Ich nicke und würge an meinem vertrauten Kloß im Hals herum. Sehe zu Reto hoch, der regungslos wie ein Schatten neben Ingrid steht.

»Das bist du, Juliane«, sagt Ingrid und an ihrem Tonfall kann ich nicht erkennen, ob es eine Frage oder eine Behauptung ist.

»Ja«, sage ich. »Das bin ich.« Und nach einer Pause: »Ich habe mich ein wenig verändert, seit wir das letzte Mal miteinander zu tun hatten. Ich meine, auch optisch.«

»Das merken wir«, sagt Reto.

Verlegen fahre ich mir durch die Haare.

»Wir haben in unserem Leben schon mehr gesehen, als du denkst«, sagt Ingrid. »Aber du bist sehr schmutzig. Und die Kleider, die du anhast, passen dir nicht.«

»Ich bin froh, dass ich sie habe«, sage ich matt.

»Und das ist dein Begleiter?«

»Mein wer?« Irritiert von diesem förmlichen Ausdruck drehe ich mich zu Kojote. Er nickt mir aufmunternd zu.

»Ach so«, sage ich, ohne den Blick von seinem Gesicht abzuwenden, das eine beruhigende Wirkung auf mich hat. »Ja.«

»Ich würde vorschlagen, wir gehen jetzt ins Haus«, sagt Ingrid, dreht sich um und geht voran.

Ingrids Rücken ist sehr gerade und ich muss sie dafür bewundern. Ihre Haare schmiegen sich wie ein silbriger Helm an ihren Kopf, komplett ergraut, aber immer noch ordentlich und vor allem sehr kurz geschnitten. Das Gesicht ist von tiefen Falten zerfurcht, die Mundwinkel zeigen nach unten. Es ist ihr neuer Blick, der mich am meisten irritiert. Die Ingrid von früher hat mir nie in die Augen geschaut, immer schnell weggeguckt. Die neue Ingrid löchert mich, ohne zu blinzeln. Manchmal gönnt sie mir eine kleine Pause und richtet ihren Blick auf Kojote. Dann beginnt er, auf seinem Sitz unruhig hin und her zu rutschen.

»Gut, dass du da bist«, sagt sie zu mir. »Ich habe auf dich gewartet.«

Ich verschlucke mich.

Wir sitzen an ihrem Küchentisch und löffeln Hackfleischsuppe. Mich fröstelt es. Es ist die Küche, in der ich als Kind öfters gewesen bin, nichts hat sich daran verändert. Saubere Arbeitsflächen, auf denen nichts Überflüssiges steht, spiegelglatte Fliesen, jede Fuge glänzt. Ordentlich gestapelte Zeitungen, in die der Bioabfall gewickelt wird. Nur dass jetzt obendrauf das Fahndungsplakat mit meinem Gesicht liegt.

Ganz schön bescheuerter Pony, denke ich zum wiederholten Mal, ganz automatisch, als hätte ich gerade keine anderen Probleme als meine frühere Frisur.

Obwohl die Mahlzeit bei Ivan keine drei Stunden zurückliegt, haben Kojote und ich wieder schrecklichen Hunger. Ingrid füllt die Teller nach und sieht uns beim Löffeln zu, die Hände im Schoß gefaltet. Ihr Gesicht drückt Missfallen aus. Wäre ich auch nur einen Hauch weniger hungrig, würde ich unter ihrem Blick vermutlich keinen Bissen runterkriegen. Aber mein Magen brüllt nach allem, was essbar ist, und ich würde wahrscheinlich auch unter dem Sprühkopf einer Hypnosdose den Löffel nicht aus der Hand legen. Reto sitzt neben Ingrid, seine Schultern sind nach vorn gesunken und sein Kopf zittert ganz leicht.

Ich spüre einen Stich in der Herzgegend. Ich muss sie einmal geliebt haben, als ich klein war. Als ich davon ausging, dass sie meine wirklichen Großeltern sind.

Unsere Teller sind wieder leer. Ingrid kratzt den Topf aus und verteilt je eine letzte Schöpfkelle in Kojotes und meinen Teller.

»Danke, das ist lecker«, sagt Kojote. Ingrid antwortet ihm nicht.

»Du bist sehr, sehr dreckig«, sagt sie zu mir, nachdem ich den Löffel neben meinen leeren Teller gelegt und mich zurückgelehnt habe, die Hand auf meinem ungewohnt prallen Bauch. Jetzt könnte ich sofort einschlafen. Aber ich darf nicht. Ich bin in permanenter Gefahr und Ingrid und Reto haben ein Fahndungsplakat mit meinem Gesicht in der Küche liegen. Damit haben sie mich sofort der Illusion beraubt, dass sie vielleicht ähnlich wie Ksü gar nicht wüssten, was draußen gerade abgeht.

»Ich habe zuletzt auf der Straße gelebt«, murmele ich müde. Hebe mühsam ein Augenlid hoch, um das Entsetzen in Ingrids Gesicht zu sehen. Aber sie ist nicht entsetzt. Nur leicht angewidert.

»Das merkt man«, sagt sie und presst die Lippen vorwurfsvoll aufeinander. »Wie hat deine Mutter das zugelassen?«

»Ich bin schon ein großes Mädchen«, sage ich.

»Du bist noch lange nicht volljährig. Sie ist erziehungsberechtigt. Das ist nicht nur ein Recht, sondern auch eine Pflicht.«

»Mein Gott, Ingrid, sie kann nicht immer auf mich aufpassen. Sie ist eben … nicht da.«

»Wo ist sie?«, fragt Ingrid.

Ich öffne auch das andere Auge. Was soll die Fragerei? Seit wann interessiert sie der Aufenthaltsort meiner Mutter?

»Weit weg«, sage ich schließlich. »Kann man nicht leicht hin.«

Ingrid kaut auf ihrer Unterlippe herum.

Ich spüre den dringenden Wunsch, sofort aufzuspringen und wegzulaufen. Allerdings kann ich mich kaum rühren. Bin ich so extrem satt oder hat sie mir was ins Essen gemischt? Ich schiele zu Kojote rüber. Hängt er jetzt auch etwas schlaff auf seinem Stuhl oder wirkt er noch wach genug?

»Minderjährige Pheen werden ins Dementio gebracht, stand in der Zeitung«, sagt Ingrid. »Wenn die Polizei dich kriegt, kommst du auch dahin.«

»Danke für die Info«, sage ich. »Das klingt ja großartig.«

Ingrid atmet tief ein und rümpft die Nase. »Und jetzt nimm bitte sofort ein Bad, Juliane. Und Sie«, sie dreht sich zu Kojote, »können es anschließend ebenfalls nutzen.«

Kojote deutet wieder eine Verbeugung an.

»Ich bin aber so müde …«, murmele ich. Meine Augenlider sind so schwer, dass ich keine Kraft habe, die Augen offen zu halten.

»Jetzt geh schon baden«, zischt Kojote und tritt mich unterm Tisch. »Das täte dir echt mal gut.«

»Danach wirst du mir etwas erklären«, sagt Ingrid.

Ich ziehe es vor, das zu überhören. Im Flur bleibe ich stehen und blicke ratlos auf das Porträt eines jungen Mädchens, das eingerahmt an der Wand hängt. Das habe ich hier noch nie gesehen. Das Mädchen hat einen unbekümmerten Blick, das Kinn wirkt trotzig wie bei Kassie und die herumfliegenden Haare haben etwas sehr Fröhliches. Obwohl es ein schönes Bild ist, zieht sich in mir alles zusammen. Ich habe keine Ahnung, wie Ingrid zu einem solchen Porträt kommt und wer darauf abgebildet ist.

»Ingrid, wer ist das Mädchen auf dem Foto?«, rufe ich.

»Siehst du das nicht?« Ingrid kommt heraus und stellt sich neben mich, betrachtet das Foto. »Das bin ich. Da war ich nicht viel älter als du.«

Irgendwie schaffe ich es, nicht in der Badewanne einzuschlafen, in die Ingrid eine halbe Flasche HYDRAGON-Schaumbad Duftrichtung Curry-Kokos reingekippt hat. Es kommt mir alles unwirklich vor, das heiße Wasser, die chromblitzenden Wasserhähne, die flauschigen weißen Handtücher, selbst die beschlagenen Spiegel. Ich fühle mich klein und will es auch wieder sein. Wie schön wäre es, wenn mich jemand in ein Handtuch wickeln und ins Bett tragen würde, um mir dort eine Geschichte zu erzählen, deren Ende ich nicht mehr mitkriege, weil ich bereits mittendrin eingeschlafen bin. Meine behütete Kindheit ist so plötzlich zu Ende gegangen, dass ich mir jetzt selber leidtue.

Du bist schon sechzehn, rufe ich mir in Erinnerung. Du kannst allerhand, zum Beispiel einen Wald anzünden, der dir so viel bedeutet hat. Also hör auf zu flennen.

Ich richte mich in der Badewanne auf und schüttele den Schaum ab. Der Spiegel ist zu beschlagen, um irgendwas sehen zu können. Ich schlinge die Arme um mich und kratze an den Narben an meinem Rücken. Dann drehe ich das kalte Wasser auf. Ich schreie auf, als die eisigen, harten Wasserstrahlen auf mich herunterprasseln.

Dafür bin ich endlich wieder wach.

Während Kojote nach mir das Bad belegt, sitze ich mit Ingrid auf dem Sofa. Ich trage eine Stretchhose von ihr, mit der sie wahrscheinlich früher immer zum Sport gegangen ist und die mir viel zu kurz ist, dazu einen Pullover von Reto. Beides riecht so vergessen und vertraut nach Waschpulver, es rührt mich zu Tränen. Ich habe nicht auf die Kleider aufgepasst, die ich vor dem Baden ausgezogen habe, Ingrid hat sie wahrscheinlich blitzschnell entsorgt. Ich hoffe, dass sie wenigstens die Jacke verschont hat, die Ivan mir gegeben hat.

Auf Ingrids Knien liegt ein Fotoalbum. Ich starre folgsam auf die aufgeschlagenen Seiten. Möchte sie jetzt ein wenig in Erinnerungen an das frühere Glück schwelgen? Wieder sticht es tief in mir drin, als ich sehe, worum es sich handelt. Das Album beginnt mit der Geburt der Zwillinge, zwei pausbäckige Babys in einem Doppelkinderwagen, auf einer Krabbeldecke, auf den Armen von Ingrid und Reto. Meine Mutter ist kaum vorhanden. Das ist nur logisch, dass Ingrid wenig Lust hatte, Bilder von ihr einzukleben. Das größere Mädchen mit den Zöpfen bin ich. Ganz schön mürrisch gucke ich vom Bildrand. War ich eifersüchtig auf meine kleinen Geschwister? Ich kann mich gar nicht erinnern.

»Warum zeigst du mir das?«

»Siehst du das nicht?«

»Was sehe ich nicht?«

Sie zeigt es mir, aber es dauert trotzdem, bis ich es kapiere und mir das Blut in den Adern gefriert. Meine Mutter ist zwar so gut wie nicht vorhanden auf den Bildern, nur manchmal erkenne ich irgendwo ihre schlanken Finger oder eine Haarsträhne am Rand. Das Seltsame ist aber, mein Vater ist *gar nicht* da. Obwohl er hier hätte sein müssen, jetzt sehe ich es genau. Sein Platz auf den Fotos ist leer – an den Geburtstagstafeln, am Kinderwagen der Zwillinge, bei ihrer Einschulung, im Urlaub.

Ich fröstele und schlinge die Arme um mich.

»Wann ist es euch aufgefallen?«

»Als Rudolf gestorben ist«, sagt Ingrid mit gleichmäßiger Stimme. »Er ist von allen Bildern verschwunden. Ich habe kein einziges Foto aus den letzten vierzehn Jahren gefunden, auf dem er noch drauf wäre.«

Ich schweige. In meinem Kopf rattert es heftig.

»Was ist denn da passiert, vor vierzehn Jahren?«, frage ich, obwohl ich die Antwort längst weiß.

»Vor vierzehn Jahren«, sagt Reto, »hat er deine Mutter kennengelernt.«

Der frisch gebadete Kojote erscheint in Retos Trainingsanzug. An den Seiten der Hosenbeine sind Bügelfalten. Seine roten Haare stehen zu allen Seiten ab, seine Haut sieht goldig rosa aus und scheint zu dampfen. An den Füßen trägt er Retos weiße Tennissocken. Unter anderen Umständen hätte ich einen Lachanfall gekriegt.

Er kommt rein, sieht unsere Gesichter und geht wieder raus. Ingrid blickt ihm kurz und besorgt hinterher. Vielleicht denkt sie, dass er, unbeaufsichtigt in ihrem wohleingerichteten Heim, irgendwas klaut – eine Plastikvase oder ein staatlich zertifiziertes Kunstwerk.

Dann sieht sie wieder mich an, die Hand auf dem zugeschlagenen Fotoalbum.

»Dann habt ihr es also von Anfang an gewusst«, sage ich. »Alle haben es gewusst, nur ich nicht.«

»Niemand hat es gewusst«, sagt Ingrid gewichtig. »Unser Ruf wäre ruiniert gewesen, wenn es jemand erfahren hätte. Aber es ging nicht anders. Wir sind natürlich sofort umgezogen, als es passiert war. Wir haben alles dafür getan, dass die Familie normal erschien.«

Als es passiert war bedeutet – als meine Mutter und ich in das Leben des Mannes getreten waren, den ich später Papa nannte.

»Aber *ihr* habt gewusst, dass ich nicht…« Ich beginne zu stottern und die Worte *nicht die richtige Tochter meines Vaters bin* bleiben irgendwo in meinem Hals stecken.

»Natürlich haben wir es gewusst.« Ingrid presst die Lippen aufeinander. »Wie stellst du es dir sonst vor?«

»Aber…« Ich versuche es mir in der Tat vorzustellen. Vor vierzehn Jahren. Ich war also knapp zwei, als meine Mutter meinen Vater kennengelernt hat. Sie haben geheiratet. Dem Ganzen lag ein Pakt zugrunde – mein Vater war todkrank und meine Mutter hat ihn mit dem Inspiro und ihrer Kraft am Leben gehalten. Dafür hatte er ihr Schutz vor der Normalität versprochen, solange sie bei ihm blieb und darüber hinaus. Er hat sich nicht daran gehalten und deswegen ist er nicht mehr da. Aber den Bildern nach zu urteilen, war er mein ganzes Leben lang nicht da gewesen. Auch sein Leben war geliehen.

»Hat mein … Hat er mich adoptiert?«

»Natürlich«, sagt Ingrid. »Auch das ging nicht anders. Wir waren nicht begeistert.«

»Das kann ich mir denken«, sage ich. Meine Stimme müsste jetzt viel bitterer klingen. Ich schaffe es einfach nicht, weiter wütend auf sie zu sein.

Ich starre sie an und denke, dass ich sie überhaupt nicht kenne. Ich habe sie als kleines Kind erst gemocht, dann haben sie mich genervt. Irgendwann habe ich sie gehasst – weil sie meiner Mutter gegenüber so unfreundlich waren, was richtig eskaliert ist, als Mama beschlossen hatte, sich von Papa zu trennen.

Aber auch wenn wir uns mit riesigen Schritten voneinander entfernten – sie hatten mich auch dann mit keiner Silbe spüren lassen, dass ich nicht ihre leibliche Enkelin bin.

Und das passt überhaupt nicht zu meinem Bild von ihnen.

»Wie war ich denn eigentlich so als Kleinkind?«, frage ich. Irgendwas kitzelt in meiner Kehle, ich würge daran herum. Ich will mir nicht anmerken lassen, was ich gerade fühle. Sonst müsste ich heulen.

Ingrid lächelt. »Schmutzig«, sagt sie.

Ich starre sie an und schlucke.

»So klein«, sagt Reto und hält seine Hand einen Dreiviertelmeter über den Boden.

»Du hast immer geweint«, sagt Ingrid und ihre Stimme klingt vorwurfsvoll. »Man konnte machen, was man wollte, immer hast du geweint. Ich habe dir so viele Spielsachen mitgebracht und Vitaminriegel und Fruchtjoghurts – und trotzdem hast du geweint!«

»Der Verband hat ihr wehgetan«, sagt Reto zu Ingrid.

Ich schaue zwischen den beiden hin und her. »Der Verband?«

»Ja.« Ingrid nickt nachdenklich. »Du hattest nach diesem Unfall den Verband.« Sie deutet mit den Händen irgendwas um ihren Oberkörper an. »Ganz dick. Deine Mutter hat dich immer selber verbunden. Wollte es nicht anders.« Wieder Missfallen in der Stimme.

»Was für ein Unfall?« Aus dem Jucken auf meinem Rücken wird ein Brennen und Pochen, als würden die Narben jetzt mitreden wollen.

»Rudolf hat gesagt, wir sollen nicht danach fragen.« Ingrids Gesicht verrät einiges darüber, was sie von dieser Bitte gehalten hat. »Und deine … Mutter ließ schon damals nicht vernünftig mit sich reden.«

»Ich wusste gar nichts von einem Unfall!«

»Dann hat sie dir also auch nichts erzählt.« Ein Hauch Triumph schleicht sich in Ingrids Stimme.

Nein, denke ich bitter, sie hat mir nichts erzählt. Wollen wir jetzt gemeinsam auf meine Mutter schimpfen? Endlich mal etwas, was uns verbindet.

Mein Blick fällt erneut auf das Fotoalbum auf Ingrids Schoß.

»Ein Foto«, sage ich. »Es muss irgendwo ein Foto von mir aus dieser Zeit geben. Als ich klein war, mit dem Verband. Zeigt es mir bitte.«

Ingrid und Reto sehen sich an. Dann schüttelt Reto den Kopf.

»Wir haben kein Foto von dir aus dieser Zeit.«

»Ihr wolltet mich nicht fotografieren«, kapiere ich. »Weil ich nicht eure richtige Enkelin bin.«

»Nein«, sagt Ingrid. »Deine Mutter wollte es nicht. Alle Kameras sind damals kaputtgegangen in ihrer Nähe.«

Ich schlucke. »Und was ist mit meinem richtigen Vater? Hat ihn irgendjemand einmal erwähnt? Ist er mal hier aufgetaucht?«

Ingrid und Reto schweigen.

»Er *ist* hier aufgetaucht«, schließe ich daraus. Meine Lippen beginnen zu zittern.

Ingrid schüttelt den Kopf. In ihren Augen steht so etwas wie Mitleid. »Wir wissen nicht, wer er ist. Sicher ist es ein Normaler gewesen. Er hat deine Mutter mit dir sitzen lassen, weil er nichts mit einer Phee zu tun haben wollte.«

»Nein, das kann nicht sein«, sage ich, und noch während ich es ausspreche, weiß ich, dass es sehr wohl sein kann. Es *muss* so gewesen sein.

»Ihr müsst sie gehasst haben«, atme ich aus. »Wenn euer normaler Sohn eine Phee mit einem Kleinkind nach Hause bringt, muss das der Horror sein.«

Wieder sehen sich Ingrid und Reto an.

»Sie war noch sehr wild«, sagt Reto.

»Und du warst sehr schmutzig«, echot Ingrid.

»Und ihr habt das einfach akzeptiert? Diese Heirat?«

Sie wechseln Blicke. »Er war praktisch tot, als sie ankam. Danach hat er weitergelebt. So etwas können nur Pheen. Wir hatten unseren Sohn an sie verloren, aber wenigstens war er noch da.«

»Der Pakt«, sage ich. »Sie hatten einen Pakt geschlossen. Wisst ihr irgendwas darüber?«

Das Wort *Pakt* scheint ihnen nichts zu sagen. Eine Weile denken sie sichtlich angestrengt nach.

»Nein«, sagt Ingrid schließlich entschieden. »Sie hatten ganz ohne Ehevertrag geheiratet. Was wir, das will ich dir nicht verschweigen, schon damals für einen großen Fehler gehalten hatten.«

Die ganze Zeit konnte ich mich vor Müdigkeit kaum auf den Beinen halten, aber sobald ich mir die Decke über den Kopf ziehe, bin ich hellwach. Ich liege in Ingrids Bügelzimmer, schaue auf die Regale mit unzähligen leeren Marmeladengläsern. Irgendwann ganz früher, fällt mir wieder ein, hat Ingrid Marmelade gekocht aus den Äpfeln in ihrem Garten. Später hat sie damit aufgehört, aber die leeren Gläser sind immer noch da. Je weiter ich in die Dunkelheit starre, desto deutlicher sehe ich die Umrisse – Schrank, Bügelmaschine, Spiegel.

Die Tür quietscht leise und ich fahre mit einem Schrei hoch. In der Tür steht Kojote in Retos blau-schwarz-rot kariertem Schlafanzug.

»Darf ich reinkommen?«, fragt er.

Ich ziehe mir die Decke bis unters Kinn und nicke. Obwohl er meine Geste im Dunkeln kaum erkannt haben kann, geht er rein und schließt die Tür hinter sich. Ich sehe zu, wie er langsam näher kommt und sich auf meinen Bettrand setzt. Ich rücke ein bisschen weg, bis mein Ellbogen die kalte Wand berührt.

»Da sehnt man sich die ganze Zeit nach einem Bett mit Kissen und Decke, und wenn man es mal hat…«, beginnt Kojote mit einem Seufzer.

»Ist es einem auch nicht recht«, beende ich seinen Satz. »Warum kannst *du* nicht schlafen?«

Er zuckt mit den Schultern.

Ingrid hat ihm die Couch im früheren Spielzimmer meines Vaters zugewiesen. Ich war kurz drin gewesen. Es war unheimlich: Regale mit Autos, die wahrscheinlich jede Woche abgestaubt wurden; hohe Stapel von Spielen zur Entwicklung von Rechenfähigkeit und Feinmotorik; Kuscheltiere, die nach Waschmittel dufteten. Ingrid hatte das alles aufbewahrt und ich frage mich, für wen. Ich und die Zwillinge durften nie damit spielen.

»Ist es dir unheimlich hier?«, frage ich Kojote. »Weil das so ein totes Haus ist?«

Er zuckt wieder mit den Schultern. »Kein Problem.«

Ich setze mich bequemer hin, stopfe mir ein Kissen in den Rücken und lehne meinen Kopf gegen die Wand. »Ich hatte die ganze Zeit ein völlig falsches Bild von ihnen«, sage ich nachdenklich. »Kannst du dir vorstellen, dass sie mich als Enkelin akzeptiert hatten, obwohl sie meine Mutter nie gemocht haben?«

Kojote sagt nichts. Das gefällt mir so an ihm, dass er in Situationen, in denen andere unweigerlich Unsinn reden würden, einfach gar nichts sagt.

»Sie sind so alt und fertig«, sage ich. »Ich hätte nicht gedacht, dass sie mich hier überhaupt reinlassen, nach allem, was passiert ist. Das ist illegal. Und ich bin eine gesuchte Verbrecherin. Sie riskieren viel.«

»Offenbar wollen sie was von dir«, sagt Kojote.

Ich sehe ihn an. Er hat recht. Sie waren davon ausgegangen,

dass ich in der Lage bin, ihnen Dinge zu erklären. Vielleicht haben sie auch noch was anderes von mir erwartet und ich habe es nicht kapiert. Mit jedem Schritt, mit jeder Begegnung weiß ich weniger über mich selbst. Mein früheres Wissen hat eine schrumpfende Halbwertszeit – die Wahrheiten von einst sind die Lügen von heute.

»Was können sie denn von mir wissen wollen?«, frage ich Kojote.

»Sie denken eben, du bist eine Phee. Und Pheen sind die Einzigen, die in Sachen von Leben und Tod kompetent sind. Vielleicht erwarten sie von dir, dass du ihnen ihren Sohn wieder zurückbringst.«

»Selbst wenn ich das könnte, würde ich es nicht tun«, sage ich. »Ich habe nicht das Gefühl, dass so etwas gut funktioniert.«

Überhaupt müsste ich mal mitschreiben, denke ich. Alles, was Pheen angeblich können. Und wovon irgendjemand denkt, dass ich es auch können muss. Da ich keine besonderen Fähigkeiten habe, kann ich keine Phee sein. Ich bin die normalste, langweiligste Person der Welt. Selbst mein richtiger Vater wollte nichts von mir wissen.

Ich lüge mich an. Denn in diesem Moment wird mir klar, was ich kann. Und zwar durchaus besser als andere. Ich kann zerstören. Vor allem das, was mir wichtig ist. Für einen Atemzug habe ich das Gefühl, dass Flammen meine Hände versengen. Ich habe Angst, mit mir allein zu bleiben.

»Bleibst du bei mir?«, bitte ich Kojote. »Nur so lange, bis ich einschlafe.«

Ich sehe ihn im Dunkeln nicken, lasse mich mit dem Gesicht

ins Kissen sinken, ziehe mir die Decke über den Kopf und spüre, wie der Schlaf mich langsam und sanft wegzieht.

Als ich die Augen wieder öffne, tun sie mir weh. Die Halogenlampen leuchten das Bügelzimmer bis ins letzte leere Marmeladenglas aus, spiegeln sich in den polierten Knöpfen der mintgrünen Uniformen, die mein provisorisches Bett umgeben. Von Kojote keine Spur. Ich setze mich auf und reibe mir die Augen. Ich bin Albträume gewöhnt, auch schrecklich realistische. Weil ich Schlaf- und Wachsein nicht mehr so leicht trennen kann, bleibe ich erst einmal ruhig und blinzele, um mich wieder zu orientieren. Das ist das Bügelzimmer, in dem ich eingeschlafen war. Allerdings waren da noch keine Polizisten drin. Aber sosehr ich mich auch bemühe, die Uniformen lassen sich nicht wegblinzeln. Langsam wird mir der Ernst der Lage klar.

»Steh auf«, sagt der Polizist am Kopfende meiner Liege.

Die Düse seiner Spraydose ist auf mich gerichtet wie ein feindseliges, gleichgültiges Auge. Ich sehe hinein, dann hebe ich den Blick aufs Gesicht des Mannes, der sie hält. Ich erkenne ihn sofort wieder – er ist klein und rund, er schwitzt und lächelt so, dass mir sofort Gänsehaut den Rücken hochkriecht.

Es ist kein Traum. Es ist wirklich wahr. Und ich zittere zu sehr, um ihn zu fragen, warum er von der Station bei uns im Viertel jetzt hierher versetzt worden ist.

»Schneller.« Der Sprühkopf drückt sich kalt gegen meine Nasenspitze.

»Wohin?«, frage ich. Meine Stimme rutscht weg.

Niemand antwortet mir. Ich lasse die Füße von der Liege herunter, taste nach den Gästepantoffeln. Ich trage Ingrids

Pyjama mit großflächigen roten Rosen auf schwarzem Hintergrund. Ich bilde mir ein, dass alles etwas leichter wäre, wenn ich wenigstens nicht diese Rosen anhätte, vor all den Männern in den Uniformen. Ich stehe auf und schaffe es sogar, mich demonstrativ zu strecken, bis sich eine weitere Dose gegen meine Schläfe bohrt.

»Hände«, befiehlt ein anderer Polizist, er hat ein ernstes, kantiges Gesicht, wie ein guter Ordnungshüter aus einer Fernsehserie. Ich drehe mich um und strecke ihm meine Hände entgegen. Ein Klicken und die Handschellen halten meine Handgelenke in einem eisernen Griff.

»Das tut weh«, sage ich.

»Vorwärts.«

Sie bilden eine Gasse, um mich durchzulassen.

»Kojote«, sage ich leise. Aber ich entdecke ihn nirgends. Ich stolpere, schaue herunter, sehe die Fliesen an und erstarre. Auf dem Boden sind rote Flecken, hell und frisch. Vorher waren sie noch nicht da. Ich streife die Polizisten mit meinem Blick. Hier ist keiner verletzt. Aber alle treten einen Schritt zurück, sobald ich sie ansehe.

Das Getrampel der schweren Polizistenschuhe begleitet mich auf dem Weg nach draußen. Ich gehe an Ingrid und Reto vorbei, die nebeneinander regungslos im Flur stehen, registriere flüchtig Ingrids weißes Gesicht und Retos Kopfzittern. Von Kojote immer noch keine Spur.

»Wohin?«, höre ich Ingrid fragen.

Und als der Polizist antwortet, falle ich fast um, weil mir die Beine einknicken.

»Dementio.«

Dementio

Sie verbinden mir die Augen, bevor sie mich in den mintgrünen Bus schubsen, auf den ich einen kurzen Blick werfen kann, bevor mir die Sicht genommen wird. Ich bin fast froh darüber. Jetzt muss ich ihnen nicht mehr ins Gesicht schauen. Auch nicht in die Augen von Ingrid und Reto, die jetzt sicher meinen Abtransport beobachten. Und so brauche ich mir auch keine Mühe mehr zu machen, irgendwo eine Spur von Kojote zu entdecken.

Einer von ihnen hat mich verraten. Ich will nicht, dass Kojote derjenige ist. Aber was ich will, interessiert hier keinen. Nüchtern betrachtet kommt Kojote als Denunziant ebenso in Frage wie das alte Ehepaar, das mich eben noch wegen ihrer vermeintlichen spröden Nettigkeit fast zu Tränen gerührt hat. Jetzt haben sie mich dem sicheren Tod ausgeliefert.

Ich bin überrascht, wie ruhig ich bleibe.

Angst habe ich auch, aber sie befindet sich irgendwo außerhalb von mir. Sie drückt auf meine Schultern wie ein schwerer Rucksack, doch ich kann sie gedanklich ausblenden. Die Augenbinde hat meine Sinne geschärft. Plötzlich rieche und höre ich viel besser als vorher. Den Atem der Polizisten, die mich umgeben, in den mintgrünen Bus zwingen, auf eine gepolsterte Bank, die viel zu stark nach Vanillin riecht. Mir kommt es fast hoch, ich erkenne den Geruch des Putzmittels wieder, das auch im Lyzeum benutzt wurde, und ich könnte mit ein wenig Konzentration auch rausfinden, was genau hier so gründlich weggeschrubbt werden musste. Aber ich will es gar nicht wissen, mir ist schon schlecht genug.

Die wenigen Moleküle aus dem Zuhause der Menschen, die ich für meine Großeltern gehalten habe, schweben noch im Inneren des Busses, sie riechen nach Trauer und etwas anderem, dem ich eine graue Farbe zuordne. Als die Schiebetür sich mit einem Klicken verschließt, reduzieren sich nicht nur die Straßengeräusche, sondern auch die Gerüche. Und plötzlich wird mir klar, dass ich den Duft, der über diesem Viertel hängt, endlich richtig einordnen kann. Es ist der Geruch des Todes.

Ich kann drei verschiedene Schweißnoten in meiner Nähe ausmachen, was mir einen Überblick über die Anzahl der Polizisten verschafft, mit denen ich den hinteren Teil des Busses teile. Der Atem des einen riecht nach Bratwurst mit Ketchup, der andere nach einem kariösen Zahn, der dritte, den ich von früher kenne, hat metastasierten Krebs. Davon weiß er vermutlich nichts, denn gerade fängt er an, Witzchen über mich zu reißen, die sich alle darum drehen, dass Pheen angeblich so schön und unwiderstehlich sind und ich dagegen mit meinen Storchenbeinen und zerbissenen Lippen wie eine Vogelscheuche aussehe. Ich denke gleichmütig, dass er mich gestern vor dem Bad hätte sehen sollen, ungewaschen und zerlumpt. Seinen Kollegen bin ich fast schon dankbar dafür, dass sie auf seine Zoten nur mit Grunzen reagieren. In ihre Gerüche mischen sich jetzt deutlich einige Noten Angstschweiß. Wovor fürchten sie sich?

Drei Polizisten für ein Mädchen in Handschellen und mit

verbundenen Augen. Das kommt mir ganz schön übertrieben vor, zumal ich nur diejenigen gezählt habe, die direkt bei mir sitzen. Um uns herum dröhnen die Motoren der Polizeimotorräder, es ist eine ganze Eskorte, was mir die Gesichtszüge in einer Art Grinsen wider Willen verzerrt. Meine Fahrt ins Dementio bleibt nicht gerade anonym.

Ich bin eine gesuchte Verbrecherin und wahrscheinlich wird meine Entdeckung und Inhaftierung mit großem Tamtam bekannt gegeben und von der Normalität gefeiert. Die Pheengefahr ist mit mir gebannt. Jetzt wird alles besser für die Leute da draußen. Zufriedenheit ist schließlich nur eine Frage der Einstellung.

Meine Augenlider unter dem Verband beginnen zu jucken. Aber meine Hände sind fest hinter meinem Rücken zusammengebunden. Ich kann mich nicht rühren, ohne dass mir irgendetwas wehtut. Ich beiße mir auf die Unterlippe, um mich durch den auf diese Art selber verursachten Schmerz vom Juckreiz abzulenken. Der Todkranke lenkt die Aufmerksamkeit der Kollegen auf meinen bescheuerten Gesichtsausdruck und berichtet, ich habe schon als Kind so ausgesehen. Er habe mich und meine Mutter jahrelang beobachtet.

Die beiden anderen schweigen.

»Wer hat euch gerufen?« Es ist meine eigene heisere Stimme, die ich plötzlich höre, obwohl ich gar nicht vorhatte, mit ihnen zu reden. »Waren es meine Großeltern?«

Sie schweigen. Ich höre ihre viel zu schnell schlagenden Herzen, das Rauschen des Blutes in ihren Adern. Ich schüttele den Kopf in einem verzweifelten Versuch, die Augenbinde loszubekommen, aber natürlich gelingt mir das nicht.

War das Kojotes Blut auf den Fliesen?, denke ich. Und was würde das bedeuten? Haben sie ihn geschlagen? Wollte er mir helfen?

Das wäre zu schön, um wahr zu sein. Ich bin wütend auf mich selbst – dass ich immer noch bereit bin, jedem zu vertrauen, der nett zu mir ist. Kojote braucht mein Kopfgeld viel dringender als Ingrid und Reto. Er kann jetzt ein ganz anderes Leben führen. Schließlich ist er normal.

Ich blecke die Zähne und höre die Polizisten von mir zurückweichen. Nächstes Mal knurre ich, denke ich.

Wegen des Gedröhns der begleitenden Motorräder kann ich die Beschaffenheit der Straße nicht heraushören, obwohl ich das gern würde. Der Bus fährt jetzt etwas langsamer. Das Dementio, aus dem noch ein solches Geheimnis gemacht wurde, als meine Mutter verschwand, ist inzwischen jedermann ein Begriff. Auf einer Litfaßsäule hatte ich vor zwei Wochen von der Eröffnung einer Ausstellung gelesen, »Kinder malen das Dementio«, und mich gefragt, ob es inzwischen Ausflüge für Schulklassen dahin gibt oder ob hier eher die Fantasie der Kinder gefragt war. Das Wort zieht neue Gerüchte magisch an, aber einige Eckdaten scheinen bekannt: Es liegt außerhalb der Stadt und es gilt als gefährlich, dort zu arbeiten.

Jetzt hält der Bus an. Mich erreicht ein Zischen und Quietschen, aufschlagendes Metall, gedämpfte Stimmen, die merkwürdige Worte austauschen – »Die Phee« – »Dadrin?« – »Schnell. Vorsichtig.« Dann wieder das Zischen und Piepsen und leises Quietschen.

So klingt ein Tor, das aufgegangen war und jetzt wieder verschlossen wird. Das Tor des Dementio.

Und dann spüre ich es, und obwohl ich es genau weiß, halte ich es trotzdem erst mal für ein Tier, das plötzlich auf meinem Körper herumklettert, fremdes Fleisch auf meiner Haut, das mich aufschreien lässt. Aber es ist, anders als zuerst vermutet, keine riesige, haarige Spinne. Es sind die Finger des Polizisten, die sich unter meinen Pyjama schieben, und ich werfe mich ruckartig zur Seite, denn mehr kann ich nicht tun. Ich falle gegen den anderen, der sofort zurückweicht, sodass ich mit der Schläfe an etwas Rundem und Kaltem aufschlage, wahrscheinlich ist es der Türgriff. Ein weiteres Paar Hände packt mich an den Schultern und hilft mir in die aufrechte Position zurück.

Und wieder nähern sich die klebrigen Finger meiner Haut, gleiten unter das Oberteil von Ingrids Schlafanzug. Ich spüre, wie sie mich forschend betasten, als wollten sie rausfinden, wie ich mich nun genau anfühle und was daran so besonders sein soll. Ich winde mich und zische wie eine Schlange, aber das scheint ihn nur anzuspornen. Der Ekel durchzuckt mich, die Wut benebelt meinen Verstand und ich spucke mit aller Kraft in die Richtung, in der ich das Gesicht zu diesen Händen vermute. Ich höre einen entsetzten, dumpfen Aufschrei, dann zwei aufgeregte Flüsterstimmen, die ich aber ausblende, weil meine Ohren sich gerade auf etwas anderes konzentrieren. Vorher hatte ich, außer dem eigenen, drei aufgeregte Herzen hektisch schlagen gehört. Und jetzt sind es auf einmal nur noch zwei.

Der Raum, in den ich gebracht werde, ist so klein, dass ich die gegenüberliegenden Wände gleichzeitig mit den Fingerspitzen berühren kann, wenn ich die Arme ausstrecke. Die Dunkelheit, in die ich dank der Binde getaucht bin, empfinde ich auf einmal als Schutz. Ich taste mit den Händen an den Wänden entlang, die sich glitschig glatt anfühlen. So wandere ich die Wände ab, sie mit den Fingern und manchmal auch mit der Stirn berührend, bis ich an kalten Stäben ankomme, die sich zu einem Gitter zusammensetzen. Ich befinde mich in einem Käfig.

Ich gehe in die Knie. Der Boden ist auch rutschig, aber ich bin barfuß und schaffe es, Halt zu finden. Bevor man mich hier reingeworfen hat, haben mir unsichtbare Hände die Kleider vom Leib und die Hausschuhe von den Füßen gerissen, in die ich heute früh meine Füße gesteckt hatte, als mich die Polizei holte. Auf meinem Kopf war etwas aus Stoff gelandet. Ich kann mehrere Öffnungen ertasten und schlüpfe rein, um nicht nackt dazustehen. Es fühlt sich an wie ein Nachthemd und reicht bis zum Boden.

Nach den Handschellen schmerzen immer noch meine Handgelenke und ich reibe sie aneinander. Obwohl meine Hände jetzt frei sind, schaffe ich es nicht, mir die Augenbinde abzunehmen. Sie ist am Hinterkopf verschlossen und je mehr ich dran zerre, desto enger zieht sie sich zusammen, bis ich die Versuche unterlasse.

Zusammengefasst bin ich also blind, trage ein Nachthemd und sitze im Käfig.

Ich taste den Boden ab, aber meine Hoffnung auf eine Matratze oder wenigstens etwas Weiches, auf das ich mich legen könnte, erfüllt sich nicht. In der Ecke stoßen meine Finger auf ein Loch im Boden, dessen Innenrand sich kühler und glatter als der Rest der Zelle anfühlt. Ich taste und taste, bis ich begreife, dass es eine Art Toilette ist. Dann ziehe ich die Hände sofort zurück und wische sie am Nachthemd ab.

So wollte ich nicht sterben. Nicht hier und nicht jetzt. Ich fasse die Wände erneut an in der irren Hoffnung, eine Tür zu entdecken, die sich unter meinen Händen öffnen würde. Aber ich bin eingesperrt und der Gedanke an den engen Raum nimmt mir die Luft zum Atmen. Ich befürchte, dass die Wände gleich näher rücken und mich zerquetschen, und in meinen Augen, auf die die Binde drückt, brennen Tränen.

Aus dem Dementio ist noch niemand lebend herausgekommen – das hatte man mir gesagt, als ich den Ausdruck vor etwa einem Jahr zum ersten Mal gehört hatte und befürchten musste, dass meine verschwundene Mutter dort eingesperrt wurde. Also kann ich nur darauf hoffen, schnell zu sterben. Wahrscheinlich geht es genau darum. Wenn die Normalität mich als Sündenbock braucht, sind meine Tage gezählt. Bin ich nicht mehr da, soll für die Normalen alles besser werden. Und da ich keine Phee bin, wird mir wenigstens das Sterben schon irgendwie gelingen.

Ich gehe fest davon aus, dass es nicht mehr lange dauern wird, bis die Gittertür aufgeht und jemand reinkommt, der etwas Schlimmes mit mir anstellen wird. Die Gespräche des Rudels am Feuer fallen mir wieder ein, die blutigen Details allwissender zerlumpter Jungs, die sie sich auf der Zunge zergehen lassen, wenn die Dunkelheit über das verlassene Hochhaus-Viertel herabsinkt. Nie habe ich es geschafft wegzuhören, immer haben mich die Fetzen ihrer Gespräche erreicht und vor meinem inneren Auge zu Bildern aufgebaut, die mir die Gänsehaut über den Rücken jagten. Ich versuche jetzt gar nicht, tapfer oder standhaft zu sein, ich weiß, dass ich mir, sobald mich jemand berührt, die Seele aus dem Leib brüllen werde. Vor wem soll ich denn auch noch Haltung bewahren?

Ich lausche, um herauszufinden, was sich außerhalb der Zelle befindet. Die Wände sind sehr dick und am Fehlen von Stimmen und Herzschlag, von Wärme und Gerüchen erkenne ich, dass das nächste Lebewesen sehr weit weg sein muss. Dass ich bis vor Kurzem noch die Welt um mich herum einfach mit meinen Augen sehen konnte, kommt mir auf einmal absurd vor. Ich kann nicht einmal mehr sicher sagen, ob meine eigenen Augen unter der Binde geschlossen oder offen sind. Wenn ich erschöpft auf den glitschigen Boden sinke, verdränge ich das Druckgefühl in den Höhlen unter meinen Augenbrauen und bin sofort weg.

Ich wache auf, weil mich jemand am Fuß berührt. Ich fahre hoch, begleitet von einem erschrockenen Heulton, der mich noch panischer macht. Dann wird mir peinlich bewusst, dass es meine eigene Stimme ist und nicht die des Kindes, das vor mir sitzt. Ich ziehe die Beine an und starre das Kind an, das neben mir auf dem Boden hockt und mich aus schmalen Augen von undefinierbarer Farbe ansieht.

Augen. Augen! Meine Hände bewegen sich automatisch zu meinem Gesicht, aber es ist nicht nötig. Es ist auch so klar, dass ich wieder sehen kann, ich muss den Sitz der Binde nicht überprüfen.

Das Kind ist das Schrecklichste, das ich jemals gesehen habe. Es hat ein dreckiges Kinn und abstehende helle Fusselhaare. In die Gesichtszüge hat sich Kummer eingeprägt, der es trotz der Pausbacken und der Stupsnase alt aussehen lässt. Es ist vermutlich höchstens zwei Jahre alt, ich kenne mich mit kleinen Kindern nicht so gut aus. Es trägt eine fleckige, viel zu große Latzhose. Unter den Schulterriemen schaut etwas Dickes, Graues hervor. Ein Verband.

Ich hätte viel schneller darauf kommen müssen, warum mir das Kind so bekannt vorkommt.

Das kann nicht sein, denke ich und rutsche auf dem Boden weiter weg von diesen gequälten Augen. Ich muss träumen. Wie sonst kann dieses Wesen, das ich einmal im Wald gesehen habe, in meine Zelle ins Dementio gekommen sein?

Der Verband hat ihr wehgetan, hat Reto gesagt.

Dass ich die Entfernung zwischen ihm und mir zu vergrößern versuche, scheint dem Kind nicht zu gefallen. Es streckt die Arme aus und verzieht den Mund auf eine Art, die mich an Kassie erinnert und mir klarmacht: Gleich heult es los. Keine gute Idee. Ich rutsche wieder näher, ziehe es mit beiden Armen zu mir und halte ihm den Mund zu.

Dann kriege ich eine Gänsehaut, denn *das Kind lacht.*

Um von diesem Anblick nicht verrückt zu werden, schaue ich woandershin. Endlich habe ich Gelegenheit, meine Zelle zu sehen. Sie ist widerlich. Ich hatte gehofft, dass sie wenigstens sauber ist, dass die Oberflächen nur mit speziellen Chemikalien glitschig gemacht wurden, um den Insassen zu verunsichern. Schließlich hatte es auch so gerochen. Jetzt aber sehe ich, wie sehr ich mich geirrt habe. Der Boden ist voll mit rostbraunen und gelblich grauen Flecken. Die gemauerten Wände haben Risse und sind mit Schimmel und Schleim überzogen. Über dem Gitter hängen Spinnweben, in denen sich Haare verfangen haben. Seltsam, dass ich sie nicht ertastet habe. Ich zwinge mich, aufzustehen und einige Haare herauszuziehen. Sie unterscheiden sich in Farbe und Länge. Sie stammen nicht von einer einzigen Person.

Ich reiße den Kopf hoch. Die Decke befindet sich ebenfalls höher als gedacht, viel höher, ich muss den Kopf in den Nacken legen. Ein rostiger Haken baumelt direkt über mir an einem Seil hin und her. Das ist die gute Nachricht des Tages. Ich schaue an mir herunter. Aus diesem weißen Nachthemd kann ich mir sicher einen Strick drehen, wenn ich so weit sein werde, bald.

Das Kind zupft mich am Nachthemd. Ich schaue auf sein Gesicht hinunter. Damals, im Wald, habe ich es auf den Arm genommen und getröstet, weil es nach seiner Mutter geweint hat. Gekommen ist aber nur meine Mutter. Ich wollte damals nicht darüber nachdenken, wie das alles zusammenhängt. Jetzt will ich es eigentlich auch nicht. Ich will das Kind nicht anfassen. Nichts von dem, was mich umgibt, will ich anfassen.

»Bist du etwa ich?«, frage ich das Kind und mustere sein kleines staubiges Gesicht. Sind es meine Augen? Meine Nase? Mein Verband? Es ist schwer, wenn man keine Babyfotos von sich hat.

»Hoch!«, sagt das Kind und streckt seine dünnen Arme nach mir aus.

»Geh weg«, sage ich. »Es ist meine Zelle.«

Wie ist es eigentlich hier reingekommen, denke ich und

schaue mich um. An der Gittertür hängt ein riesiges rostiges Schloss, das ich fast schon komisch finde, so sehr erinnert es mich an eine Requisite aus einem alten Horrorfilm. Dann sehe ich, wie sich das Kind flach auf die Erde legt und fix unter der Tür durchkrabbelt. Und kaum habe ich noch einmal geblinzelt, ist es verschwunden.

Und alles wird dunkel. Ich stehe wieder mitten in der Zelle, die Augenbinde nimmt mir die Sicht, und sobald ich mich bewege, drohe ich auszurutschen.

Ich warte darauf, dass jemand kommt. Ich ekele mich davor, mich hinzusetzen, nachdem ich den Boden mit eigenen Augen gesehen habe. Aber gehe ich etwa ernsthaft davon aus, dass das wirklich passiert ist? Dass dieses seltsame Kind tatsächlich bei mir in der Zelle war? Ich muss kurz weggedriftet sein. Der Boden ist gar nicht dreckig, sonst würde ich das riechen. Am Gitter sind weder Haare noch Spinnweben, meine Finger spüren nur die glatte Metalloberfläche.

Ich atme aus. Ich beginne schon, wahnsinnig zu werden, obwohl noch niemand etwas mit mir gemacht hat. Vielleicht ist das genau die Art Folter, die sie für einen vorgesehen haben. Mit verbundenen Augen allein zu verhungern. Mir fällt die Geschichte mit der Phee ein, die im Rudel am Feuer erzählt wurde. Der Gedanke an ihre wütenden Flüche ist merkwürdig wohltuend. Wenn sich irgendetwas davon bloß erfüllen würde, denke ich. Sie hätten es alle verdient.

Ich lehne mich gegen das Gitter. Die ganze Zeit war ich so aufgeregt, dass ich keinen Hunger gespürt habe. Vielleicht ist es ein gutes Zeichen, dass das Gefühl des leeren Magens wieder zurückkehrt. Ich denke an die Sachen, die mir Ivan zu essen hingestellt hat. Wie ich alles in mich hineingestopft und er mich dabei angeschaut hatte. Trotz der Situation spüre ich, wie ich rot werde. Peinlich. So wollte ich ihm nicht begegnen.

Trotz des Schamgefühls fällt es mir leichter, an Ivan zu denken als an Ksü. Mich an sie zu erinnern, tut mehr weh als alles andere. Deswegen versuche ich, sie aus meinen Gedanken auszuklammern, so zu tun, als hätte es sie nie gegeben. Eine merkwürdige Schuld drückt auf mich, das Wissen, dass ich irgendetwas falsch gemacht habe. Und jetzt sitze ich hier fest und kann nichts mehr daran ändern.

Ich denke an Kojote. Da ich inzwischen davon ausgehe, dass Ingrid und Reto mich der Polizei ausgeliefert haben, macht mich der Gedanke an meinen unverhofften Gefährten seltsam traurig. Ich verstehe immer noch nicht, was er von mir gewollt hat. Jetzt kann er zum Rudel zurückkehren. Oder sich einem neuen anschließen. Er ist zu klug und zu geschickt, um unterzugehen.

Da waren aber diese roten Flecken auf den Fliesen. Ich kann mich nicht mehr weigern, darüber nachzudenken. Kann es sein, dass Kojote nicht mehr lebt? Oder ist er einfach nur verletzt? Oder hat Ingrid Kirschsaft verschüttet?

Ich schlage mit dem Kopf gegen die Gitterstäbe. Dann fällt mir ein, dass sich Tiere in Gefangenschaft genauso verhalten. Ich höre sofort damit auf, obwohl mir niemand zuschaut. Ich bin hier ganz allein.

Keine Ahnung, wie viel Zeit vergeht, ob es Stunden oder Tage sind oder auch nur Minuten: Endlich höre ich Schritte in der Entfernung, die langsam lauter werden.

Die Befragung

Es sind viele Füße, die sich so gleichmäßig bewegen, dass das Geräusch etwas von einem gigantischen Tausendfüßler hat. Ich lausche mit angehaltenem Atem. Das sichere Auftreten der Stiefel mit festen rutschfesten Sohlen. Das Rascheln der Kleidung, das Reiben des Kunststoffs beim Gehen, der Funke der elektrischen Entladung. Das dumpfe Aufschlagen von Gewichten, die dicht am Körper getragen werden. Waffen. Sprühdosen. Aber was brauchen sie schon gegen eine Sechzehnjährige im Nachthemd mit Augenbinde?

Sie kommen näher. Jetzt kann ich ihre Herzen hören. Es sind sechs, mindestens fünf davon rasen. Ich höre das Rauschen ihrer inneren Organe. Meine Hände wollen unwillkürlich zu meinen Ohren wandern, um diesen Lärm auszublenden, aber ich zwinge mich, weiter zuzuhören. Ich rieche die säuerliche Angstnote in ihrem Schweiß, die auch die Duftzusätze ihrer Duschgels und Deos nicht übertönen können.

Jetzt stehen sie genau vor dem Gitter. Sie schweigen. Ich höre ihre Herzen, ihre Mägen, ihren Atem. Wenigstens kriege ich ihre Gedanken nicht mit, sonst würde mir das Trommelfell platzen.

Wenn mein Traum mit dem Kind irgendetwas mit der Wirklichkeit gemein hat, dann müssen sie jetzt das riesige rostige

Schloss mit einem ebenso riesigen Schlüssel aufschließen und auch das müsste ich genau hören.

Stattdessen ertönt ein Piepsen. Ich spüre sofort, dass das Gitter weg ist. Ein Stoß kalte Luft schlägt mir entgegen, mit den Düften der letzten Mahlzeit von all denen, die mich gerade abholen kommen. Braten, Gurkensalat, Kartoffelpüree, Vanillepudding.

Ich stehe ganz still da. Bewege mich nicht, denn ihre Nerven sind mindestens so angespannt wie meine. Ich darf nichts tun, was sie erschreckt. Sie haben Angst vor mir.

Ich darf nichts tun, was *sie erschreckt?* Die Absurdität dieses Gedankens wird mir schlagartig klar. Aber lachen darf ich jetzt auch nicht. Denn das würde ihnen ebenfalls nicht gefallen.

Hoffentlich fassen sie mich nicht an.

Natürlich fassen sie mich an. Fremde Finger, diesmal in Handschuhen, legen sich auf meine Schultern, drehen mich um. Ich mache mit, halte meine Hände nach hinten, die Handschellen klicken und der Schmerz durchzuckt mich.

»Zu fest«, sage ich kläglich.

Einer schnauft spöttisch.

Sie sind überrascht, dass ich mich in die richtige Richtung bewege, bevor sie mich lenken. Einer überprüft sogar den Sitz meiner Augenbinde. Ich gehe mit kleinen Schritten, um nicht auszurutschen. Meine Handschellen sind sehr schwer, doch das Rasseln kann ich erst einmal nicht einordnen. Bis ich um die Ecke gelenkt werde und es gegen meine Wade schlägt. Es ist eine Kette, die an den Handschellen befestigt ist. Eben saß ich in einem Käfig, jetzt bin ich angekettet wie ein Tier.

Der Raum, in den sie mich bringen, ist sehr kalt. Er muss riesig sein, denke ich, während ich das rhythmische Rasseln meiner Kette höre und das Echo, das jedes Geräusch zurückbringt. Hier ist der Boden trocken und die Kälte dringt durch meine Sohlen, kriecht meine Beine hoch. Für einen kurzen Moment weiß ich nicht, wohin ich soll. Jemand zieht an der Kette und drückt mich schließlich herunter. Ich fahre automatisch wieder hoch. Jetzt werden sie mir wehtun, denke ich, aber dieselben Hände drücken einfach nur erneut auf meine Schultern. Ich sitze auf einem Stuhl ohne Lehne, der sich unter meinem Hintern ziemlich wackelig anfühlt.

Das Rasseln der Kette. Ihr Gewicht. Ich kann es mir denken. Ich bin jetzt angebunden. Wahrscheinlich an einem Ring, der irgendwo aus dem Boden ragt. So macht man das mit Tieren.

Die Wachen postieren sich in einiger Entfernung. Ich kann sie inzwischen gut auseinanderhalten, ihre Gerüche und ihre Darmgeräusche unterscheiden sich klar voneinander. Aber es geht nicht um sie. Es sind noch mehr Menschen im Raum, ich strenge mich an, um sie zu zählen, mindestens fünf müssen es sein. Sie sind viel weniger aufgeregt, ihre Herzen klopfen anders. Sie riechen auch anders, viel schwächer, obwohl ich die Geräusche, die sie produzieren, sehr gut hören kann. Seltsam, dass ich sie kaum rieche, denke ich. Duschen sie häufiger als die Wachleute? Haben sie sich irgendwas übergesprüht, was Düfte neutralisiert und keinen Eigengeruch hat? Und warum sollten sie das getan haben, wie können sie wissen, dass meine anderen Sinne sich schlagartig verschärft haben, seit ich nicht mehr sehen kann?

Diese Fragen beschäftigen mich plötzlich so, dass ich fast vergesse, wo ich gerade bin. Fast falle ich vom Hocker. Den Wachen entfährt ein Lachen, ich muss wirklich komisch aussehen.

Dann verstummen sie schlagartig, ich drehe den Kopf in ihre Richtung, muss ich mir Sorgen um sie machen?

Es gibt etwas, was mich plötzlich mehr irritiert als alles andere. In der Richtung, in der fünf Ruhige sitzen und schweigen und nicht einmal riechen, gibt es noch einen sechsten. Sein Puls rast noch mehr als bei den Wächtern. Ich höre ihn nervös schlucken. Sein Atem geht schwer. Ich schnuppere angestrengt. Ich glaube, dass der Dufthauch, den ich endlich erwische und gierig in mich hineinziehe, von ihm stammt. Es riecht so schmerzhaft vertraut, dass mein Herz vor Kummer und Enttäuschung fast auseinandergerissen wird.

»Juliane Rettemi.«

Wenn die Stimme, die hier meinen Namen ausspricht, wenigstens hässlich wäre, heiser oder lächerlich hoch, krächzend oder quiekend. Aber es ist eine samtige, angenehme, Zuversicht verströmende Stimme. Sie kommt aus der Richtung mit dem gleichmäßigen Pulsschlag. Kein Gluckern im Magen, denn er ist sicher mit leicht verdaulichen, vitaminreichen Sachen gefüllt. »Endlich sehen wir uns, Juliane.«

»Ich kann Sie nicht sehen«, sage ich.

Die Wachen prusten los und verstummen wieder sofort. Einer verschluckt sich und hustet.

»Wie fühlst du dich?«, fragt die Stimme.

Damit habe ich nicht gerechnet. Ich bewege meine vor Kälte

tauben Zehen, danke Ingrid in Gedanken kurz dafür, dass sie mich wenigstens ein Bad nehmen ließ, bevor sie mich der Polizei auslieferte. Dann straffe ich meine Schultern. »Danke, sehr gut«, sage ich.

»Das freut uns«, sagt die Stimme. »Du bist nicht hier, um zu leiden.«

Ich schweige. Dann knurrt plötzlich mein eigener Magen. Ich finde es ohrenbetäubend. Aber die Wachen halten diesmal ihre Klappen. Wenigstens das.

»Wir werden uns unterhalten, Juliane«, sagt die geschmeidige Stimme. »Es wird lange dauern, fürchte ich. Es gibt so vieles, was du uns unbedingt erzählen musst.«

»Ich habe Zeit«, sage ich und runzele die Stirn in die Richtung des klopfenden Herzens. Wieder ziehe ich die Luft ein. Wer sitzt da?

Und da verstärkt sich das Pochen. Ich bin mir jetzt sicher, um welches Herz es sich handelt. Wenn ich in eine bestimmte Richtung schaue, bekommt, wer da sitzt, Panik. Warum? Hat er Angst, dass ich ihn erkenne?

Ich tue ihm den Gefallen und drehe mein Gesicht weg. Und nehme einen langen, erleichterten Atemzug wahr.

»Wie viele sind Sie überhaupt?«, frage ich im Plauderton und versuche, mich etwas bequemer hinzusetzen, was mit hinter dem Rücken zusammengebundenen, mit einer Metallkette beschwerten Händen nicht das Einfachste ist.

»Schätz mal«, schlägt die Stimme vor.

»Drei«, sage ich sofort.

»Fast«, erwidert die Stimme gönnerhaft. »Aber du bist nicht da, um zu fragen, Juliane. Sondern, um zu antworten.«

»Dann fragen Sie«, sage ich. »Aber ich kann mich viel besser konzentrieren, wenn ich etwas bequemer sitzen und die Hände frei haben könnte.«

»Wir nehmen es zur Kenntnis«, sagt die Stimme. »Was die Handschellen angeht, kann ich dir allerdings nicht helfen. Die Maßnahmen sind für unsere Sicherheit gedacht, genauso wie die Wand.«

Die Wand. Das also ist der Grund, warum ich sie zwar höre, aber nicht rieche. Ein durchsichtiger Kunststoff, der Schallwellen, aber keine Gerüche durchlässt. Bestimmt aus dem HYDRAGON-Labor.

»Wofür die ganze Mühe?«, frage ich. Es interessiert mich wirklich. »Was genau ist an mir so gefährlich?«

»Das wirst du uns gleich erklären«, sagt die Stimme. »Was hast du mit dem Polizisten gemacht, der bei deiner Verhaftung ums Leben gekommen ist?«

»Ums Leben gekommen ...« Ich verschlucke mich kurz. »Ich habe gar nichts gemacht. Ach doch, ich habe einen angespuckt, weil er mich begrapscht hat.« Jetzt fällt es mir wieder ein, das Herz, das plötzlich ausgesetzt hat. Ich habe alles gehört, aber nicht kapiert, dass jemand in meiner Nähe plötzlich nicht mehr gelebt hat. Ich müsste jetzt schockiert sein. Aber ich fühle mich ganz ruhig. Er hat es nicht besser verdient, denke ich und frage mich, ob ich langsam zu einem Monster werde.

»Sie können ja meine Spucke untersuchen lassen«, schlage ich vor.

»Das werden wir tun«, verspricht die Stimme.

In der darauffolgenden Stunde gebe ich mir große Mühe, mich zu konzentrieren. Immerhin schlagen sie mich nicht. Ich sitze auf dem wackligen Hocker, finde immer nur für ein paar Minuten das Gleichgewicht, bis eine falsche Bewegung mich desorientiert und ich wieder versuche, eine erträgliche Haltung zu finden. Meine Unterarme spüre ich längst nicht mehr. Die sanfte, liebevolle Stimme klatscht mir mein Leben um die Ohren. Tochter von Dr. Rudolf und Laura Rettemi. Enkelin von Ingrid und Reto. Schwester von Kassandra und Jaroslav. Zuletzt Lyzeumsbesuch. Es gibt so wenig Spannendes über mich, dass die Stimme sich in Details über meine Schuhgröße und den Lieblingsnachtisch verliert.

Rudolf ist nicht dein Vater.

Ausgerechnet das wissen sie nicht. Oder wissen sie es doch? Könnten sie mir sagen, wer mein richtiger Vater ist? Soll ich sie fragen? Information gegen Information sozusagen? Den Teufel werde ich tun.

»Ja«, sage ich monoton. »Jajaja.« Ich bin zu müde, um darüber zu staunen, wo sie all die Details herhaben. Sie müssen Nachbarn und Mitschüler ausgefragt haben. Was für ein Aufwand. Jeden interviewt, der mich jemals gesehen hat. Sie haben alles herausgefunden, was man nur von außen erkennen kann. Sie erwähnen nicht, dass ich von Dr. Rettemi adoptiert worden bin. Fast beginne ich, wieder selber daran zu glauben, dass mein Vater wirklich mein Vater ist. Meine Mutter muss ihren Satz irgendwie anders gemeint haben. Aber Ingrid und Reto haben es ja auch bestätigt. Damit gilt meine zweifelhafte Herkunft als bewiesen.

Und wo ist er jetzt, der Mann, der mein richtiger Vater sein sollte? Läuft er irgendwo da draußen herum? Ist er vielleicht sogar irgendwo hier? Bin ich ihm schon mal begegnet, ohne es zu merken?

»Seit wann weißt du, Juliane, dass deine Mutter eine Phee ist?«

»Keine Ahnung«, sage ich. Ich versuche, klar und deutlich zu sprechen, aber die Erschöpfung und die Kälte lähmen meine Zunge. »Das war nicht groß Thema bei uns. Meine Mutter hat sich immer ziemlich normal verhalten.«

Jemand grunzt belustigt wegen dieser Formulierung. Auf der anderen Seite der Scheibe ertönt ein leises Kratzen, das ich sofort einordnen kann. Irgendjemand macht sich Notizen mit einem Kugelschreiber.

»Sehr komisch«, stimme ich ihnen zu.

»Was hat deine Mutter getan, um dich auf das Leben als Phee vorzubereiten?«

»Gar nichts«, sage ich, wütend darüber, dass es leider die reine Wahrheit ist. »Sie hat darauf geachtet, dass ich, dass wir alle ein normales Leben führen. Nichts an uns fiel auf.«

Warum sage ich das? Hoffe ich, dass sie mich deswegen schonen werden? Meiner Mutter muss ich hier auf diesem Stuhl keinen Gefallen mehr tun. Dort, wo sie gerade ist, gibt es Probleme wie das Dementio nicht.

»Was sind die Gaben deiner Mutter?«

Die Frage überrascht mich. Ich finde mit den Füßen eine stabilere Position.

»Sie kann die Zugänge zum Wald erschaffen«, sage ich. »Sie malt sie.«

Im Raum wird es leise. Der Stift hört auf, das Papier zu zerkratzen. Der vielfach angehaltene Atem hat etwas Unheimliches. Ich höre die knisternde Spannung der mit Luft gefüllten Lungenbläschen, spüre die Aufmerksamkeit, die sich aus unterschiedlichen Richtungen auf mir ballt.

Was habe ich jetzt gesagt, denke ich. Das kann doch nichts Neues sein. Wenn sie so viele Informationen über mich gesammelt haben, werden sie auch wissen, womit meine Mutter sich jahrelang die Zeit vertrieben hat. Und eine illegale Malerin zu sein, kann angesichts der Tatsache, dass ich angeblich eine Mörderin sein soll, wohl wirklich niemanden mehr schockieren.

»Zugänge in den Wald?« Jetzt spricht eine neue Stimme. Sie ist leise, die Stimmbänder scheinen angegriffen, ein kaum hörbares Krächzen mischt sich in die Zischlaute.

»In den Wald«, bestätige ich matt. »Oder haben Sie niemals die Quadren meiner Mutter gesehen?«

Jetzt atmen alle anderen aus. Die Luft bewegt sich stoßweise durch den Raum.

»Ich habe ein Quadrum deiner Mutter gesehen«, sagt die erste, sanfte Stimme, die jetzt etwas verunsichert klingt, was ich nicht verstehe.

»Dann haben Sie auch den Wald gesehen«, sage ich müde.

Und wieder breitet sich Schweigen aus. Ich unterbreche es irgendwann mit der Klage, dass ich gleich vom Stuhl rutsche. Zu sagen, dass mir vorher noch der Hintern abfällt, verkneife ich mir. Ich spüre eine seltsame Zufriedenheit. Irgendwie habe ich es geschafft, sie zu beeindrucken.

Meine Beschwerden finden kein Gehör.

Die fünf auf der anderen Seite der Scheibe stecken offenbar

die Köpfe zusammen und flüstern. Sie können ja nicht wissen, dass sie genauso gut einen Lautsprecher nehmen könnten.

»Sie ist noch ein Kind…«

»Wir brauchen sie lebend.«

»Nein.«

Es sind fünf, die aufgeregt miteinander streiten. Ich spüre, wie meine Mundwinkel sich spöttisch verziehen. Aber anstatt blöd zu grinsen, sollte ich lieber darüber nachdenken, warum der Sechste, der neben ihnen sitzt, nicht mitredet. Sein Herz pocht immer noch so schnell, dass sein Kreislauf das bestimmt nicht mehr lange mitmacht.

Ich kann plötzlich nicht mehr, sacke zusammen, strenge mich an, um nicht vom Hocker zu rutschen, der immer mehr Schräglage bekommt. So erscheint es mir jedenfalls. Der Befehl, mich zurück in die Zelle zu bringen, wird offenbar mit einer Geste erteilt, weil ich ihn nicht mitkriege, sondern plötzlich an der Kette hochgezogen werde und mit dem Gesicht auf dem Beton aufschlage.

In der Zelle lasse ich mich auf den Boden fallen, so erschöpft bin ich. Es kümmert mich nicht mehr, ob der eklige Schmierfilm meine Wange berührt oder nicht. Meine endlich befreiten Handgelenke, links und rechts von meinem Kopf, fühlen sich nicht an, als würden sie zu mir gehören. Alles in allem hätte es auch schlimmer sein können, denke ich, während meine Nase den Bodenbelag streift. Bis auf die Fesselung hat mir niemand Schmerzen zugefügt. Sie waren fast höflich zu mir.

Und hatten Angst, dass ich ihnen was antun könnte. *Wir mussten Maßnahmen zu unserer Sicherheit ergreifen.*

Können sie alle wirklich irren? Vielleicht bin ich ja diejenige, die die ganze Zeit falschliegt und in Wirklichkeit etwas sehr, sehr Gefährliches ist.

Ich werde abermals abgeholt und irgendwohin geschleift, wo ich auf einer Liege festgeschnallt werde. Jetzt wird es wehtun, denke ich und bereite mich darauf vor, laut zu schreien. Aber die Schmerzen halten sich in Grenzen. Eine Nadel dringt in meine Vene ein, in eine Fingerkuppe, mein Ohrläppchen. So wurde mir manchmal bei den Untersuchungen am Lyzeum Blut abgenommen. Ich werde in eine Röhre geschoben, in der irgendetwas klickt, komme aber am Stück wieder heraus. Muss meinen Mund öffnen und ein Wattestäbchen schabt an der Innenseite meiner Wange entlang.

Zurück in der Zelle, würde ich gern für ein paar Stunden in einem traumlosen Schlaf versinken, in einem segensreichen Nichts, in dem kein einziger Gedanke meinen Kopf, kein Gefühl mein Herz quält. Aber ich bleibe wach, unwissend, ob meine Augen unter der Binde geöffnet oder geschlossen sind, weil ich meine Augenlider längst nicht mehr spüre.

Ich lehne mich gegen die Wand, ziehe die Knie hoch, stütze die Arme darauf und bette die Stirn auf meine Unterarme.

Und schreie auf, weil mich jemand am Fuß berührt.

Das sechste Herz

Die Helligkeit blendet mich – so grell kommt es mir vor, obwohl ich mir dessen bewusst bin, dass ich dieses Licht unter anderen Umständen als schwach empfunden hätte. Erstaunlicherweise schmerzen meine Augen trotzdem kein bisschen, sie sind nur etwas empfindlich und ich schirme sie mit der Hand ab. Das Kind sitzt zu meinen Füßen, diesmal ist es besser drauf. Es lacht und zeigt mir zwei Schneidezähne oben und zwei unten. Wieso freut es sich derart, mich zu sehen, denke ich mürrisch. Ich entziehe dem Kind meinen Fuß. Es geht in den Vierfüßlerstand und krabbelt auf mich zu.

Die Verbände unter der Latzhose sind schmutzig und riechen schrecklich, nach Medikamenten und Blut, nach Angst und Schmerz.

»Wer hat dich eigentlich so zugerichtet?«, frage ich und strecke dem Kind widerwillig meinen Zeigefinger entgegen. Es setzt sich auf und packt meine Hand, die scharfen Fingernägel kratzen auf meiner Haut herum.

Ich sehe zum Gitter hoch. Da sind sie, die Haare und Spinnweben. Da sind sie, die Flecken. Seltsam, dass ich das alles nicht tasten konnte.

Gar nicht seltsam. Es ist ganz einfach. Das Kind kommt

nur, wenn ich schlafe und träume. Dann befinde ich mich an einem Ort, der nichts mit dem wirklichen Dementio zu tun hat.

Vielleicht hatte ich mir auch den Wald nur erträumt? Sind meine Mutter und alles, was mir passiert ist, auch nur die Produkte meiner Fantasie? Und wäre das eher eine gute oder eine schlechte Nachricht?

Wenn ich träume und mir dessen bewusst bin, dann kann ich auch alles tun, worauf ich Lust habe.

Ich rappele mich auf und nähere mich dem Gitter. Rüttele an dem schweren Metallschloss und drehe es so, dass es auf der Innenseite der Tür hängt. Das Schlüsselloch ist so breit, dass mein kleiner Finger mühelos reinpasst. Ich stecke ihn hinein und drehe ihn.

Der Bügel des Schlosses springt auf und ich fange das ganze Ding auf, bevor es mir auf die Füße knallt. Auch im Traum will ich keine gebrochenen Füße haben.

Jetzt ziehe ich die Tür auf. Sie quietscht jämmerlich. Wenn es Wachen gibt, müssten die jetzt angerannt kommen und mich wieder einfangen.

In meinem Traum beschließe ich, dass niemand kommt.

Der Traum interessiert sich nicht für meine Entscheidungen.

Ich höre ihre Füße, die klobigen Stiefel, mehrere Paar, die angerannt kommen. Das Entsetzen lähmt mich, ich bleibe stehen und warte, bis sie bei mir angekommen sind. Sie tragen kein Mintgrün, sondern Schwarz, die Ganzkörperanzüge haben einen merkwürdigen weiten Schnitt, auf dem Kopf haben sie Hauben, die mit dem Kragen verbunden sind, und das Dämmerlicht spiegelt sich in den glänzenden Flächen ihrer

Uniformen. Es ist die Hightech-Kleidung der höchsten staatlichen Gefahrenabwehr.

Und ich bin sicher sofort tot.

Sie bleiben dicht vor mir stehen. Noch sind ihre Gesichter frei, doch dann ziehen sie alle gleichzeitig in einem Ruck die Masken darüber, undurchsichtig, nur je zwei Schlitze deuten an, wo die Augen sein müssen.

Die gehen an mir vorbei und postieren sich mit gezückten Sprühdosen vor der Zelle, die ich gerade verlassen habe.

Ich brauche Zeit, bis ich begreife, was hier vor sich geht. Sie ignorieren das offene Gitter. Sie lassen die Dosen wieder sinken, als wäre alles in bester Ordnung. Ich stelle mich auf die Zehenspitzen und schaue über ihre Schultern in die Zelle hinein. Und sehe, wie sich zwei Dinge überlagern, das alte Gemäuer mit dem offenen rostigen, mit Spinnweben überzogenen Gitter und die kahle Zelle mit der vergitterten, glitzernden Schiebetür. Ich blicke zwischen den Polizisten auf ein langbeiniges abgemagertes zerrupftes Mädchen im weißen Nachthemd, das in der Ecke kauert, vielleicht hält sie einfach still, vielleicht schläft sie ganz tief. Vielleicht ist sie schon tot.

Das Kind läuft voraus und ich folge ihm auf wackligen Beinen. Dafür, dass seine so kurz sind, ist es erstaunlich schnell. Seit es aufgehört hat zu jammern, ist es mir etwas sympathischer.

»Warte!«, rufe ich. »Sonst gehst du noch verloren.« Ich glaube nicht wirklich, dass es mir jemals antworten wird. Zwar habe ich keine Ahnung, ab welchem Alter man von kleinen

Kindern Gespräche erwarten kann. Aber dieses hier hat eindeutig etwas Verhaltensgestörtes.

Okay, bei dem, was es wahrscheinlich erlebt hat, ist es nicht verwunderlich.

Das Kind bist doch du selbst, rufe ich mir in Erinnerung. Auch wenn du gern ein süßer fröhlicher Wonneproppen gewesen wärest. Dieses Kind kannst nur du sein, also beschwer dich bei dir selbst.

Ich bleibe stehen und sehe mich um, lasse den Blick über den endlosen Flur streifen, die vergitterten Zellen, in die ich hineinschaue. Ich betaste die Türen, die Haarknäuel, die Spinnweben haben sich dicht wie ein Pelz um die Gitterstäbe gewickelt. Sie hängen auch von den Decken, die Wände sind mit blühendem Schimmel übersät, der Boden ist voller Flecken, meine Augen hatten mich beim ersten Mal nicht getäuscht.

Wenn das Kind da ist und ich sehen kann, dann schlafe ich gerade, träume und befinde mich in einem alten Gemäuer. Allein, wach und mit verbundenen Augen habe ich ein ganz anderes Dementio um mich, das neu, steril und kalt ist.

Das alte Dementio trägt Spuren von vielfachem Leid.

Und dann kann ich es auch hören.

Das Geheul kommt von Weitem, es rollt an wie eine Welle und ebbt wieder ab, lange bevor es mich erreicht hat. Ich kriege nur einen Hauch davon mit, aber dennoch gefriert mir das Blut in den Adern. Es ist das schrecklichste Geräusch, das ich je gehört habe.

»Warte!«, rufe ich dem Kind zu, das auf seinen kurzen Beinen so schnell ist, dass es außer Sichtweite verschwunden ist.

Es trippelt zurück und bleibt in einiger Entfernung vor mir stehen, Ungeduld im Gesicht. »Kannst du es auch hören?«, frage ich und zeige auf meine Ohren.

Es guckt mich an. »Hören«, wiederholt es. Und während ich darüber rätsele, ob es ein Ja oder ein Nein ist, zeigt es ebenfalls auf seine Ohren. »Aua«, sagt es.

»Jemand hat Aua«, versuche ich es erneut.

»Mami«, sagt das Kind.

»Das ist deine Mutter, die da so schreit?« Vor Entsetzen würde ich am liebsten mitschreien.

Es schaut mich mit unergründlichen Augen an und kratzt an seinem Verband.

Der erste Heulton ist abgeebbt und dann stellt sich heraus, dass es nur ein Vorbote war für eine Welle furchtbarer Geräusche. Jetzt wird es immer lauter – Zischen und Stöhnen, Weinen und Jammern rollen heran, das Schlimmste aber ist Gelächter, das aus unterschiedlichen Richtungen kommt. Wer hier lacht, muss wahnsinnig sein.

Ich bin auch wahnsinnig, denke ich. Bald lache ich auch so. Aber noch beiße ich die Zähne zusammen. Meine Nerven sind zum Zerreißen angespannt.

Das Kind läuft voran, dreht sich nach mir um, verschwindet um die Ecke, kehrt wieder zurück und wartet auf mich, unzufrieden damit, dass ich so langsam bin. Die Gänge, durch die es mich führt, sind voller Dreck und Lärm. Der Boden ist nun nicht nur mit dem bedeckt, was ich für Blutflecke halte, sondern auch mit Erbrochenem und Fäkalien. Ich muss aufpassen, wo ich hintrete.

Hinter Gittern sind sie.

Die Erste, die ich sehe, ist eine Frau in einem ähnlichen Nachthemd, wie ich es gerade trage. Von einem Ring am Fußgelenk streckt sich eine Kette bis zu einem deutlich größeren Ring in der Wand. Die strähnigen Haare bedecken das Gesicht. Sie kauert in einer Ecke und wankt dabei rhythmisch hin und her. Sonst macht sie keinerlei Töne. Der leise Gesang muss aus der benachbarten Zelle stammen. In fast jeder Zelle ist eine Frau. Sie ähneln sich so sehr, dass ich keine Chance habe, sie auseinanderzuhalten. Kette am Fuß, verfilzte Haare, zu Schlitzen verengte Augen mit einem wahnsinnigen Glanz, wenn ich denn überhaupt mal ein Gesicht zu sehen bekomme.

Das sind sie also, denke ich. Pheen.

Ich laufe weiter, mein Gesicht glüht vor Scham, als hätte ich sie persönlich verraten, gefangen genommen, hinter Gitter geworfen und angekettet. Die meisten ignorieren mich völlig, nur einige wenige schauen zwischen den Haarsträhnen zu mir hoch, blecken die Zähne (ich weiche zurück, in einem Anfall von feiger Dankbarkeit, dass zwischen uns das Gitter ist), eine packt die Stäbe mit ihren gekrümmten grauen Fingern. Sie schreit wie ein wildes Tier, und während mein Herz in meine nicht vorhandene Hose rutscht, finde ich noch die Zeit, um mich zu wundern, warum sie eigentlich nicht mich direkt anschaut, sondern leicht an mir vorbei.

Das Kind ist wieder irgendwo vorn verschwunden und ich habe keine Lust, es zu suchen. Ich laufe rasch zurück, doch die Gänge verzweigen und winden sich, der Boden wankt unter meinen Füßen, vielleicht bin ich es auch selbst, die schwankt. Panisch stelle ich fest, dass ich mich verlaufen habe. Ich beginne, mich im Kreis zu drehen, schaue jetzt aufmerksamer in die Zellen, versuche festzustellen, wodurch diese Frauen sich nun genau voneinander unterscheiden, um meinen Rückweg an ihnen zu orientieren. Jede Frau hier muss einmal ein eigenes Gesicht gehabt haben und eine eigene Geschichte. Am liebsten würde ich mich abwenden und wegrennen, aber ich bin jetzt eine von ihnen, also zwinge ich mich, genau hinzusehen. So weiß ich wenigstens, was mich erwartet.

Ich wandere weiter, den Haufen undefinierbarer Auswürfe ausweichend, spähe in die Gesichter und bleibe plötzlich abrupt stehen. In einer der Zellen liegt eine Frau auf der Seite, ihr Haar ist kürzer als das der anderen und zurückgeworfen, sodass ich ihre Gesichtszüge genau erkennen kann. Das kann nicht sein, denke ich, während es mir die Kehle zusammenschnürt. Das kann einfach nicht sein, dass diese Frau das Gesicht meiner Großmutter Ingrid hat.

Es ist nicht Ingrids heutiges Gesicht, wie ich es zuletzt gesehen hatte – verbittert, verbissen, mit tiefen Falten um den Mund. Es ist auch nicht das Gesicht der Ingrid aus meiner Kindheit – verkrampft, bemüht, nach der jüngsten Kosmetikbehandlung schimmernd und nach einer neuen Creme duftend. Es ist das Gesicht einer jungen Ingrid, wie ich sie bei ihr zu Hause gerade erst auf dem alten Foto gesehen habe, ebenmäßige Nase, Kassies trotziges Kinn, die einen Tick zu breite Stirn. Die Frau mit den Zügen meiner Großmutter ist vermutlich bewusstlos, ihr Mund steht offen und alles in ihrem so vertrauten Gesicht drückt hilfloses Erstaunen aus.

Hat Ingrid eine Zwillingsschwester oder eine Doppelgängerin? Nein. Ist sie eine Phee? Um Gottes willen.

Und dann trifft es mich wie ein Schlag. Die Frau, die ich wider besseres Wissen meine Großmutter nenne, ist normal von Kopf bis Fuß. Dafür könnte ich meine Hand ins Feuer legen. Und es liegt nahe, dass auch die anderen Frauen, die hier eingesperrt sind, gar keine Pheen sind. Es sind geschundene, wegen der schrecklichen Bedingungen wahnsinnig gewordene Kreaturen – sie haben nichts von dem, was eine Phee ausmachen soll. Auch sie sind normal. Genauer gesagt sind sie das, was man später normal nennen wird.

Ich versuche, das Alter der jungen Ingrid einzuschätzen. Trotz des Leids, das ihr ins Gesicht geschrieben steht, scheint sie kaum älter als ich jetzt. Wenn diese Frau wirklich meine Großmutter sein soll, dann bin ich gerade durch das Dementio vor über fünfzig Jahren unterwegs. Und es ist gar keine Anstalt zur Besserung der Pheen.

Ich will raus aus diesem Wahn, schüttele wütend den Kopf – keiner achtet auf mich, ich bin ja nur eine träumende Zeitreisende – schlage mit den Fäusten auf die Wände ein – auch das kümmert keinen, denn hier bin ich unsichtbar, eine Zuschauerin, die nur gucken und nichts ändern kann. Dann schließe ich ganz fest die Augen, konzentriere mich und zwicke mich mit aller Kraft, die ich noch habe, in den Oberarm.

Es funktioniert, wie es immer funktioniert hat, wenn ich aus einem Albtraum zurück in die Wirklichkeit wollte. Die Lichter gehen aus, der Lärm verstummt sofort und ich bin wieder in meiner Zelle, mit verbundenen Augen, auf dem Boden, von dem ich inzwischen sicher bin, dass er extra mit etwas Rutschigem eingeschmiert wurde.

Ich warte auf die nächste Befragung, denn die erste, wie ich es mir eingestehen muss, war etwas dürftig. Dafür haben sie mich sicher nicht hergebracht. Ich habe immer noch keinen Bissen zu essen bekommen. Da mir so kalt ist, habe ich bislang noch keinen Durst gespürt. Das beginnt sich jetzt langsam zu ändern. Meine Kehle wird trocken und die Zunge klebt sandig am Gaumen.

Ich kann genau hören, dass immer wieder jemand kommt und vor meiner Gittertür stehen bleibt. Meist sind es Wachleute, die ich an den schweren Stiefeln und den dumpf gegen die Hüfte schlagenden Sprühdosenhaltern erkenne. Ab und zu kommt auch jemand, dessen Schuhe leichter klingen und der einen anderen Geruch verströmt, eine Spur Orange mit Tabak. Ich höre das Kritzeln der Stifte. Höre mehrfaches Klicken und weiß, dass ich fotografiert werde. Am Anfang hatte ich mich abgewandt, jetzt sitze ich mit dem Gesicht zu ihnen, ich kann mich hier sowieso nicht verstecken.

Dann halte ich es nicht mehr aus.

»Durst«, flüstere ich in Richtung des Gitters und zeige auf meinen Mund. »Ich habe so schrecklichen Durst.« Der, der sich auf der anderen Seite des Gitters befindet, rührt sich jetzt gar nicht mehr.

»Bitte«, sage ich.

Dann entfernen sich die Stiefel ganz schnell. Ich warte, dass mir irgendjemand etwas zu essen oder zu trinken bringt. Vergeblich.

Und dann höre ich es wieder. Die Schritte zum Gitter, zaghafter als alle anderen. Ich erkenne es sofort, ohne jeden Zweifel. Da ist es, das sechste, rasende Herz aus der Befragung. Diesmal ist keine Scheibe zwischen uns und ich atme tief ein, fülle meine Lungen mit dem Duft, der mich verzweifelt und bei all dem, was hier drin passiert, auch ein wenig glücklich macht. Ich weiß endlich, wer das ist.

Und ich werde es vorerst für mich behalten.

Ich drehe mein Gesicht zum Gitter.

»Durst«, krächze ich jämmerlich. Ich muss dabei nicht einmal meine Stimme verstellen. Das Schlucken tut mir weh und beim Sprechen streift mein eigener heißer Atem unangenehm meine aufgesprungenen Lippen.

Der Mensch am Gitter atmet langsam aus.

Hab keine Angst, will ich sagen. Brauchst du wirklich nicht. Aber du wirst es mir nicht glauben. Dann hab von mir aus eben Angst, aber hilf mir. Hilf mir, hier rauszukommen. Oder gib mir wenigstens etwas zu trinken.

Er steht da, seine Finger berühren das Gitter, riskiert er viel, wenn er mir ein wenig hilft?

»Bitte.« Ich wende mein Gesicht genau in seine Richtung, er soll sich ja nicht der Illusion hingeben, dass ich nichts von seiner Anwesenheit weiß.

Seine Finger lassen das Gitter los und seine Schritte entfernen sich.

Dann hau doch ab, denke ich. Verräter, Feigling, ich hasse dich.

Obwohl es nicht wahr ist.

Am liebsten würde ich es herausschreien. Aber dann bin ich doch froh, es nicht getan zu haben. Denn er kommt zurück. Ich höre das Gluckern des Wassers in einer Plastikflasche. Ich höre genau, durch welche Gittermaschen er den Flaschenhals durchsteckt. Mit geöffnetem Mund knie ich mich davor. Das Wasser läuft über mein Gesicht, ich fange es gierig mit dem Mund auf, schlucke, verschlucke mich, die Flasche leert sich viel zu schnell und ich stöhne auf, als das Wasser versiegt.

Noch mehr, denke ich, spreche diese Bitte aber nicht aus, man darf schließlich nicht undankbar sein. Ein Knistern und ein Duft, mit dem ich nicht gerechnet habe, lassen mich zusammenfahren und dann berühren seine Finger durch das Gitter meine Lippen und legen abgebrochene Stücke eines Energieriegels in meinen Mund. Der süßsaure Geschmack, einst so vertraut und inzwischen wieder vergessen, breitet sich auf meiner Zunge aus.

Ich kaue gierig und sperre immer wieder den Mund auf, wahrscheinlich sehe ich aus wie ein Küken. Der Energieriegel hält, was er verspricht, er gibt mir nicht nur ein wenig Kraft, sondern auch einen Hauch Hoffnung zurück. Als ich alles aufgegessen habe, nicht mal ein Krümel übrig zu sein scheint, berühre ich mit der Stirn stumm die Hand, die mir Wasser und Essen gebracht hat. Ein Danke spare ich mir.

Und sobald ich wieder allein bin, die Schritte immer leiser werden, spüre ich schmerzhaft die Leere um mich herum. Er kommt sicher nicht wieder. Dann war es auch falsch von ihm, mir Hoffnung zu geben.

Es kommt mir so vor, als würde ich überhaupt nicht mehr schlafen. Entweder bin ich wach, dann halten mich meine überreizten Sinne in ständiger Alarmbereitschaft. Sobald ich wegdämmere, kommt das Kind und lässt mir keine Ruhe. Es spricht immer noch nicht, verhält sich aber inzwischen sehr vertraut zu mir, lächelt mich an, zieht mich an der Hand, zupft mich am Nachthemd, wenn ich zu langsam bin oder in die aus seiner Sicht falsche Richtung laufen will.

Ich nenne es in Gedanken mein persönliches Gespenst. Es führt mich durch das Dementio der vergangenen Zeit und zeigt mir Sachen, die ich eigentlich gar nicht sehen will. Es erzählt nichts von sich, fragt nur manchmal nach Mama. Was soll ich ihm antworten? Obwohl es halb so groß ist wie ich, fühle ich mich kein bisschen klüger.

Ich kann nicht behaupten, dass ich scharf auf diese Spaziergänge bin. Auch wenn ich inzwischen weiß, dass mir dabei nichts passieren kann. Egal, welches Elend mir begegnet – ich bin bloß Zuschauerin. Einmischen kann ich mich auch nicht – einmal versuchte ich dazwischenzugehen, als einer der Wachen eine Frau an den Haaren aus ihrer Zelle zog. Meine Hände griffen ins Leere und der Wächter würdigte mich keines Blickes.

Eigentlich, denke ich, würde ich lieber in meiner Zelle bleiben. Oder, wenn ich schon träume, woandershin reisen. Irgendwohin, wo ich etwas Schönes erlebe, auftanken kann, meinetwegen auch einfach ausschlafen.

Zum Beispiel in den Wald. Oder in das, was von ihm übrig geblieben ist.

Ich winke das Kind zu mir heran, locke es auf meinen Schoß. Manchmal kuschelt es sich an, legt den Kopf auf meine Schulter. Seine Stirn ist verschwitzt, die nassen Locken kleben darauf. Die Verbände sind grau und schwer und riechen nicht gut. Wenn ich mit den Händen darüberfahre, jammert das Kind.

Es bleibt nie lange sitzen, immer steht es schon nach kurzer Zeit auf, greift meine Hand, zieht mich weiter.

Und so habe ich nie meine Ruhe – nicht im Traum, wenn ich das Dementio durchstreife, und nicht im Wachsein, wenn ich geblendet in der Zelle kauere oder mal wieder einer Befragung unterzogen werde.

Die Befragungen häufen sich jetzt. Ich habe jegliches Gefühl für die Zeit verloren. Keine Ahnung, ob Tage oder Monate vergangen sind – oder Jahre, die ich im Schlaf durchstreife. An der Anzahl der Mahlzeiten kann ich es auch nicht ablesen, ich weiß nur, dass mein Magen sich vor Leere schmerzhaft zusammenzieht, wenn einer der Wachen mit dem typischen Geräusch einen Metallnapf auf dem Boden meiner Zelle abstellt.

Sie machen sich jedes Mal einen Spaß und stellen den Napf immer woandershin, um zu sehen, wie ich danach suche. Und vielleicht sollte ich ihnen auch den Gefallen tun und lange in der falschen Ecke herumtapsen, aber der Hunger, der meinen Geruchssinn so verschärft, dass ich das Halsbonbon rieche, das einer der Wachen vor einem Monat in der Tasche gehabt hat, treibt mich direkt darauf zu, ich strecke die Arme aus, tunke die Finger hinein – ein Löffel steht mir nicht zu. Seit ich mich einmal verbrüht habe, bin ich vorsichtiger und probiere mit einer Fingerkuppe. Das Essen ist mal kochend heiß, mal halb gefroren. Mein Hunger ist zu schlimm, um zu warten, ich stürze mich darauf, befördere den zähen, geschmacklosen Brei in meinen Mund, sammel die letzten Krümel auf, lecke mir die Finger ab.

Wenn sie ein Tier aus mir machen wollen – rein optisch ist es sicher kein großer Unterschied mehr.

Und öfter, als ich es hoffen kann, kommt der, den ich für mich »das sechste Herz« nenne. Bringt mir frisches Wasser, Süßigkeiten und streichelt mein Haar. Er müsste es nicht tun, im Gegenteil, er riskiert sicher viel. Also bedeute ich ihm doch etwas. Ich bitte ihn nicht mehr, mir zu helfen. Aber ich gebe die Hoffnung nicht auf, dass er es tun wird, sobald er eine Chance sieht.

Sie fragen nach meiner Mutter. Die Samtstimme, die nach der zweiten Sitzung viel von ihrer Sanftheit verloren hat, stellt mir Fragen, auf die ich auch gern eine Antwort hätte.

»Wo ist sie jetzt?«

»Im Wald.«

»Wie kommt man dahin?«

»Durch die Quadren. Aber die sind jetzt verbrannt.«

»Und wie sonst?«

»Ich weiß es nicht.«

»Du bist dort gewesen?«

»Natürlich bin ich dort gewesen«, brülle ich.

»Warum bist du zurückgekehrt?«

Das ist eine Frage, die mir den Atem verschlägt. Ich will mit ihnen darüber nicht reden. Ich schäme mich in Grund und Boden. Ich habe schon vor meinen Gedanken Angst, geschweige denn davor, Dinge auszusprechen.

Ich versuche es mit einer Gegenfrage.

»Ist das wahr, dass im Dementio vor über fünfzig Jahren ganz normale Frauen zusammengepfercht wurden?«

Es wird still. Die Wachen, von denen nach meiner Schätzung mindestens ein halbes Dutzend in meiner Nähe steht, um mich bei der geringsten Regung, die den Befragern gefährlich werden kann, auf den Boden zu drücken, die sich längst daran gewöhnt haben, dass die Fragestunde kein so spannendes Ding – wie am Anfang gedacht – ist, sondern eine sehr zähe und unergiebige Angelegenheit, hören auf, Kaugummi zu kauen. Das begrüße ich, denn ihr Schmatzen ist für mich ohrenbetäubend.

»Juliane«, sagt die Samtstimme. »Wie wir wissen, waren deine Noten auf dem Lyzeum nicht so schlecht. Denk an den Unterricht der Staatskunde zurück.«

Ich will mir eine pampige Antwort überlegen, aber dann bringe ich kein Wort raus, weil der Gedanke in der Tat frappierend ist. Außerdem muss ich gar nicht so weit zurückdenken.

In wenigen Jahren feiern wir das fünfzigste Jubiläum der Normalität, in welcher Klasse war ich, als wir das gelernt haben? Sechste? Siebte? Es war eine langweilige, förmliche Angelegenheit, die mich nicht sehr interessiert hat.

Die Normalität ist gerade mal fünfzig Jahre alt.

Und was war davor? Es war die Jugend von Ingrid und Reto. Sie können folglich nicht als Normale geboren und aufgewachsen sein.

»Ich weiß, dass hier vor fünfzig Jahren Frauen eingesperrt waren, die keine Pheen waren«, formuliere ich um.

Einer der Wachen verschiebt den Kaugummi von einer Backe zur anderen. Ich höre seinen Speichel blubbern.

»Woher weißt du das?«, fragt die heisere Stimme plötzlich, bei deren Klang alle anderen leiser werden. »Was macht dich so sicher, dass es keine Pheen waren?«

»Weil ...« Ich stocke. Sie fragen mich nicht danach, woher ich weiß, dass diese Anstalt vor fünfzig Jahren überhaupt schon existiert hat. Sie fragen mich in der Tat, worin sich eine normale Frau von einer Phee unterscheidet.

Es ist genau die Frage, die mich die ganze Zeit beschäftigt, seit meine Mutter plötzlich verschwunden und meine Kindheit mit all ihren Überlängen sehr abrupt zu Ende gegangen ist. Und ich bin seitdem der Antwort nicht wirklich viel näher gekommen.

»Man sieht es«, sage ich schließlich.

»Du siehst es vielleicht«, sagt die heisere Stimme. *»Wir* sehen das nicht. Wenn wir einer ungekämmten, widerspenstigen, wilden Frau begegnen, müssen wir als Erstes annehmen, dass sie eine Phee ist. Selbst bei dir, die wir vor uns haben, können wir es nicht mit letzter Sicherheit sagen. Das seltsame Verhalten und die erbliche Belastung sind nur zwei Faktoren von vielen. Den endgültigen Beweis, dass eine Frau keine Phee ist, bekommen wir nur auf eine einzige Weise. Auch bei dir bleibt uns leider nichts anderes übrig.«

»Was meinen Sie?«, frage ich mit trockenen Lippen, obwohl ich die Antwort weiß.

»Wir müssen die Verdächtige töten. Wenn es uns gelingt, kann sie rehabilitiert werden. Denn eine Phee ist unsterblich.«

Als ich die Bedeutung dieser Worte begreife, geht bei mir das Licht aus. Das registriere ich, während ich langsam zur Seite falle. Wie ich auf dem Boden lande, kriege ich nicht mehr mit.

»Nein«, schreie ich, als das Kind die Hände nach meinen Haarsträhnen ausstreckt. »Geh weg von mir. Ich weiß nicht, was du bist, ein Hausgespenst oder mein Hirngespinst, aber ich hab genug von diesen Spaziergängen. Ich bleibe in meiner Zelle und du geh zu deiner Mama.«

»Mama«, wiederholt das Kind. Es lacht, zeigt seine vier Zähne, zwei oben und zwei unten.

»Wo ist sie, deine Mama? Soll ich dich zu ihr bringen?«

»Mama«, nickt es eifrig.

»Okay, aber lauf nie wieder weg«, sage ich.

Es gibt mir bereitwillig die Hand. Ich nehme sie. So vertraut sind wir schon miteinander. Was nicht heißt, dass ich das Balg neuerdings leiden kann.

Ich weiß nicht, wie es das Stöhnen und Sterben in den Zellen des alten Dementio so gut aushält. Ich fühle mich jedes Mal so, als würde mir eine eiserne Hand die Eingeweide umdrehen. Selbst als ich einmal zusehen kann, wie die Frau mit dem Gesicht der jungen Ingrid wieder gehen darf, spüre ich keinen Triumph. Sie wird von zwei Wachen unsanft in die Seite gestoßen und wach gerüttelt. Sie ist völlig orientierungslos und sperrt sich, versucht zu schreien, als sie sie herausbringen wollen. Niemand verlässt das Dementio lebend – das ist, wie ich gerade sehe, auch eine Lüge. Ich spüre wieder Hoffnung aufflammen. Vielleicht gelingt es ja auch mir, hier rauszukommen.

Andere Frauen bleiben in den Zellen liegen, bis sie in schwarze Säcke gepackt und abtransportiert werden.

Plötzlich habe ich eine furchtbare Idee. »Mama?«, frage ich und deute auf einen der Säcke. Das Kind schüttelt heftig den Kopf. Es hat sich mal wieder in der Zeit verirrt – und ich fluche innerlich darüber, einen Reiseführer zu haben, der selber völlig orientierungslos ist.

Allmählich kann aber auch ich selbst die Zeiten ein wenig voneinander unterscheiden. Ich sehe Putzkolonnen, die Zellen schrubben und mit Desinfektionsmitteln einsprühen. Die Flecken lassen sich nicht wegwischen, aber übertünchen. Die Gitter werden lackiert. Ich habe die Anstalt nie wieder so voll gesehen wie in der Zeit, in der ich glaube, Ingrid wiedererkannt zu haben.

»Wo ist jetzt deine Mama?«, frage ich.

Das Kind zeigt lächelnd seine vier Zähne.

»Und wo sind die Pheen?«, frage ich. Die Pheen, für die das Dementio angeblich gebaut wurde.

»Fe nicht hier«, sagt das Kind traurig.

Ich wache in meiner Zelle auf, geblendet, verfroren, zusammengesunken auf dem Boden. Ich merke sofort, dass er da ist. Er steht am Gitter, atmet ganz flach und schaut mich an. Als ich mich vorsichtig bewege, atmet er laut aus.

»Hast du gedacht, dass ich schon tot bin?«, frage ich, meine Kehle ist schon wieder ganz trocken und die Stimme heiser.

Er hält die Luft an. Sein Herz rast wieder ein paar Takte pro Minute schneller.

»Ich weiß, dass du hier bist«, sage ich. »Ich kann dich hören und riechen.« Am Reibungsgeräusch seiner Kleidung und daran, wie er die Luft einzieht, erkenne ich, dass er jetzt wahrscheinlich stirnrunzelnd an seinem Ärmel riecht.

Ich drehe das Gesicht in seine Richtung und lächele. Ich weiß, dass er allein ist. Ich kann niemanden sonst riechen oder hören. Und ich bin sicher, dass wir nicht beobachtet werden, dass keine Kamera mich permanent überwacht, dass sich unter dem Schmierfilm keine Mikrofone verstecken. Sonst wäre er jetzt nicht hier. Er kennt das Risiko. Er ist vorsichtig und trotzdem kommt er zu mir.

»Ich rieche sogar die Tränen in deinen Augen«, sage ich.

Das Gitter zittert. Er lehnt sich mit seinem Körper an, drückt die Stirn dagegen. Seine Finger umklammern die Stäbe, der Schweiß befeuchtet das Metall.

»Wie geht's Ksü?«, frage ich.

»Ich habe sie verloren«, sagt er. Es ist der erste Satz, den ich in diesen Mauern von ihm höre.

»Wie meinst du das?«, frage ich. »Ist sie ...?«

»Als ihr weg wart und sie aufwachte, war sie außer sich«, sagt er. »Ich habe keine andere Chance gesehen, als sie im Zimmer einzusperren und mit Medikamenten ruhigzustellen. Sie liegt im Bett und schläft. Das wird der Inspiro nicht lange mit sich machen lassen. Aber wenn ich sie laufen lasse, wie sie es verlangt, wird ihr da draußen etwas Furchtbares zustoßen. Sie braucht dringend meinen Schutz.«

»Du schützt sie zu Tode«, sage ich. »So kenne ich dich gar nicht.«

»Ich kenne mich selber nicht«, sagt er.

»Seit wann arbeitest du hier?«, frage ich.

»Seit wir zurück aus dem Wald sind«, sagt er. »Nach uns wurde auch gefahndet. Ich habe mich bei der Polizei gemeldet und gesagt, ihr hättet uns entführt.«

»So war das also«, sage ich. »Und jetzt bist du ein richtiger Experte in der Pheensache. Herzlichen Glückwunsch. Schämst du dich eigentlich nicht?«

»Alles, was wir über euch gelernt haben, ist falsch«, sagt er.

»Ich hasse es, wenn du so über mich redest«, sage ich.

Er schweigt. Ich höre, wie sich sein Brustkorb hebt und senkt, als würde ihm jeder Atemzug wehtun.

»Du weißt wirklich nicht, wer du bist«, sagt er.

»Dann sag du es mir«, verlange ich. »Du scheinst es offenbar zu wissen.«

Er streckt seine Hand durch das Gitter – ich spüre einen Luftzug und den Duft seiner Haut ganz in meiner Nähe – und berührt meine Wange.

»Du musst mich hassen«, sagt er.

»Ich wünschte, ich könnte es«, sage ich.

»Dann versuche es«, sagt er.

»Du versuchst es auch und es gelingt dir.«

»Ja«, sagt er.

Noch nie hat mir ein Ja so wehgetan.

»Nimm mir diese Augenbinde ab, ich will dich sehen«, verlange ich.

Er schüttelt den Kopf – auch das höre ich. »Ich bin nicht befugt«, sagt er. »Mund auf.« Er schiebt mir einen Schokoriegel zwischen die Zähne und dann geht er weg, während ich in meinem Käfig bleibe, mich mit beiden Händen am Gitter festkrallend.

Seit ich weiß, dass Ivan nicht mehr davon ausgeht, dass er hinter der Scheibe für mich unsichtbar ist, bekommen die Befragungen einen pikanten Beigeschmack. Während ich mir die Antworten überlege, habe ich Ivans Gesicht vor Augen – schmal, weiß, hervortretende Wangenknochen, gerade Augenbrauen. Dabei sehe ich mit Absicht nicht in seine Richtung.

»Sag mal, Juliane«, fragt die Samtstimme, »hast du nie versucht, ein Quadrum herzustellen wie deine Mutter auch?«

»Nö«, antworte ich. »Ich bin über das Stadium von Strichmännchen nicht hinausgekommen.«

»Wer hat die Quadren erworben?«, mischt sich eine andere Stimme ein.

»Keine Ahnung«, sage ich. »Ich weiß nur von alten Freunden, die nicht mehr leben.« Wieder die gründliche Bemühung, nicht in Ivans Richtung zu schauen. Wahrscheinlich bekommt sein blasses Gesicht jetzt etwas Farbe.

»Mehrere Quadren, die uns vorlagen, sind unabhängig voneinander zu gleicher Zeit unbrauchbar geworden«, schmeichelt sich die Stimme durch den Raum. »Ist dir ein Grund dafür bekannt?«

»Sie meinen, sie sind verbrannt?«, frage ich.

Sie schweigen. Ich registriere wenige, vorsichtige Bewegungen und seufze.

»Hast du eine Erklärung für dieses Phänomen?«

»Habe ich«, sage ich. »Als ich im Wald war, habe ich mich mit meiner Mutter gestritten. Und ich war so wütend, dass ich ein brennendes Holzstück aus dem Ofen griff und in den Wald warf. Und sagte, dass alles brennen soll, weil ich meine Mutter hasse. Wörtlich so: *Brennen soll alles.* Aber ich hätte wirklich nicht gedacht, dass der Wald so schnell Feuer fängt. Und dass«, schluchze ich plötzlich, obwohl ich mir vorgenommen habe, nicht vor ihnen zu weinen, »dass auch die Quadren Feuer fangen und ich für immer ausgesperrt bleibe.«

Sie schweigen verdächtig lange. Der Geruch ihres Schweißes verrät mir Angst und Aufregung. Noch nie haben ihre

Herzen, von einem abgesehen, so schnell geklopft. Ich habe einen wunden Punkt berührt. Ich kann nicht in sie hineinschauen. Aber ich kriege ihre neue Unruhe mit.

»Ihnen ist kein Quadrum bekannt, das heil geblieben ist?«, fragt eine der Stimmen, die ich noch nie gehört hatte, leise, körperlos.

»Nein«, sage ich. »Ich würde ja selber gern hoffen, dass irgendwo noch eins ist. Aber ich glaube nicht so recht daran.«

»Die Quadren sind, wie wir von Ihnen und auch aus anderen Quellen wissen, das Tor zum Wald. Jetzt, Ihren Schilderungen nach, für immer vernichtet. Ihre Mutter war die Einzige, die die Zugänge herstellen konnte. Sie befindet sich derzeit im Wald. Richtig?«, fasst die leise Stimme zusammen.

»Richtig«, sage ich.

»Wie erklären Sie sich dann, dass der Wald erneut dabei ist, die Stadt zu überwuchern, obwohl die Zugänge nicht mehr da sind?«

»Keine Ahnung«, sage ich. »Ich bin keine Försterin.«

»Sie haben uns bis jetzt nicht allzu sehr weitergeholfen, Juliane.«

»Das tut mir leid.«

»Muss es nicht. Sie werden es noch.«

»Was soll ich tun?«

»Sie tun gar nichts mehr. Das erledigen schon wir.«

Scheiterhaufen

Nach dieser Befragung bekomme ich Angst. Die Stimmung scheint gekippt zu sein. Ich spüre eine Unruhe um mich herum, die mir langsam unter die Haut kriecht. Ich warte, dass ich endlich einschlafe, damit ich das Kind treffen kann. Noch nie habe ich mich so darauf gefreut. Dann wäre ich endlich nicht so allein mit meiner Angst und meinen Sorgen. Da ich aber so aufgedreht bin, kann ich natürlich nicht einschlafen.

Ich versuche, mich zu entspannen, was in der Situation absolut lächerlich ist. Ich lehne meinen Hinterkopf gegen die Wand und zähle ab hundert rückwärts, gedanklich nach dem Schalter tastend, der den Wechsel vom Wach- zum Schlafsein möglich macht. Ich probiere sogar, in Ohnmacht zu fallen, indem ich die Luft anhalte und die Augen verdrehe. Je mehr ich mich bemühe, desto quälender spüre ich, dass ich dem Wachseln diesmal nicht entkomme. Ich bin gefangen in der Wirklichkeit, der schrecklichsten aller Fallen.

Die klebrigen Hände des Kindes betatschen mein Gesicht. Offenbar hat es gedauert, bis es zu mir durchgedrungen ist. Es hebt mein Augenlid mit seinem Finger an und ich schreie auf. Dann schubse ich es weg von mir.

»Pass mal ein bisschen auf«, sage ich. »Wirst mich noch brauchen.«

Es schmiegt sich an und drückt mir dabei mit seinen dünnen Ärmchen den Hals zu.

Ich rappele mich auf.

»So, heute haben wir keine Zeit zu verlieren«, sage ich. »Du bringst mich zu deiner Mutter. Vielleicht kenne ich sie ja, hoho.«

»Mami?«, fragt das Kind hoffnungsfroh.

»So was von Mami«, sage ich. »Und jetzt konzentrierst du dich.«

Erstaunt sehe ich, wie das Kind sich auf die Beine stellt und losrennt. Als wüsste es schon die ganze Zeit, wo es hinmuss, als hätte ich es bloß daran gehindert. Ich eile hinterher, ohne nach links oder rechts zu schauen. Die bereits vertrauten Gänge. Das unruhige Licht der Öllampen.

Die Zelle, wie sie offenbar vor fünfzehn, sechzehn Jahren gewesen sein muss. Altes Gemäuer. Eine Frau, die eher wie ein junges Mädchen aussieht. Für einen Moment halte ich sie sogar für mich selber, bis ich es besser weiß. Ich erstarre, als ich sehe, was sie tut. Sie zeichnet. Und wie sie zeichnet. Und womit. Offenbar hat sie sich das Handgelenk mit den Zähnen zerfetzt. Sie fängt das Blut mit dem Zeigefinger der anderen Hand auf und trägt es auf die Wand auf.

Das Kind rennt glucksend auf sie zu.

Sie spreizt die bluttriefende Hand ab und fängt das Kind mit dem anderen Arm auf.

»Danke, mein Schatz«, sagt sie zu mir und schaut mich über seinen Kopf hinweg an. »Jetzt können wir gehen.«

Dann sehe ich die Wand an. Und dann weiß ich sofort, wie sie diesen Mauern entkommen konnte.

Auf der Wand ist ein Quadrum, das sie mit eigenem Blut gemalt hat.

Noch bevor ich etwas sagen oder sie fragen kann, zum Beispiel, ob sie mich mitnehmen könnte, geht das Licht plötzlich wieder aus. Man reißt mich auf die Füße und ich taumele und falle gegen Körper, die zurückschrecken. Ich bin geweckt worden. Die Wachen haben es eiliger als gewohnt, als sie mich anketten und aus der Zelle zerren.

Sie führen mich einen anderen Weg als sonst. Ich war die ganze Zeit so stolz auf meine Gelassenheit; jetzt habe ich Gelegenheit, so richtig Panik zu kriegen. Ich frage nichts, weil ich mich vor der Antwort fürchte. Soll es das jetzt wirklich sein, mein letzter Gang? Wollen sie endgültig herausfinden, dass ich keine Phee bin, indem sie mich abmurksen?

Sie korrigieren meinen Kurs mit der schweren Kette, weil ich erst mal versuche, in die gewohnte Richtung zu laufen, in der irren Hoffnung, sie würden mich einfach nur auf einem Umweg in den gleichen Raum bringen wie sonst. Dann lasse ich mich auf den Boden fallen und weigere mich aufzustehen. Sie ziehen mit behandschuhten Händen an meinen Ellbogen. Dann geben sie auf, die Angelegenheit im Guten lösen zu wollen, und schleifen mich an der Kette hinter sich her. Das tut weh, weil ich gegen Wände und Ecken stoße. Aber ich komme nicht dazu, mich wieder aufzurappeln. Sie haben die Geduld verloren und geben mir keine Chance mehr aufzustehen.

Es piept und scheppert und dann schwappt mir frische, kalte Luft entgegen, ein längst vergessenes Gefühl. Ich reiße den Mund auf und schnappe gierig danach.

Aber ich kann es nicht lange auskosten. Sie schieben mich in einen Bus, denselben, mit dem ich gekommen bin. Keiner setzt sich zu mir.

Der Bus verlässt das Gelände des Dementio und nimmt eine lange, gleichmäßige Fahrt auf, begleitet von einem Trupp Motorräder. Es ist genauso, wie ich hierhergekommen bin, nur in die entgegengesetzte Richtung.

Bald höre ich die Geräusche der Stadt. Straßenverkehr, Stimmen, Lärm der Baustellen, an denen wir vorbeifahren. Ich wünsche mir, dass es ewig dauert. Aber schon hält der Bus an und ich werde rausgezerrt. Mir ist sehr kalt, ich trage immer noch mein Nachthemd, der Wind weht genau drunter. Es ist furchtbar laut. Ich werde weitergeführt, einen Gang entlang, der mir unendlich lang vorkommt, und mit jedem Schritt verstärkt sich das mich umgebende Dröhnen.

Und dann nimmt man mir endlich die Augenbinde ab.

Ich sehe in Tausende Gesichter, die alle zu einer ausufernden Masse verschmelzen, die punktgroßen Augen, die Striche, wo Münder und Nasen sein sollen, als wären sie von einer Kinderhand gepinselt worden. Ich senke den Blick auf meine Füße. Sie stehen auf einem Holzpodest, das provisorisch zusammengeschustert wirkt. Es kann gar nicht zu diesem Ort passen, den ich sofort wiedererkannt habe. Als Kind war ich oft hier, mit dem Mann, den ich damals meinen Vater genannt hatte. Es ist das HYDRAGON-Stadion, benannt nach dem Hauptsponsor. Deswegen hatte mein Vater Freikarten für Sport- und Hundewettbewerbe und Zirkusvorführungen, die in dieser Arena ausgetragen wurden.

Jetzt bin ich Teil der Vorführung. Schlimmer noch, der Mittelpunkt. Mein Rücken ist gegen einen Pfahl gedrückt, während einer der Polizisten meine Kette drum herumwickelt. Ein anderer schleppt eine Zisterne heran. Die unzähligen Augen auf den Zuschauerrängen verfolgen jede seiner Bewegungen. Um mich herum liegt kunstvoll aufgestapeltes Holz, das nun großzügig mit Flüssigkeit begossen wird. Mir fallen die Bilder aus den alten Büchern meiner Mutter wieder ein und dazu auch der Begriff, den ich noch nie ausgesprochen gehört hatte, nur gelesen. Es ist ein Scheiterhaufen.

Das war es, denke ich. Alles, worauf ich mir etwas eingebildet habe, ist nichtig. Ich werde meine Familie nie wieder sehen. Ich hätte mich anders von Ksü verabschieden müssen. Ich werde eine von den vielen Frauen sein, die von der Normalität getötet wurden, werde zu den zerstörten Gestalten gehören, mit deren Blut der Dementio-Boden getränkt wurde. Hoffentlich geht es jetzt endlich mal schnell.

Ich darf mir keinen Zusammenbruch erlauben, obwohl es wirklich schwerfällt. Schließlich habe ich schon eine gefühlte Ewigkeit eingesperrt verbracht, so lange, dass ich nicht mehr daran geglaubt hatte, dass sie mich wirklich töten würden.

Ich sehe um mich herum, versuche verzweifelt und vergeblich, in dieser Menge ein vertrautes Gesicht zu entdecken, das mir hilft, aus diesem Albtraum wieder aufzuwachen. Aber meine Augen haben wieder ihre normale Sehschärfe und ich habe keine Chance, aus der Entfernung bekannte Gesichtszüge auszumachen, selbst wenn welche da wären. Sind Ingrid und Reto auch gekommen? Wird es im Fernsehen übertragen?

Kaum habe ich diesen Gedanken, baut sich eine Reihe von

Fotografen mit aufgerichteten Kameras vor mir auf. Ich zucke zusammen, weil ich die Objektive zuerst für Waffen halte. Ein wildes Klicken setzt ein, während die Fotografen mir zurufen, ich soll in ihre Richtung schauen und dabei nicht blinzeln, bisschen anders gucken, ein kleines Lächeln vielleicht? Ich fletsche die Zähne und knurre wie ein Tier.

»Zu viel!«, ruft einer von ihnen in das hektische Klicken und Summen hinein.

Die Kameraleute verschwinden so schnell, wie sie gekommen sind. Offenbar durften sie nur ein paar Vorab-Bilder machen, nicht den ganzen Vorgang aufnehmen. Warum mache ich mir überhaupt Gedanken darüber?

Ein Mann in Mintgrün klettert zu mir aufs Podest, kommt aber nicht näher, sondern bleibt am Rand stehen. Er dreht mir den Rücken zu, in seiner Hand zittert ein Mikrofon. Seine Stimme geht mir unter die Haut, lässt mein Zwerchfell zusammenkrampfen. Es ist die kratzende Stimme aus den Befragungen, die selten zu hören war, aber wenn, dann hatten alle anderen den Atem angehalten.

»Liebe Bürger und Bürgerinnen. Heute ist ein bedeutender Tag für die Normalität. Sie alle wissen sicherlich, dass wir in der jüngsten Zeit erneut all unsere Kraft dafür einsetzen mussten, um die aufkeimende Pheengefahr zu bannen. Es freut mich, Ihnen berichten zu können, dass wir sehr erfolgreich waren. Endlich ist es uns gelungen, die letzte Phee unserer Zeit unter unsere Kontrolle zu kriegen. Es besteht kein Zweifel, dass mit ihrer Vernichtung die Schwierigkeiten, in die unsere Gesellschaft beinah erneut gestürzt worden wäre, verschwinden werden. Pheen waren das einzige Problem, das die Normalität noch hatte. Wir alle kennen das Gerücht, eine Phee sei unsterblich, ein Gerücht, das von ihnen selber in die Welt gesetzt worden war. Wie so vieles stimmt auch das nicht und Sie werden es selber erleben. Es gibt eine Methode, die schon unsere Vorfahren kannten, lange bevor unser eigener Kampf gegen den Wald begonnen hat.

Wann haben Sie zuletzt eine Phee gesehen? Unsere Maßnahmen tragen Früchte und die Pheen fliehen vor der Normalität. Dass sie dieses Mädchen zurückgelassen haben, zeugt von zweierlei: Dass die Pheen sich nicht viele Gedanken um ihre eigenen Kinder machen und dass sie Angst davor haben, sich mit uns anzulegen. Sie alle werden jetzt Zeugen sein davon, wie dieses Waldwesen in Gestalt eines heranwachsenden Mädchens bald niemandem mehr von uns schaden kann.«

Er dreht sich um, ich sehe sein Gesicht mit der hohen Stirn, den blassen glatt rasierten Wangen, dem fliehenden Kinn. Sehe seine erhobene Hand mit dem Streichholz, das bereits an einem Ende entflammt ist. Höre das Johlen der Menge.

Und dann stehe ich mitten im Feuer.

Es passiert genau das Gegenteil davon, was ich erwarte. Ich stehe immer noch da, gefesselt, jedoch unversehrt. Dafür brennt alles um mich herum. Die Flammen jagen nicht den Scheiterhaufen, sondern die Tribünen hoch, das Johlen der Menge verwandelt sich in angstvolles Kreischen. Ich sehe lodernde Kleider, rieche nicht nur verbranntes Holz, sondern auch angesengten Kunststoff und etwas anderes, was mir fast den Magen umdreht. Panik breitet sich aus, der Lärm wird ohrenbetäubend, vor den Notausgängen brechen Schlägereien aus und niemand achtet auf mich.

»Hilfe!«, schreie ich, so laut ich kann. »Hilft mir jemand, hier freizukommen! Ivan!«

Ich rechne nicht damit, dass er mich hört. Meine Stimme klingt schwach in diesem vielschichtigen Gebrüll. Ist er überhaupt da, war er gezwungen worden, mir beim Sterben zuzusehen?

Ich kann es kaum glauben, als jemand in Mintgrün vor mir auftaucht. Seine Kleider brennen. Ich versuche mich verzweifelt von dem Pfahl loszureißen, aber die Kette scheppert nur und zieht sich fester zu. Im ersten Moment halte ich ihn für Ivan, aber dann sehe ich sein Gesicht. Es ist der Mann, der das Streichholz gehalten hat. Er klettert den Scheiterhaufen hoch, zertritt mit den Schuhen die Flammen.

»Die Kette«, rufe ich, aber er braucht meine Hinweise nicht. Es dauert wenige Sekunden und dann bin ich frei und springe herunter und renne weg, ohne genau hinzuschauen, wohin, weg von dem Feuer und dem Schmerzensgeschrei.

Ich kann nicht raus. Ich sehe, wie Menschen um die Notausgänge kämpfen, wimmernd, ihre Kleider in Flammen. Ich sehe das alles und tue nichts. Ich stehe einfach da, rühre mich nicht, versuche nicht einmal zu helfen. Es liegt nicht an meinem Entsetzen über die Ungeheuerlichkeit dessen, was sich hier abgespielt hat. Ich weiß, dass kein Einziger im Publikum sich geregt hat, um mir zu helfen. Keiner hatte geschrien »Sie ist doch noch ein Kind, Leute!«

Aber trotzdem – ich handele nicht aus Rache. Ich empfinde keine Genugtuung, sondern nur Mitleid. Und ich denke an meine Mutter, an die ersten Gespräche mit ihr, nachdem sie verschwunden war und ich sie im Wald wiedergefunden hatte. Die ersten Gespräche in dem Wissen, dass sie eine Phee war.

»Als ich jung war, war ich blind vor Wut«, hatte sie gesagt. Und: »Du wirst kaum eine Phee finden, die nicht eine ziemlich düstere Vergangenheit hätte.«

Es ist keine bewusste Entscheidung, dass ich mich nicht rühre. Vielmehr warte ich einfach, bis es auch bei mir endlich so weit ist. Dass ich anfange zu husten, dass meine Haut Blasen wirft. Das Flammenmeer um mich herum ist überall und ich wünsche mir, dass es vorbei ist.

Aber das Feuer kommt mir nicht zu nah.

Es erinnert mich an das andere, das ich ausgelöst habe und das alles kaputt gemacht hat.

Weil ich wütend war, habe ich den Wald in Flammen gesetzt. Dass der Wald mich daraufhin rausgeworfen hat, war nur gerecht. Aber ich will so dringend, so sehnsüchtig wieder dorthin. Ich bin schuld, dass der Wald nichts mehr mit mir und meinesgleichen zu tun haben will und alle Zugänge vernichtet hat.

Die Vorstellung, nicht sterben zu können, für immer in dieser Welt gefangen zu sein, ohne meine Mutter und meine Geschwister wiedersehen zu dürfen, lässt mich zusammensinken und laut weinen, was in der Hölle, die sich gerade um mich herum abspielt, zum Glück niemanden interessiert.

Asche

Die sechs Flutlichtsäulen des Stadions ragen in den Himmel wie die Beine eines toten Insekts, das auf dem Rücken liegt. Ich stehe mittendrin, allein auf einem Feld Asche, und schaue hoch. Es ist vorbei, das Feuer ist erloschen, es hat wahrscheinlich alles verbrannt, was es kriegen konnte. Bin ich denn noch am Leben? Jedenfalls stehe ich mehr oder weniger aufrecht, wandere über die mit weißgrauem Belag überzogenen Flächen.

Hier und da häuft sich die Asche, ich bemühe mich, nicht mehr hinzuschauen, seit ich in einem dieser Hügel eine zusammengekrümmte Silhouette erkannt habe. Keine Ahnung, wie viele hier liegen und wie viele es rausgeschafft haben. Die Notausgänge sind zusammengeschmolzen, das Plastik hat sich schwarz verfärbt und zu bizarren Formen verzerrt.

Ich habe überlebt und ich bin frei.

Ich klettere erneut aufs Podest. Vom Scheiterhaufen ist nichts mehr übrig, aber meine Kette finde ich wieder. Ich nehme sie in die Hand, komischerweise beruhigt mich das Gewicht in meinen Fingern.

Und dann höre ich, wie jemand stöhnend meinen Namen flüstert.

Er liegt zusammengerollt da und sein Gesicht ist so schwarz, dass ich keine Gesichtszüge mehr erkennen kann. Umso erstaunlicher, dass ich sofort weiß, wer das ist. Er liegt genau an der Stelle, an der er gestanden hat, um das Streichholz auf den Scheiterhaufen zu werfen, als hätte er sich gar nicht bewegt, nicht mit den anderen um den Fluchtweg gekämpft. Als wäre er zwischendrin auch nicht zu mir gekommen, um mich loszubinden.

Ich nähere mich vorsichtig und knie mich neben ihn.

»Sie leben«, sage ich fast beiläufig.

»Du auch«, flüstert er.

»Dank Ihnen.«

»Nein«, sagt er. Und dann, kaum hörbar: »Ich bin so froh.«

Obwohl der Wortwechsel denkbar kurz ist, verliere ich jetzt trotzdem den Faden. »Wie bitte?«

»Glücklich – dass – du – lebst«, sagt das, was von ihm übrig geblieben ist.

»Tja«, sage ich. »Vielleicht bin ich ja doch eine Phee.«

»Offenbar«, sagt er und in seine verbrannten Gesichtszüge kommt Bewegung, die ich für ein Lächeln halte.

»Das hätten Sie gar nicht gedacht, was?«

»Nein«, flüstert er. »Ich bin fest davon ausgegangen, dass du ein normales Mädchen bist.«

»Und warum haben Sie mich dann auf den Scheiterhaufen geschickt?«

»Das war nicht ich«, sagt er. »Das war die Normalität. Ich hatte keine Wahl. Die Trennung deiner Eltern, Juli, und alles, was danach kam, hat die Gesellschaft erschüttert und eine Kettenreaktion in Gang gesetzt. Es musste ein Zeichen gesetzt werden. Es musste etwas her, was sie wieder zusammenhält.«

Die letzten Worte kommen mehr geatmet als gesprochen. Wäre ich jetzt gnädiger, würde ich ihn jetzt nicht mit Fragen quälen. Aber Gnade ist nicht mehr mein Ding.

»Und dieses Etwas war ich«, fasse ich zusammen.

»Es war die Angst vor dir«, korrigiert er. »Und die Freude um deine Verhaftung.«

»Und die Vorfreude auf meine Hinrichtung«, sage ich. »Warum haben Sie dafür nicht wenigstens eine richtige Phee genommen?«

Sein schwarzes Gesicht verzieht sich in einer Art Lächeln. »Wie sollen wir eine richtige Phee auf den Scheiterhaufen kriegen, Juliane? Wo sollen wir überhaupt eine echte Phee herkriegen? Wenn ich es nicht besser gewusst hätte, hätte ich sie alle für eine Erfindung des kollektiven Unbewussten gehalten.«

»Aber Sie wissen es besser?«, frage ich.

»Oh ja«, sagt er und sein Seufzer geht in ein Stöhnen über.

Ich stehe auf und wandere wieder herum auf der Suche nach etwas, was ihm helfen kann. Mir schwebt Wasser oder eine Salbe vor, beides ist im Moment vollkommen unmöglich. Ich wirbele mit meinen nackten Füßen die Asche auf, die flockenweise auseinanderfliegt.

Dann versuche ich, eine der verschmolzenen Türen zu öffnen, hinter der sich laut verbogenem Schild einmal eine Toilette befunden hat.

Ich schaffe es reinzukommen, aber schneide mich an dem wieder erhärteten Plastik. Das geflieste Innere der Waschräume ist ziemlich heil. Ich drehe das Wasser auf. Der Wasserstrahl kommt mir wie ein Wunder vor. Ich wasche mir das Gesicht und die Hände, feuchte die Haare an und trinke gierig ein paar Schlucke. Dann denke ich an den Mann, der verbrannt in der Asche liegt. Da ich kein Gefäß habe, trage ich das Wasser in meinen Händen zu ihm hinüber und halte sie an seine Lippen. Mehr als ein paar Tropfen kriege ich nicht transportiert.

»Lass mich hier liegen und geh«, sagt er.

»Wohin?«, frage ich.

»Kannst du wirklich nicht mehr zu deiner Mutter zurück?«

»Denken Sie, ich wäre hier, wenn ich das könnte?«

»In der Stadt werden die Medien deine Hinrichtung feiern«, bringt der Mann mühsam hervor. »Halte dich im Verborgenen.« Das Gespräch scheint ihm die letzte Kraft geraubt zu haben. Jetzt ist er still.

»Kann ich Sie auch was fragen?« Ich sitze seit geschätzten drei Stunden an seiner Seite, aber er hält seine Augen geschlossen und hat wahrscheinlich von meiner Anwesenheit gar nichts mitgekriegt.

»Ja«, sagt er zu meiner Überraschung. »Noch geht das.«

»War ich die Einzige im Dementio? Ich meine, der einzige Häftling?«

Dass er nicht antwortet, halte ich für eine Bestätigung.

»Ganz schön viel Aufwand«, sage ich. »Eine ganze Anstalt für eine Sechzehnjährige? All die hoch qualifizierten Experten?«

»Keine gewöhnliche Sechzehnjährige«, sagt er.

»Meine Großmutter ist vor über fünfzig Jahren auch schon

da gewesen«, sage ich. »Und sie ist normal. Hundertprozentig.«

Jetzt öffnet er mühsam ein Auge.

»Sie kann es dir nicht erzählt haben«, sagt er. »Alle Insassen von damals nehmen Medikamente gegen Erinnerungen. Oder hält sie sich nicht mehr daran?«

»Keine Ahnung«, sage ich. »Sie war zuletzt nicht gerade sehr gut drauf.«

»Das ist ein Problem der ganzen Generation«, murmelt er. »Niemand ist davon ausgegangen, dass die ersten Normalen, die damals gerade erwachsen wurden und die Basis der Gesellschaft geformt haben, so alt werden. Man hat keine Langzeiterfahrung mit den Pillen. Jetzt scheinen die offenbar nicht mehr zu wirken und reihenweise stürzen die Leute in Depressionen.«

»Das habe ich alles nicht gewusst«, flüstere ich und habe Kojotes Stimme im Ohr.

Was hast du überhaupt schon mal gewusst. Haben andere besser aufgepasst? Waren sie neugieriger gewesen? Kojote wusste sicher mehr. Wo mochte er jetzt wohl stecken?

Ich sehe den Mann an. »War ich besonders dumm, besonders blind, dass ich keine Ahnung hatte, in welcher Welt ich lebe?«

Er antwortet nicht, entweder aus Erschöpfung oder aus Höflichkeit.

»War überhaupt schon einmal eine richtige Phee im Dementio? Oder mussten immer Unschuldige herhalten, die irgendjemandem seltsam vorkamen?«

Jetzt dauert es sehr lange, bis er wieder antwortet. Ich halte meinen Finger an seine Lippen, um zu überprüfen, ob er überhaupt noch atmet. Dabei weiß ich ausnahmsweise die Antwort auf diese Frage. Aber ich will sie von ihm hören.

»Eine gab es«, sagt er schließlich, als ich schon fast nicht mehr damit rechne.

»Man erzählt, sie hat dort ein Kind bekommen«, werfe ich ein.

Sein Kinn beginnt, merkwürdig zu zittern.

»Ein kleines Kind, das mit Verbänden herumlief. Es wurde, wie man sagt, verunstaltet geboren und musste operiert werden.«

»Ja«, flüstert er wieder. »Es lief durch die Gänge und rief nach seiner Mutter.«

»Woher wissen Sie das? Haben Sie da auch schon im Dementio gearbeitet?«

Er dreht das Gesicht mühsam von mir weg. Ich richte mich auf und sehe, wie sich eine Träne einen Weg durch die schwarze Schicht bahnt, die sein Gesicht bedeckt.

»Geh weg«, sagt er. »Versuche irgendwie, in den Wald zu kommen.«

»Aber die Quadren sind verschwunden. Das habe ich Ihnen doch erzählt.«

»Vergiss die Quadren. Der Wald ist inzwischen überall. Er bedrängt die Stadt. Geh hin, geh zu deiner Mutter.«

Ich richte mich auf. »Ich kann versuchen, etwas für Sie aufzutreiben. Medikamente. Ich kann versuchen, Hilfe zu holen.«

»Wo?«, fragt er verwirrt.

»Irgendwo da draußen, in der Stadt eben.«

»Ach so«, sagt er. »Ich fürchte, von der Stadt ist bald auch nicht mehr viel übrig. Aber geh trotzdem. Geh einfach los.«

Als ich sehe, dass er dabei lächelt, empfinde ich widerwillig so etwas wie Respekt für ihn. Für meinen eigenen Henker.

Ich habe die Entfernung unterschätzt. Das Stadion erstreckt sich endlos. Meine Schritte sind im Vergleich dazu sehr klein, ich bewege meine Füße, habe aber das Gefühl, nicht voranzukommen. Irgendwann, als ich schon Muskelkater in meinen vom Gehen entwöhnten Beinen habe, habe ich endlich geschafft rauszukommen. Jetzt stehe ich auf der Straße.

Mir ist schwindlig, wie früher, als ich klein war und Karussell fahren musste – eher gesagt, musste, weil mein Vater der Meinung war, dass es allen Kindern Spaß macht. Die Erinnerung kommt mit voller Wucht zurück: wie ich kreischend aus dem Sitz geholt werde, Dr. Rudolf Rettemis vorwurfsvolles Gesicht – immerhin hatten sie meinetwegen das Karussell anhalten müssen, weil ich so unmöglich bin. Ich heule auf seinem Arm, und weil sich nach wie vor noch alles vor meinen Augen dreht, mache ich sie zu und kralle mich an der Schulter meines Vaters fest. Erst meine Mutter zu Hause schafft es, mich dazu zu bringen, die Augen wieder zu öffnen. Ich bin fest überzeugt, dass das wilde Drehen mich irgendwo andershin versetzt hat, an einen Ort, vor dem ich Angst habe. Das Gesicht meiner Mutter hält mich in der freundlichen, geborgenen Wirklichkeit fest – und ich muss heute, meine Fußspuren in der Asche hinterlassend, mir eingestehen, dass ich eine glückliche Kindheit hatte. Jedenfalls der Teil, an den ich mich erinnern kann.

Genau das gleiche Gefühl habe ich jetzt. Das Karussell hat sich gedreht. Ich bin nicht mehr dort, wo ich eben noch war.

Und das Gesicht meiner Mutter ist weit weg. Ich bin kein Kleinkind mehr, ich muss meine Augen öffnen und mit dem zurechtkommen, was ich vorgefunden habe.

Ich gehe durch die Straße, die ich nicht kenne, weil ich nie in diesem Teil der Stadt gewesen bin. Das ausgebrannte Stadion liegt hinter mir und ich weiß, ich werde mich nie wieder danach umdrehen, als hätte ich Angst, dass eine letzte Flamme noch auf mich übergreift.

Es ist kein Wohnviertel. Die mehrstöckigen mintgrünen Häuser reihen sich aneinander, an den Fenstern hängen keine Vorhänge, auf den Fensterbrettern sind keine Topfpflanzen zu sehen. Das Licht in den Räumen hat einen Grünstich. Behörden, denke ich. Kleinere Verwaltungseinheiten, die sich um alles kümmern, die Längen der zugelassenen Bleistifte, die Krümmung der Gurken, das Zurechtstutzen der Seelen der Bürger. In diesen Häusern, schlicht wie Schuhkartons, sitzt die eigentliche Normalität, nicht etwa in den verspiegelten Türmen des Zentrums.

Ich ziehe an den Häusern vorbei, die durchnummeriert sind, nehme hier und da versengte schwarze Flecken an den Wänden wahr. Welche Flammen haben sich hierherverirrt, in diese ansonsten unversehrt wirkende Straße? Ich lüge mich selber an, wenn ich behaupte, es nicht zu ahnen.

Ich trete auf einen angesengten Kapuzenpullover, den jemand wahrscheinlich während der Flucht aus dem brennenden Stadion hastig ausgezogen hat, und streife ihn über mein Nachthemd. Sie haben mich umbringen wollen, aber ich scheine noch zu leben. Und diese Welt scheint ebenso heil zu sein. Das beruhigt mich, obwohl mir eigentlich nichts mehr am Erhalt dieser Welt liegen müsste. Schließlich ist meine Familie im Wald.

Aber es gibt ja noch Ksü.

Und Ivan.

Ich gehe an Laternen vorbei, die bereits eingeschaltet sind, obwohl es eigentlich noch hell ist. Passiere rechteckige Blumenbeete, alle identisch bepflanzt in den Farben des Regenbogens, nur ohne die beiden letzten Farben – Dunkelblau und Violett. Ich versuche, die Uhrzeit zu erraten, aber der Himmel ist düster wie vor einem Gewitter, andererseits strömen noch keine Menschenmengen aus diesen Behörden. Wenn sie alle gleichzeitig Feierabend haben, möchte ich nicht mehr hier sein. Ich zerre mir die Kapuze ins Gesicht.

Dann entdecke ich den Zeitungskasten an der Ecke. Meine Zeit im Rudel hat mich gelehrt hinzuschauen – manchmal steht auf dem Titelblatt, was die Leute in der Stadt bewegt, manchmal genau das Gegenteil.

Diesmal ist es mein eigenes Gesicht. Ich will mich zuerst abwenden, komme dann aber doch näher.

So muss ich also ausgesehen haben auf dem Scheiterhaufen, denke ich fast gleichgültig. Mein zweiter Gedanke ist, dass ich kein Geld habe, mit dem ich mir eine Zeitung rausholen könnte. Der nächste ist, dass es jetzt keine Rolle mehr spielt. Gebannt starre ich auf das gefesselte Mädchen, das mit kalkweißem Gesicht den Fotografen anblickt. Links am Bildrand steht der Mann mit dem Streichholz. Merkwürdigerweise schauen wir in die gleiche Richtung.

Ich reibe mir die Augen. Auf diesem Foto haben wir, der Mann und ich, auch noch die gleichen Gesichtszüge. Dieser

Mann ist mir ähnlicher als jeder andere, dem ich je begegnet bin. Oder ist es nur die Perspektive dieser Aufnahme?

Ich schlage mit der Faust gegen die Scheibe und sie springt sofort auf. Ich zerre eine Zeitung heraus und halte sie mit ausgestrecktem Arm von mir weg, weil ich das Gefühl habe, dass die riesigen Buchstaben mich anspringen.

»Die Gefahr ist gebannt – die Phee ist tot.«

Ich rolle die Zeitung zusammen, schiebe sie in meinen Ärmel und renne zurück.

Ich hatte mir vorgenommen, mich nie wieder nach dem Stadion umzudrehen, in dem meine einstige Gesellschaft meine Verbrennung feiern wollte. Stattdessen irre ich jetzt herum und kann es nicht finden. Wie kann ein riesiges Stadion verloren gehen? Wie lange war ich unterwegs gewesen? Verzweifelt sehe ich mich um, aber die bandwurmlangen Hausnummern sagen mir nichts.

Ich setze mich erschöpft auf einen Bordstein, als ein Gong ertönt. Von allen Seiten kommt ein Rasseln, wie ich es so noch nie gehört habe. Fasziniert sehe ich, wie die unzähligen Rollläden gleichzeitig herunterfahren. Ich springe auf, als mir die Bedeutung dieses Vorgangs klar wird.

Feierabend. Ich habe es nicht geschafft, hier rechtzeitig wegzukommen.

Eine Minute später strömen sie auf die Straße, Menschen, die auf mich völlig identisch wirken, in schwarzen Bürohosen und weißen Hemden, mit Aktentaschen unter den Armen, so eine hatte mein Vater auch einmal gehabt. Schnatternd füllen sie die Straßen und ich drücke mich gegen die Laterne.

Die Zeit im Rudel sitzt mir noch in den Knochen. Ich habe es verinnerlicht, dass jemand in meiner Aufmachung in einer Gegend wie dieser nichts zu suchen hat.

Sie ziehen an mir vorbei. Ich würde mich am liebsten unsichtbar machen, während ihre Augen mich streifen, immer wieder an mir hängen bleiben. Ich zerre mir die Kapuze tiefer ins Gesicht und kauere mich hin in der Hoffnung, diesen Menschenstrom in der Hocke zu überstehen.

Jemand tippt mir auf die Schulter und ich fahre zusammen. Ich springe auf. Vor mir steht eine Frau mittleren Alters, die ein rundes, freundliches Gesicht hat. Die schwarze Hose und das weiße Hemd schmeicheln nicht gerade ihrer kräftigen Figur, aber ich darf sie nicht anstarren, ich muss mich abwenden und schon wieder mein Gesicht verstecken.

»Wo gehörst du hin?«, fragt sie.

»Helena, komm zurück«, rufen mehrere Stimmen aus der Menge.

»Gleich!«, antwortet sie.

»Ich suche das Stadion«, bringe ich mühsam hervor.

»Nein«, sie schüttelt den Kopf und senkt den Blick auf meine aschegesprenkelten Füße. »Das suchst du nicht. Das gibt's nicht mehr. Wo ist dein Zuhause?«

»Ich habe dort jemanden ... vergessen!«, rufe ich aus. »Bitte, sagen Sie mir, wo das ist.«

»Das ist verbrannt«, sagt sie sanft. »Soll ich deine Eltern anrufen?«

»Ich glaube, mein Vater ist dortgeblieben«, flüstere ich. »Ich muss dahin zurück.«

»Dann rufe ich die Polizei«, sagt sie und ihre Hand rutscht

in die Tasche ihrer schwarzen Hose. »Sie werden sich um dich kümmern.«

»Nein!« Ich trete einen Schritt zurück, falle fast vom Bordstein auf die Straße. »Auf keinen Fall.«

»Du bist verwirrt. Das Feuer hat dich zu sehr erschreckt. Es gibt Experten, die dir helfen werden…«

»Keine Experten!«, brülle ich. »Bitte, einfach die Richtung.«

Für einen Moment passe ich nicht gut auf und die Kapuze rutscht zurück. Ihr Blick bleibt an meinem Gesicht hängen und ihr Mund öffnet sich.

»Wo?«, wiederhole ich.

Sie tritt einen Schritt zurück, und bevor der Strom der Büromenschen sie wieder verschluckt, hebt sie die Hand an und weist in eine Richtung.

Ich schleppe mich den Weg entlang, zu ermüdet davon, die sich häufenden Brandflecken an den Wänden zu zählen. Das Stadion erscheint plötzlich, als hätte jemand einen Vorhang beiseitegeschoben, erschlägt mich nicht nur visuell, sondern auch akustisch. Es ist nicht das Stadion, das ich zurückgelassen hatte, leer, verlassen, zerstört. Ausgebrannt ist es zwar immer noch, schwarz ragen die Flutlichtmasten in den Himmel, steigt der Rauch in die Höhe. Aber davor wimmelt es: Gestalten, die aus der Entfernung klein wie Ameisen erscheinen, sich dann als schwarz gekleidete Experten herausstellen. Das Stadion ist abgesperrt, mintgrüne Flatterbänder und »Gefahr«-Schilder warnen davor, näher zu kommen. Silbern glänzende Drähte umspinnen den oberen Teil, dichten die Spuren der Zerstörung wie ein Spinnennetz ab.

Ich laufe auf den Haupteingang zu, obwohl mir eine innere Stimme empfiehlt, so schnell wie möglich das Weite zu suchen. Aber ich denke an den Mann, der dadrin verbrannt ist und dessen Gesicht ich geerbt zu haben glaube. Die Zeitung als Beweis steckt immer noch unter meinem Hemd. Im Vorbeilaufen streife ich mit der Hand einen verkohlten verbogenen Metallgegenstand, der einmal ein Briefkasten gewesen sein könnte. Meine Handfläche färbt sich sofort schwarz und ich schmiere den Ruß in mein Gesicht.

Am Flatterband entlang sind Polizisten postiert. Ich steuere auf den zu, der noch besonders jung aussieht, kaum älter als ich. Er hat mich schon entdeckt und sieht mir erwartungsvoll entgegen. Seine Hand legt sich schon mal auf die Sprühdose an seinem Gürtel.

Was soll ich jetzt tun? Ihn bitten, mich durchzulassen? Fast lache ich über meinen eigenen Witz.

Er beginnt, mir zu winken, als ich näher komme. Sein Kollege holt sein Funkgerät heraus. In diesem Moment trete ich auf etwas Kaltes, Glattes, bücke mich und hebe es auf. Es ist ein ID-Armband, glänzend, mit unversehrtem Verschluss. Jemand, der es geschafft hat zu fliehen, muss es fallen gelassen haben.

Als ob man ein Armband einfach so verlieren kann.

Das Auge der Sprühdose schaut jetzt auf mich. Ich halte die Luft an und winke mit dem Armband.

»Hab ich verloren!«, rufe ich und die Heiterkeit in meiner Stimme lässt mich vor mir selber ekeln.

Die Hand mit der Sprühdose sinkt wieder.

Ich schließe das Armband um mein Handgelenk und trete feige den Rückzug an.

Ins Zentrum

Ich hatte schon ganz vergessen, wie sich das Armband anfühlt, wenn es erst kühl, dann von der Haut aufgewärmt hoch und runter rutscht und sich im Ärmel verfängt. Ich versuche, es zu ignorieren, bevor mich noch das Selbstmitleid überflutet. Ich schiebe auch den Gedanken an den Mann beiseite, den ich liegen gelassen hatte. Ich habe keine Ahnung, wie viel ich da verloren habe. Er wusste, dass ich nicht würde zurückkehren können, wird mir klar. Er hat mich selbst fortgeschickt.

Und ich? Wohin soll ich jetzt gehen? Ins Zentrum, denke ich. Ich muss versuchen, mich zu orientieren. Ich reibe mit dem Ärmel wieder etwas Dreck aus meinem Gesicht, weil er sich mit dem Schweiß vermischt und zu jucken beginnt.

Es gibt nur noch eins, was mir geblieben ist, und danach will ich suchen. Ich habe die hervortretende gespaltene Zunge vor Augen, die schuppigen, schweren Lider. Ich war so dumm gewesen, davor zurückzuschrecken. Ich hätte mit ihr reden, sie in den Arm nehmen sollen, so wie sie mir um den Hals gefallen ist. Ich hätte sie nicht einfach dort ihrem Schicksal überlassen sollen.

Was spielt es für eine Rolle, wie sie aussieht?

Es ist ein weiter Weg aus den Behördenstraßen ins Zentrum. Zum Glück ist es hier komplett menschenleer. Es ist ein Bezirk, in dem nur tagsüber Leben ist. Das ist mir mehr als recht.

Die Bürotürme des Zentrums scheinen kaum näher zu rücken. Meine Waden sind verkrampft und ich spüre meine Füße nicht mehr. Trotzdem setze ich meinen Marsch fort, während ich mit der Hand an dem Armband herumspiele.

Ich fühle mich so sicher in meinem Alleinsein, dass ich zusammenzucke, als ich das Geräusch eines Motors höre. Ein Auto nähert sich. Um diese Zeit? Mein erster Impuls ist, mich irgendwo zu verstecken.

Dann denke ich, dass es besser ist, stehen zu bleiben. Ich trage ein Armband, und den übrigen Begegnungen nach zu urteilen, wäre ich nicht die erste Normale, die nach der Katastrophe im Stadion es geschafft hat zu fliehen und danach orientierungslos in der Gegend herumirrt. Das ist eine Geschichte, an die ich mich halten muss, auch wenn es mich anwidert. Ich muss an Ksü denken.

Und Ivan.

Und wenn der Fahrer des Autos mir trotzdem etwas antut?

Ich beiße die Zähne zusammen. Es ist nicht mehr so leicht, mir etwas anzutun. Ich brauche keine Angst zu haben. Sollen die anderen Angst vor mir haben.

Das Auto biegt um die Ecke. Überrascht stelle ich fest, dass es eine ziemlich schicke Limousine ist, ein der Form nach ziemlich aktuelles Modell. Die Farbe lässt sich unter der Staubschicht allerdings nur erahnen.

Aber die Farbe interessiert mich nicht. Ich fixiere den Fahrer. Er ist allein.

Es ist eine Fahrerin und ich traue meinen Augen nicht. Es ist ein Mädchen, sie kann nicht viel älter als ich sein.

Ich renne auf die Straße, dem Auto hinterher, während ich wild winke und »Halt! Halt!« brülle.

Sie muss mich gesehen haben. Und sie drückt aufs Gaspedal. Das Auto beschleunigt und braust davon und ich sehe ihm hinterher, bis alles vor meinen Augen verschwimmt.

Ich will mich kurz ausruhen und dann den Weg zu Fuß fortsetzen, als ich wieder das Geräusch höre. Es sind derselbe Motor und derselbe Wagen wie vorhin. Ich stehe immer noch mitten auf der Straße. Das Auto bremst ab und bleibt direkt vor mir stehen. Das Fenster fährt herunter und ein gequältes Gesicht, umrahmt von versengten Haaren, guckt heraus.

»Wer bist du?«, fragen wir gleichzeitig. Dann verstummen wir beide und ich fange als Erste wieder an zu reden.

»Ich will ins Zentrum«, sage ich.

»Ich will da raus«, sagt sie. »Wo kommst du her?«

»Vom Stadion«, sage ich.

»Du hast das Feuer überlebt?«

Ich nicke.

»Setz dich.« Sie entriegelt die Beifahrertür und ich lasse mich auf den Sitz neben ihr fallen. Einen Autositz unter mir zu spüren, ist ein Gefühl aus einem anderen Leben. Ich koste es voll aus – meine Beine zittern vor Müdigkeit und mein Kreuz schmerzt, als wäre ich schon mindestens hundert Jahre alt.

»Wie hast du es geschafft?«, fragt sie und sieht mich an. Während ich mit den Schultern zucke, wendet sie das Auto und drückt wieder aufs Gas. Wir rasen in die Richtung, aus der ich gekommen bin.

»Halt!«, rufe ich und sie tritt abrupt auf die Bremse.

»Ich will ins Zentrum«, wiederhole ich.

»Vergiss das Zentrum«, sagt sie.

»Wieso?«

Sie winkt ab. Ich schaue sie verstohlen von der Seite an, plötzlich dreht sie sich wieder zu mir und unsere Blicke treffen sich. »Du kommst mir so bekannt vor«, sagt sie.

Am liebsten würde ich mir jetzt die Hand vors Gesicht halten. Aber ich muss ganz ruhig tun, als wüsste ich nicht, was sie meint. Denn ich weiß jetzt auch, wer sie ist, ich darf es mir bloß nicht anmerken lassen.

»Wie heißt du?«, frage ich vorsichtshalber.

»Appolonia«, sagt sie förmlich und pustet sich die Haare aus dem Gesicht.

Himmel, ich bin nicht die Einzige, die sich verändert hat. Sie trägt eine Arbeitshose und eine khakifarbene Jacke mit vielen Taschen, die ihr viel zu groß ist. Ihre Haare sind zu einem unordentlichen Pferdeschwanz zusammengebunden, versengte Strähnen hängen ihr ins Gesicht. Die Haut sieht aus, als wäre sie mit einer Schicht Staub bedeckt. Trotzdem kann man darunter frische und ältere Kratzer erkennen. Sie kneift die Augen zusammen und auf der Stirn liegen tiefe Querfalten, vor denen sie sich einst, ebenso wie meine ehemalige Großmutter Ingrid, so gefürchtet hat. Auch die Hände, mit denen sie sich am Lenkrad festkrallt, sind fleckig und zerkratzt, die Fingernägel sind abgebrochen. Ich schiele auf ihr Handgelenk, ihr Armband scheint nicht da zu sein.

»Und du?«, fragt sie.

Ich schweige einen Augenblick länger als erlaubt. Ich bin

auf die einfachste aller Fragen nicht vorbereitet. Aber sie scheint sich nicht sonderlich dafür zu interessieren.

»Was willst du im Zentrum?«

»Von dort aus versuche ich, meine Freundin zu finden«, antworte ich ehrlich.

»Wo willst du suchen?«

»Keine Ahnung«, sage ich. »Ich gehe erst mal nach Hause... Und dann sehe ich weiter.«

»Zu Hause: Wo soll das sein?«

»Aneko-Straße«, sage ich den ersten Straßennamen, der mir einfällt. »Und du? Warum willst du unbedingt raus?«

Sie dreht sich zu mir. »Weil ich Angst habe!«, schreit sie mir ins Gesicht. »Und dir rate ich ganz dringend, wenn du wirklich in die Stadt willst, dann nimm dein bescheuertes Armband ab. Verstehst du nicht, dass sie uns daran erkennen?«

»Ich trage es gegen die Kälte«, sage ich. »Wer erkennt wen?«

»Die Freaks natürlich«, presst sie zwischen den Zähnen hervor. »Nimm das schnell ab und schmeiß es weg. Du siehst freakig genug aus, dass sie dir nichts antun.«

»Du auch«, sage ich.

Sie schüttelt den Kopf. »Nein«, sagt sie. »Siehst du den hier?« Sie zieht ihre Oberlippe hoch und führt mir einen winzigen Kunstbrillanten in ihrem oberen Schneidezahn vor.

»Daran erkennt man dich?«

Sie verdreht die Augen. »Mit so bescheuerten Fragen wirst du im Zentrum sofort am nächsten Baum aufgehängt.«

»Von wem?«, frage ich erstaunt.

»Von den Freaks«, schreit sie wieder.

Ich lehne mich zurück, um die Nachricht zu verdauen.

»Was ist jetzt?«, fragt sie. »Ich fahre raus. Wenn du unbedingt ins Zentrum willst, musst du aussteigen.«

»Draußen gibt's nur Wald«, sage ich.

Plötzlich wirkt ihr Gesicht verängstigt. »Du meinst die Pheen? Ich dachte, das wäre endlich erledigt.«

Ich sage nichts.

Plötzlich nickt sie. »Okay, ich fahre dich ins Zentrum.«

»Danke«, sage ich. Und frage mich still, ob ich mich bei Appolonia oder eher bei ihrer Angst vor den Pheen bedanken darf.

Die Fahrt dauert an. Appolonia will es vermeiden, auf dem gleichen Wege in die Stadt zurückzukehren, auf dem sie herausgekommen ist, erklärt sie. Nach dem Grund gefragt, antwortet sie knapp »Straßenpatrouille«. Ich fühle mich wieder wie damals, in meinem früheren Leben, als alle um mich herum Bescheid wussten, nur ich nicht. Diesmal bin ich nicht bereit, das hinzunehmen. Deswegen halte ich zehn Minuten Schweigen aus, das von Brummtönen unterbrochen wird, mit denen sie meine Fragen beantwortet. Dann greife ich ihr ins Lenkrad und drehe es scharf nach rechts, in Richtung Straßenrand.

»Bist du total irre?«, schreit sie mich an.

»Du erzählst mir sofort, was los ist«, schreie ich zurück. »Vorher lasse ich dich nicht weiterfahren.«

»Dann verschwinde hier.« Sie versucht, mich vom Sitz zu schubsen und gleichzeitig die Tür zu öffnen, aber ich wehre mich nach Kräften.

Ich merke, wie sie wütend wird, wie der Jähzorn sie so blendet, dass ihr Gesicht sich bis zur Unkenntlichkeit verzerrt.

Sie springt heraus, läuft um das Auto herum, reißt die Tür auf und zerrt mich an meinem Nachthemd heraus. Ich falle um und ziehe sie mit mir runter und schon rollen wir beide über den mit Staub bedeckten Weg, mit Fäusten aufeinander eindreschend. Irgendwo tief in mir drin sitzt etwas, das sich über die Szene amüsiert: zwei einst wohlerzogene Mädchen, die sich aus nicht ganz klaren Gründen bis aufs Blut prügeln. Appolonia ist etwas kleiner als ich, aber deutlich stämmiger. Sie ist stärker, doch mit der Zeit merke ich, dass ihre Kraft nachlässt. Irgendwann ist sie außer Atem. Plötzlich hört sie auf, auf mich einzudreschen, stellt auch jegliche Verteidigung ein. Sie liegt auf dem Rücken, ich setze mich auf ihren Bauch und drücke ihre Arme mit meinen Knien gegen den Boden.

Sie reißt die Augen auf und starrt mir ins Gesicht. Ich starre zurück.

»Dann mach es doch«, sagt sie.

»Was?«

»Töte mich.« Sie schluchzt.

»Warum sollte ich das tun? Erklär mir einfach, was im Zentrum los ist.«

»Ich habe keine Lust, irgendwas zu erklären«, schreit sie.

Obwohl ich sie sehr gut verstehen kann, sage ich seufzend: »Wenn du jemals hier aufstehen willst, dann musst du leider.«

Sie schließt die Augen und ich spüre, wie ihr ganzer Körper unter mir schlaff wird. Ich bleibe sitzen, sie liegt und atmet flach, für einen Moment denke ich sogar, dass sie eingeschlafen ist. Es vergehen Minuten, irgendwann fühlt sich das an, als hätte ich den ganzen Tag lang nichts anderes getan als hier zu sitzen und sie festzuhalten. Ich will schon aufgeben und aufstehen, doch da öffnet Appolonia plötzlich ihre trockenen Lippen.

»Alles geht kaputt«, sagt sie.

Ich halte die Luft an, frage nicht weiter nach, um sie nicht zu verschrecken.

Sie hält die Augen weiterhin geschlossen, als sie davon erzählt, dass der Brand im Stadion auf die Stadt übergriff – aber nicht mit Flammen. Sie erzählt von irre gewordenen Freaks und Straßenschlachten, von unzähligen Familien, die aus ihren Häusern vertrieben wurden, die schon froh waren, wenn sie überhaupt fliehen konnten, denn die blutrünstigen Freaks ...

»Okay, okay«, sage ich. »Ich habe verstanden.«

»Es ist diese Juli Rettemi«, flüstert Appolonia. »Es ist alles nur ihretwegen. Die Normalität hat sie getötet und das Feuer hat sie gerächt und jetzt ziehen die Freaks hinterher.«

Ich zwinge mich zum Schweigen, sage kein einziges Wort. Ivans Worte hallen in meinen Ohren nach. *Weißt du nicht, in welcher Zeit wir leben? Wir stehen vor einem Bürgerkrieg.*

Ich denke an die Freaks, vor denen ich als Kind Angst hatte. An mein Referat über die Resozialisierung eines Freaks, das ich im Lyzeum gehalten hatte. Wie ich erst Ksü und dann Ivan kennenlernte und mein Weltbild sich auf den Kopf stellte. Wie ich auf dem Campus gewesen war. Wie ich Professor Melchior traf.

Freaks, den die Pheen heilig waren. Die für sie ihr Leben opferten. Die die Normalität überall ausspielten, wo sie nur konnten – sagte der Mann, den ich für meinen Vater gehalten hatte. Ich hatte schon damals nicht gewollt, dass er recht hatte. Jetzt will ich das noch weniger.

Die Freaks mit den schönen bunten Frisuren werfen die überlebenden Normalen aus ihren Häusern? Schonen auch ihre Kinder nicht? Rauben die Geschäfte aus und lynchen alle, die ein Armband tragen? Normal zu sein, ist jetzt so gefährlich, wie es einst war, wenn man verdächtigt wurde, eine Phee zu sein? Es hört sich nach einem Horrorszenario an. Ich will es nicht glauben.

Aber warum sollte sie lügen, meine frühere Lyzeumskollegin Appolonia, die neben mir im Staub liegt und weint, während sie all das erzählt? Ich bin von ihrem Bauch herabgestiegen und habe mich neben sie gesetzt. Sie hat sich nicht gerührt, nur weitererzählt, zwischendrin ist ihre Stimme so leise geworden, dass ich nah an sie heranrücken musste, um überhaupt ein Wort zu verstehen. Einst hätte ich es nicht für möglich gehalten, dass sie überhaupt weinen kann. Ein normales Mädchen hat keinen Grund für Tränen.

Ich habe das Gefühl, irgendwas tun zu müssen, ihre Hand zu nehmen oder ihr wenigstens ein paar tröstende Dinge zu sagen, aber ich habe keine Worte. Was soll man da auch sagen? Also sitze ich einfach neben ihr, das Kinn auf die Hände gestützt, versuche, nicht an meinen immer stärker werdenden Durst zu denken, und schweige.

Plötzlich steht sie auf und geht mit gesenktem Kopf zum Auto. Ich sehe ihr hinterher. Sie öffnet die Fahrertür und dreht sich zu mir. »Was ist? Kommst du jetzt mit oder nicht?«

»Wohin?«

»Ich bring dich ins Zentrum«, sagt sie. »Ist doch egal, ob mich dort die Freaks aufknüpfen oder im Wald die Pheen auffressen.«

»Ich will dir keine Umstände ...«, beginne ich, als hätte Appolonia mein früheres Ich herausgekitzelt. Aber bevor ich mir selber auf die Zunge beißen kann, winkt sie schon ab. »Red keinen Müll und steig endlich ein.«

Also steige ich ein und wir fahren los.

Ich hatte das Gefühl, vorbereitet zu sein auf das, was mich erwarten würde. Aber ich bin es nicht. Nicht auf die eingeschlagenen Fensterscheiben, die blutgesprenkelten Bürgersteige, nicht auf den erschreckend tief hängenden Himmel, der so aussieht, als würde er uns gleich auf den Kopf fallen. Mehrmals sehe ich Menschen auf dem Asphalt liegen, ich kann nicht sagen, ob sie verwundet sind oder bereits tot. Ich habe das Bedürfnis, mich abzuwenden, und starre doch aus weit aufgerissenen Augen um mich herum. Der Wind treibt mir Sandkörner und Aschepartikel in die Augen.

»Und ich dachte, hier kann man Medikamente holen«, murmele ich, als wir an einer geplünderten Apotheke vorbeikommen. »Hier gibt's ja gar nichts mehr.«

»Hier gibt es immer noch alles«, sagt Appolonia voller Hass. »Aber eben nicht mehr für uns. Der Schwarzmarkt blüht. Schon länger. Als diese Juli endlich in Haft kam, hatten wir Hoffnung, dass alles wieder besser wird.«

»Was kann sie denn jetzt dafür?« Ich halte es schließlich nicht mehr aus.

»Wie kann man bloß so blöd sein wie du?«, brüllt sie wieder los.

»Ich war eben eine Weile nicht hier, verstehst du?«, schreie ich zurück.

Als wollte der Wind unsere Stimmen übertönen, dröhnt er

uns jetzt um die Ohren. Ich kneife die Augen zusammen. Ein flatterndes Geräusch macht mich neugierig, ich öffne die Lider einen Spaltbreit und sehe, wie Appolonia fluchend eine regennasse Zeitung von der Windschutzscheibe zu kratzen versucht, die der Wind dadrauf geklatscht hat.

»Warte mal«, sage ich. »Kann ich die haben?«

»Hilf mir lieber, die abzumachen.«

Ich steige aus und kratze an der Windschutzscheibe herum. Ich weiß, dass Appolonia austicken wird, wenn ich sie bitte, die Zeitung möglichst heil zu lassen. Deswegen dränge ich sie mit der Schulter beiseite und sage: »Ich mach das schon.«

Sie zuckt mit den Achseln und setzt sich wieder ans Steuer. Ich achte beim Abkratzen auf meinen Gesichtsausdruck, bis ich einen Blick auf Appolonia werfe. Ihre Augen waren nur scheinbar auf mich gerichtet. In Wirklichkeit sieht sie durch mich hindurch. Ich hätte alle möglichen Grimassen schneiden können, das wäre ihr nicht aufgefallen.

Ich sammele die Papierreste auf und setze mich auf den Beifahrersitz. Dort versuche ich, sie wie ein Puzzle zusammenzufügen.

Ich hatte mich nicht getäuscht. Das große Bild auf der ersten Seite ist schon wieder mein Gesicht. Blass, aufgerissene Augen, zerbissene Lippen. Im Hintergrund der Pfahl auf dem Podest, an den ich gekettet wurde.

Dazu die Überschrift: ENDLICH: Die Phee ist tot.

Apollonia wirft einen Blick auf die Seite.

»Sie soll in meinem Jahrgang auf dem Lyzeum gewesen sein«, sagt sie.

»Ach was?«, frage ich heiser.

»Ich kann mich überhaupt nicht richtig an sie erinnern. Sie war so ... so unauffällig. Wenn wir bloß gewusst hätten, in welcher Gefahr wir alle damals gewesen sind!«

Ich sage nichts. Appolonia dreht den Zündschlüssel.

»Wo willst du jetzt eigentlich genau hin?«, fragt sie unfreundlich.

»Hm?«

»Du wolltest ins Zentrum. Du bist im Zentrum. Soll ich dich an einen bestimmten Ort fahren?«

Ich sammele die Stücke der zerrissenen Zeitungsseite ein und falte sie vorsichtig.

»Ja«, sagte ich. »Ich weiß zwar nicht, ob da noch jemand ist. Aber fahr mich bitte .... Kennst du die Siedlung, die nach Z kommt?«

Appolonia schüttelt scheinbar emotionslos den Kopf, holt ihr Navi heraus und beginnt, die Adresse einzutippen. Als auf dem Bildschirm der Stadtplan auftaucht, in dem mehrere rote Punkte aufleuchten, runzelt sie die Stirn. »Da wohnen aber Freaks.«

»Ich weiß«, sage ich. »Ich hatte mal Freunde dort.«

Sie sieht mein Armband an, dann schaut sie mir ins Gesicht.

»Ich war normal«, sage ich, um sie zu beruhigen. »Zumindest dachte ich, dass ich das bin. Bis ich das Gegenteil herausgefunden habe. Wolltest du das wissen?«

Sie schüttelt den Kopf. »Dann bist du auch eine von ihnen«, sagt sie und ihre Lippen zittern.

Ich seufze. Ich fühle mich seltsam, als wäre ich schuld an den schrecklichen Dingen, die sie erlebt hat, an dem Verlust, den sie erlitten hat und den ich nur erahnen kann. Und plötzlich habe ich keine Lust mehr, ihr etwas vorzuspielen. »Ich bin schon alles gewesen«, sage ich. »Man hat mich für alles Mögliche gehalten. Für eine Normale, für einen Freak. Sogar für eine Phee.«

Sie dreht sich zu mir. Die gerunzelte Stirn verleiht ihrem abgekämpften Gesicht etwas Kindliches. Und dann erkenne ich es in ihren Augen. Sie erinnert sich an mich.

Sie schüttelt den Kopf und versucht, ein Wort herauszubringen. Ich strecke meinen Arm aus, die Geste soll beruhigend sein, aber Appolonia weicht zurück.

»Keine Angst«, sage ich, »glaub nicht alles, was du gehört hast. Das bin einfach ich und ich kann nicht so schlimm sein.«

»Ich bin so blöd«, murmelt sie. »Und du hast dich verändert. Ich hab vorher schon gedacht, diese Juli sieht immer anders aus, ich kann mich an sie gar nicht erinnern und bei all den Aufnahmen im Fernsehen war es, als hätten sie jedes Mal ein anderes Mädchen genommen ...«

»Jedes Mal ein anderes?«, unterbreche ich sie. »Wieso das?«

»Geh weg von mir«, schreit sie plötzlich. »Du bist doch längst tot!«

»Nein«, brülle ich. »Lebendiger als du bin ich auf jeden Fall!« Und bevor ich ihr vorschlagen kann, mich noch mal zu berühren, um sich zu vergewissern, dass ich aus Fleisch und Blut bin – als hätte unser Kampf im Staub dazu nicht ausgereicht –, reißt sie plötzlich die Fahrertür auf und springt heraus.

»Komm mir nicht zu nah!«, brüllt sie und versucht rückwärtszulaufen. Dabei stolpert sie, lässt mich aber nicht aus den Augen.

Ich begreife, dass sie jetzt fliehen wird, verängstigt und

wahnsinnig, und dass ich aus ihrem Auto steigen muss, sonst lässt sie es einfach stehen und haut ab.

Ich klettere vom Beifahrersitz herunter, streiche dabei noch mal voller Bedauern über das warme Leder. Irgendwie muss ich allein weiter.

»Ich gehe schon. Komm zurück zum Wagen«, rufe ich.

Aber sie ist bereits außer Sichtweite.

Ich wische mir den Schweiß von der Stirn und laufe in die entgegengesetzte Richtung.

Ich denke an Ksü, während ich einen Fuß vor den anderen setze. Ich bilde mir ein, dass alles einfacher wäre, wenn sie bei mir wäre. Wenn wir immer noch zusammen wären wie damals, vor dem Brand, bevor ich im Schlafanzug kopfüber aus dem Quadrum geflogen war. Auf der anderen Seite habe ich Angst, dass ich etwas nachtrauere, was vermutlich unwiederbringlich verloren ist. Ich stelle mir vor, die Ksü von heute an meiner Seite zu haben, ein fremdes, gereiztes Wesen, und ich schärfe mir ein, mich nicht so sehr am veränderten Äußeren zu stören, wenn ich sie denn endlich wiedergefunden habe. Werden wir jetzt mehr streiten? Werde ich ihr Dinge erklären müssen, während es früher meistens sie war, die mich geführt hat? Wie soll das gehen?

Ich muss auch kurz an Kojote denken, der mich bei meinem letzten Streifzug durch die Stadt begleitet hat. Ich bin froh, dass ich nur so wenig Zeit mit ihm verbracht habe. Sonst würde ich ihn womöglich auch vermissen und ich weiß gar nicht, ob ich mir das erlauben darf.

An Ivan denke ich nicht mehr, denn sobald dieser Name in

meinen Gedanken auftaucht, klafft dort sofort eine blutige Wunde.

Ich gehe durch die Straßen, viel zu langsam, weil ich mich umschaue und mir jede Veränderung einprägen will. Manches ist offensichtlich, anderes weniger. Das mir bislang unbekannte Villenviertel ist seltsam leer. Mein Blick bleibt an einem ausgebrannten Abfallkorb haften. Daraus drängen grüne Triebe. Gänsehaut kriecht meine Oberarme hoch.

Ich schaue die eingeworfenen Fenster an. Als ich an einer Mauer die gesprühten Worte »Nieder mit den Normalenschweinen!« lese, nehme ich mir das Armband ab und schließe es um mein Fußgelenk. Ich höre es bei jedem Schritt leise rasseln, aber es kommt mir ohrenbetäubend vor.

Ich bleibe an einem kleinen Laden stehen, der, wie mir langsam dämmert, geplündert worden ist. Es ist keines von den Geschäften, wie ich sie aus unserem Viertel kenne – große Hypermärkte mit endlosen Regalen, die alles haben von der besten Vitaminmischung gegen schiefe Zähne bis zum Nagellack, der seine Farbe nach Wochentag wechselte.

Auf der Theke steht eine umgeworfene alte Kasse. Die Regale sind leer geräumt. Fetzen zerrissener Packungen liegen herum. Als ich über sie laufe, knistern sie. Ich schaue drunter, entdecke einige getrocknete Erbsen. Und weiter in die Ecke gerollt, entdecke ich einen richtigen Schatz: ein altes braunes Brötchen.

Ich hebe es auf und versuche abzubeißen. Es ist steinhart, ich habe Mühe, meinen Mund so weit aufzumachen. Ich schaffe es, ein Stück abzunagen. In meinem Mund wird es langsam weicher. Ich schließe die Augen.

Geht es jetzt vielen so wie mir? Müssen die verwöhnten

Kinder der Normalität, die sich zu fein waren, ihre angebissenen Sandwiches für später aufzubewahren, bald in den Mülleimern nach Essen suchen, so wie ich vor Kurzem auch?

Ich sehe das Gesicht meiner Mutter vor mir. Als sie verschwunden war, hatte ich mich wie ein Kleinkind gefühlt, das keinen Schritt ohne seine Mama tun konnte. Als ich sie wiedergefunden hatte, haben wir, wie mir im Rückblick vorkommt, eigentlich nur gestritten. Und in der schwersten Zeit, die ich hinter mir habe, hatte ich sie komischerweise ziemlich aus meinen Gedanken verdrängt.

Ich beschließe, es für ein Zeichen des Älterwerdens zu halten.

Die Gruppe umkreist mich und ich bleibe stehen. Ich sehe in ihre geweiteten Augen, registriere die Freakfrisuren. Manche Gesichter kommen mir dunkel bekannt vor. Der Ring schließt sich, sie nähern sich mir langsam, ich warte. Ich habe keine Angst, obwohl meine Haare sie sicher nicht überzeugen. Wahrscheinlich versuchen jetzt viele Normale, sich auf diese Art zu tarnen.

Einer von ihnen streckt die Hand aus, um meinen Ärmel hochzuziehen. Ich unterdrücke den Impuls, ihm mit der Faust der anderen Hand ins Gesicht zu schlagen.

»Da ist der Streifen«, sagt einer von ihnen grinsend.

Ich werfe den Kopf zurück, schiebe mir die Haare aus dem Gesicht.

»Erkennt ihr mich nicht wieder?«

Sie stutzen. Sie erkennen mich nicht wieder, aber mein Tonfall scheint sie überzeugt zu haben, dass sie es müssten. Ich spüre ihre forschenden, verunsicherten Blicke. Dann sehen sie sich an. Einige zucken mit den Schultern.

»Schaut genau hin«, sage ich.

Ich habe vergessen, dass ich die Zeitung noch habe. Ich entfalte sie und halte sie hoch. Ihre Blicke fallen darauf und plötzlich ändert sich alles, weil sie mich in der Tat erkennen.

Einer kapiert es als Erster. Er steht ziemlich weit weg, aber ich habe ihn im Blick, ich sehe ihn blasser werden, beobachte, wie er die Hand gegen den Mund presst. Die anderen schauen ihn an, er schreckt zurück, wendet sich ab, als ob ihm schlecht wäre, sieht wieder zweifelnd in meine Richtung.

»Das ist sie«, bringt er hervor. »Die Phee, die hingerichtet wurde.«

Die anderen begreifen langsam. Ich lese ihre Gesichter wie Bücher, verfolge fasziniert das wechselhafte Gefühlsspiel aus Angst, Ehrfurcht, Panik und Bewunderung. Ein bisschen schäme ich mich dafür, dass ich es so leicht habe, sie um den Finger zu wickeln.

Einer von ihnen tritt hervor. Der Ring hat sich gelockert, sie haben es eilig, den Abstand zwischen ihnen und mir zu vergrößern. Ich bin das Mädchen, hinter dessen Rücken der Wald steht. Mit dem Wald ist nicht zu spaßen. Sie haben Angst vor mir.

Ich spüre den bitteren Geschmack des Ekels in meinem Mund.

»Beweise es«, stottert derjenige, der sich einen Schritt weiter traut als die anderen.

Ich hebe das Kinn. Ich darf mir nicht anmerken lassen, dass

ich jetzt ein wenig verunsichert bin. Wie soll ich beweisen, dass ich ich bin? Reicht mein Gesicht nicht?

»Juli Rettemi hat Narben auf dem Rücken«, stammelt der Mutige.

Ich bin erstaunt und peinlich berührt. Stand es auch in der Zeitung? Seit wann sind die Narben auf meinem Rücken Bestandteil des öffentlichen Interesses? Ich habe niemandem davon erzählt. Sofort melden sie sich mit Jucken. Am liebsten würde ich jetzt draufloskratzen.

»Ihr wollt meine Narben sehen?«, frage ich.

Den anderen merke ich an, dass sie eigentlich gar nichts sehen wollen. Am liebsten würden sie wegrennen. Ihr heiliges Entsetzen geht mir langsam auf die Nerven. Aber dieser eine, der Mutige, vor dem ich nun doch eine Spur Respekt empfinde, der ist noch nicht restlos überzeugt. Und wenn ich mir jetzt anmerken lasse, dass ich verunsichert bin, könnte ich meine einzige Chance verspielen.

»Na gut«, sage ich langsam. »Ich zeige sie euch.«

Erstaunt stelle ich fest, dass fast alle sofort die Augen zukneifen, als hätten sie Angst, geblendet zu werden. Fast rutscht mir die Bemerkung aus, sie bräuchten sich nicht so anzustellen, so schlimm sähen meine Narben doch gar nicht aus. Aber außer dem einen Mutigen sind es noch zwei oder drei, die jetzt aufmerksam auf meine Bewegungen lauern.

Ich drehe ihnen den Rücken zu, ziehe den Pullover aus. Dann greife ich mit dem linken Arm über meine rechte Schulter und streife das Nachthemd bis zum Schulterblatt herunter.

Kann man die Narben aus der Entfernung überhaupt erkennen?

Ich höre, dass sich jemand hinter meinem Rücken bewegt. Offenbar kann man die Narben dann doch nicht von Weitem sehen. Ich spüre einige ganz dicht hinter mir, ihre staunenden Blicke und den heißen Atem. Und als ich beschließe, dass die Show vorbei ist, spüre ich, dass fremde Finger die Stellen berühren, die sofort zu jucken anfangen.

Ich drehe mich um und schlage mit der Faust in ein Gesicht, noch bevor ich sehen kann, zu wem es eigentlich gehört. Es ist nicht der Skeptiker, der die Narben als Erster sehen wollte. Es ist jemand, der mir bekannt vorkommt. Wahrscheinlich aus dem Rudel.

Warum schreit er jetzt wie am Spieß? Habe ich ihn so heftig getroffen? Ich bin keine Faustkämpferin, wenn, dann kann es höchstens aus Versehen gewesen sein. Als ich dabei bin, eine Entschuldigung zu stammeln, merke ich, dass er sich nicht wie jemand verhält, dem irgendwas am Kopf wehtut. Er wedelt mit seiner Hand, die sich zischend schwarz verfärbt. Eine winzige Rauchsäule steigt auf und es riecht nach verbranntem Fleisch.

Der Unglücksrabe drückt seine Hand an seine Brust, bedeckt sie mit der gesunden und wankt rhythmisch mit dem Oberkörper, als würde er ein Baby wiegen. Ich weiß, dass ich mir mein Mitgefühl nicht ansehen lassen darf. Deswegen bemühe ich mich um ein versteinertes Gesicht.

»Möchte vielleicht noch jemand anfassen?«

»Sie ist es«, kommt es gleichzeitig aus mehreren Dutzend Kehlen, kein Ruf, sondern ein gemeinsamer Atemzug. Und dann gehen sie doch alle vor mir auf die Knie.

Hauptquartier

Ich will das nicht, denke ich, während ich in einer schneeweißen Badewanne liege, mich in einem riesigen Himmelbett ausruhe, auf dem Balkon sitze und in den Himmel schaue und die ganze Zeit versuche, dabei nicht allzu viel Wonne zu empfinden. Ich bin bereit zu lügen, um mein Leben zu retten. Bin bereit, mich für jemanden auszugeben, die ich nicht bin, um eine Chance zu haben, heil rauszukommen. Aber ich brauche weder den Luxus noch die Bewunderung noch heimliche Blicke noch all die Fremden um mich herum, die mit anderen herrisch sprechen, mir dagegen jeden Wunsch von den Augen ablesen. Ein wenig erinnert mich ihr Verhalten an Doktor Rudolf Rettemi, den ich in Gedanken immer noch meinen Vater nenne. Wahrscheinlich würde er sich bei der Vorstellung, dass er und diese Freaks etwas gemeinsam haben, im Grab umdrehen.

Ich ruhe mich nur kurz aus, denke ich die ganze Zeit, dann mach ich mich davon.

Das Unbegreiflichste ist, dass die Villa, in der ich mich gerade befinde, in einem Normalenviertel steht. Beziehungsweise in dem, was früher als solches galt. Alles ist geblieben, bloß diejenigen, die hier mal lebten, sind nicht mehr da. An der Fassade wehen die azurblauen Fahnen der Freak-Bewegung, in der Ecke ein geschwungenes J und die Silhouette eines Mannes, der die Faust zum Kampf erhoben hat. Die Blumenbeete sind zertrampelt und manche Hauswände mit Blut bespritzt.

Die Villa ist bevölkert von Freaks, die kommen und gehen, die feinen Teppiche mit ihren Stiefeln zertreten, in den Salons Meetings abhalten und wieder verschwinden. Ich beobachte sie von oben oder hinter Türen und Gardinen versteckt, bilde mir ein, unsichtbar zu sein. Ihre leuchtenden Frisuren scheinen nicht so recht zu ihren Gesichtsausdrücken zu passen, die Dosen an den Gürteln nicht zu den rasselnden Ketten, die ich immer noch als reine Deko einordne. Die Schablonen in meinem Kopf kommen durcheinander, zudem alle hier einen glasklaren Blick zu haben scheinen und anscheinend nur Wasser trinken.

Ich habe wieder mal keine Ahnung, wo ich bin. Ich versuche, mich an den Stadtplan zu erinnern, den Kojote für mich auf die Erde gezeichnet hat. Ich will mir eine richtige Karte besorgen mit allen Straßen. Gleich nachdem ich fertig gegessen habe. Vor mir stehen: eine Schüssel Tomatensalat, der bereits leer gelöffelte Teller mit der Brokkolicremesuppe, der gerade erst probierte Kalbsbraten in Quittensoße, als Nachtisch ist eine gekühlte Speise aus Baiser, Schlagsahne und Beeren angekündigt. Ich zwinge mich, langsam zu essen, nicht alles in mich hineinzuschaufeln, obwohl es mir viel weniger peinlich ist als in dem einen Moment, als Ivan mir in seiner Küche beim Schlingen zugeschaut hat.

An dem großen, ovalen Tisch sitzen drei Männer mit gestärkten Servietten auf den Knien, je links und rechts von mir und noch einer gegenüber. Im Gegensatz zu mir interessieren sie sich kaum für den Inhalt ihrer Teller. Sie haben, registriere ich, einen geradezu bemerkenswert schlechten Appetit.

Ich lege die Gabel am Tellerrand ab und schaue in die Runde. Müde graue Gesichter unter leuchtenden Frisuren. Links eine weiß-rot gestreifte Mähne, die auf die breiten Schultern des Trägers fällt und sich ziemlich schlecht mit dem grauen Dreitagebart verträgt. Er sollte sich entweder rasieren oder auch im Gesicht färben, denke ich. Geradeaus sitzt ein Kahlkopf, der wenige indigoblaue Haarinseln auf dem Schädel trägt, die aussehen wie Blumenbeete auf dem Asphalt. Rechts eine vergleichsweise dezente zartgelbe, kinnlange Frisur.

Alles erwachsene ernste Männer. Die mir beim Essen zuschauen, nur anstandshalber auf ihren Tellern herumstochern, aber sich verlegen abwenden, sobald ich den Blick hebe. Auch sie haben Angst vor mir.

»Wem hat die Villa früher mal gehört?«, frage ich, nachdem ich den dritten Bissen des köstlichen Kalbsbratens heruntergeschluckt habe.

»Dem Feind«, sagt der Kahlköpfige sanft.

»Und wo ist der Feind jetzt?«

»Sie haben während der Unruhen ihr Haus verlassen. Mehr wissen wir nicht.«

Von wegen, denke ich. Als ob sie einfach weggegangen wären. Ich weiß, dass das Haus auch Kinderzimmer hat: In manchen Räumen, durch die ich gegangen war, stehen Kisten mit Spielzeug an die Wand geschoben. Und unter meinem Bett habe ich einen Schnuller gefunden.

»Der Besitzer muss ein ziemlich hohes Tier gewesen sein«,

sage ich. »Bei dem Haus. Bei den Möbeln. Bei dem Grundstück.«

»War er auch«, sagt der Gelbe.

»Jemand, den man kennt?«, frage ich.

Sie wechseln Blicke, dann nickt der Gestreifte.

Ich schneide mir noch ein Stück vom Kalbsbraten ab.

»Sind Sie eigentlich eine einzige große Freak-Gruppe oder viele kleinere?«, frage ich. Obwohl es eine Frage ist, auf die ich wirklich gern eine Antwort hätte, brechen sie plötzlich in lautes Lachen aus. Meine Wangen glühen auf, ich werde wütend. Sie merken es und verstummen sofort.

Was ist sie doch noch für ein unschuldiges Kind – es ist nicht das erste Mal, dass ich jemanden das hinter meinem Rücken flüstern höre.

Die Stimmung ist merkwürdig. Die Blicke, die sie mir zuwerfen, auch. Seit mich die junge Bande, die ein derart reges Interesse an meinen Narben gezeigt hatte, hierherbegleitet und vorgestellt hat, kümmern sich diese Erwachsenen um mich. Ich musste meine Narben diesmal nicht entblößen – die Jungs hatten bereits davon berichtet, außerdem hefteten sich viele aufmerksame Blicke auf mein Gesicht. Ich fühlte mich mit den Augen eingescannt und mit den vorhandenen Fotos verglichen.

Sie haben sich schneller als gedacht überzeugen lassen. Ich bin Juli Rettemi, die nach ihrer barbarischen Hinrichtung auferstanden ist, die Phee, die ihren Vater ermordet haben soll – eine üble Verleumdung, die diese Freaks, wie sie mir sogleich versichert haben, sowieso niemals geglaubt hätten. Jetzt bin ich wieder da und sie warten auf etwas, als wäre ich ein Zirkushund, der Kunststücke vollführen soll.

Zugleich ist ihnen ihre eigene Erwartung sichtlich unangenehm, schließlich ist eine Phee etwas Unbegreifliches, und das haben sie alle verinnerlicht. Ein bisschen bemitleide ich sie auch, dass sie mit etwas Übergroßem gerechnet und statt dessen mit mir zu tun haben. Mal siezen, mal duzen sie mich, und vor allem versuchen sie, mir jeden Wunsch von den Augen abzulesen.

Als sie mich fragen, was sie für mich tun können, weiß ich nicht, was ich sagen soll. Ich denke an Ksü, aber was könnte es geben, womit ich ihr wohl helfen könnte? Sicher nicht irgendwelche Medikamente. Ich nehme mir wieder vor, so schnell wie möglich von hier wegzukommen und zu Ksü zu gehen. Nach allem, was ich hinter mir habe, kann es doch wirklich nicht so schwer sein, an ein paar Freaks mit beängstigend aussehenden Dosen am Gürtel vorbeizukommen.

Was hat mich der Langhaarige da gerade gefragt? Ob ich mich an meinen Tod erinnere. Er hat extra höflich den Moment abgewartet, in dem ich den einen Bissen fertig gekaut, mir aber noch keinen weiteren in den Mund geschoben habe.

Ich sehe zur Decke. Dann schüttel ich den Kopf.

»Ich kann mich an nichts erinnern«, sage ich. Sie sind natürlich enttäuscht. Vielleicht sollte ich ihnen eine großartige Geschichte auftischen. Die ich allerdings vorher hätte vorbereiten sollen, denn im Improvisieren war ich noch nie gut gewesen.

»Ich kann mich nicht erinnern, tot gewesen zu sein«, sage ich.

Ich sehe in drei aufmerksame Augenpaare. Jetzt habe ich nun doch ganz aus Versehen etwas Interessantes gesagt.

»Ich glaube nicht an den Tod«, sage ich. »Er bedeutet ja nur, dass jemand auf herkömmlichem Wege unerreichbar geworden ist. Das sagt überhaupt nichts darüber aus, wo er gerade steckt und wie es ihm in diesem Moment geht. Unsere Trauer darüber kommt aus unserer eigenen Bequemlichkeit. Wir haben keine Lust, uns umzustellen.«

Sie hören auf zu kauen.

»Wie ist Ihre Verbindung zu dem Wald?«, fragt einer von ihnen leise. »Es ist uns allen hier in der Stadt nicht entgangen, dass der Wald auf Ihr Schicksal immer sehr präzise reagiert hat.«

»Na ja«, sage ich. »Der Wald, das bin eben ich.«

Ich staune selber darüber, welchen Mist ich da gerade zusammenrede. Und dass es offenbar gerade das Richtige zu sein scheint.

»Wir sind das Gleiche in unterschiedlicher Form«, füge ich erklärend hinzu.

Sie nicken, als ob es irgendeinen Sinn machen würde.

»Haben Sie denn einmal daran gedacht, was wäre, wenn Sie Ihre Flügel immer noch hätten?«

»Meine was?« Leider habe ich jetzt den Mund voll mit Braten. Nun verschlucke ich mich auch noch. Gott, stelle ich mich peinlich an. Ich greife zu einem Glas mit Wasser, das neben meinem Teller auf dem weißen gestärkten Tischtuch steht.

»Ach so«, sage ich. »Ja, wenn ich die noch hätte, dann wäre das alles nicht passiert. Dann hätte ich längst davonfliegen können. So war ich aber gezwungen hierzubleiben. Das haben jetzt alle davon.«

Sie nicken und sehen mich aus geweiteten Augen an. Ich

schneide mir vorsichtig noch ein wenig Braten ab und tunke das Stück in die duftende, aromatische Quittensoße.

Nach dem Essen erkläre ich mich für übermüdet und äußere den Wunsch, mich zurückzuziehen. Dafür haben alle sehr viel Verständnis. Ein paar Mal hatten sie mich zu Gesprächen gerufen, aber dann offenbar festgestellt, dass es nicht viel bringt. Sie haben mir Stadtpläne gezeigt, die mit Kreuzen und »J« markiert waren. Die Normalenviertel waren von vielen Pfeilen durchkreuzt.

»Ich verstehe nichts vom Krieg«, habe ich gesagt und sie haben mich seufzend gehen lassen. Es ist praktisch, für eine Phee gehalten zu werden, der alles um sie herum gleichgültig ist.

Wenn ich bloß eine wäre.

Mein Zimmer ist wahrscheinlich das beste Zimmer des Hauses, vermutlich das Schlafzimmer des früheren Besitzers, das in seinem ganzen Prunk unverändert geblieben ist. Extra so beibehalten für so wichtige Gäste wie mich, denke ich gereizt, als ich mich aufs Bett werfe, über dem ein mit Blumen verzierter Himmel flattert. Als Erstes überprüfe ich, ob das ergatterte Päckchen mit den Medikamenten noch da ist. Alles in Ordnung. Ich könnte abhauen. Wenn ich könnte.

Ich quäle mich aus den weichen Daunen und gehe ans Fenster. Ich bin immerhin im zweiten Stock, doch die Decken sind hier so hoch, dass es sich wie fünfter anfühlt.

Ich öffne die Zimmertür und schaue hinaus in den Flur. Zum Glück kommt hier selten jemand vorbei. Ich habe angedeutet, dass ich nach dem Schock der Auferstehung meine

Ruhe brauche. All diesen Leuten zu begegnen, versetzt mich meist in eine Art Stupor. Ich weiß nicht, was ich ihnen sagen soll. Sie wiederum reagieren auf meine Begrüßung, als wäre ich ein sprechendes Pferd. Und vielleicht ist das auch genau meine Rolle hier.

Ich bewege mich durch den Flur, versuche leise, die anderen Zimmer zu öffnen. Die meisten Türen sind geschlossen. Eine gibt nach und dann stehe ich zwischen lauter Bücherregalen. Eine kleine Bibliothek. Mein Herz macht einen Sprung. Ich denke, dass ich keine andere Gelegenheit haben werde, etwas über die früheren Bewohner des Hauses zu erfahren.

Die Bücher sind sortiert – die Ratgeber zur gesunden Ernährung füllen ein ganzes Regal, ebenso dicke Wälzer und dünne Broschüren zum Staatsprinzip der Normalität. Dann entdecke ich eine ganze Reihe Katastrophenromane, wie ich sie von Kindesbeinen an auf dem Nachttisch meines Vaters gesehen habe. Einen ziehe ich heraus, sehe auf dem Umschlag einen Freak mit wahnsinnigen Augen, der einem gut aussehenden Normalen, zu erkennen an Haarschnitt, Anzug und Krawatte, schon zur Hälfte die Kehle durchgeschnitten hat. Angesichts der aktuellen Situation weiß ich nicht, ob ich über die prophetische Gabe des Zeichners lachen oder weinen soll. Ich stelle das Buch zurück ins Regal.

Und dann drehe ich mich zum benachbarten Regal und das Lachen bleibt mir im Halse stecken.

Gesammelte Horrorgeschichten

Es sind dicke, alte Wälzer dabei, Hochglanzbroschüren, schlicht aufgemachte Fachliteratur und bunte Bilderbücher. Allen ist gemeinsam, dass das Wort *Phee* in der Überschrift auftaucht. Das, wonach ich die ganze Zeit gesucht habe. Eine Auswahl des gesammelten Wissens über Pheen.

Oder auch des Unwissens.

Einige dieser Bücher hätte ich sicher als Kind kennengelernt, wenn ich in einer richtigen normalen Familie geboren worden wäre. Bücher, die normale Kinder vor dem Einschlafen vorgelesen bekamen, womit sichergestellt wurde, dass ihre Albträume sich um Pheen drehen und um nichts anderes.

Ich öffne das erste Kinderbuch, es hat große, farbige Bilder, die ein normales blondes Kind mit geradem Scheitel zeigen, das auf seine Mutter nicht hört und ein Gespräch mit einer hässlichen, alten Frau beginnt, die ihm am Zaun des gepflegten Vorgartens aufgelauert hat. Sie zeigt ihm Bonbons und versucht, es zu locken, mit ihr zu kommen. Das Kind, die Warnungen der Mutter im Hinterkopf, ist erst noch zaghaft. Die hässliche alte Frau wedelt mit einem bunten Ball und streichelt sich dabei verstohlen den Bauch: Sie hat schrecklichen Hunger, sie wird das Kind jetzt fressen. Als das Kind dabei ist, über den Zaun zu ihr zu klettern, sieht es die Mutter aus dem Küchenfenster. Sie läuft heraus und beginnt, an dem Kind zu zerren, das schon halb im Mund der Frau verschwindet, das plötzlich zu einem gierigen Maul mit riesigen Zähnen geworden ist. Die Mutter schafft es, ein ziemlich zerrupftes und an einigen Stellen sogar blutendes Kind aus diesen Zähnen herauszuziehen. Die schreckliche alte Frau tobt. Ein mintgrüner Polizeiwagen taucht auf, Experten in Uniform schleppen sie ab, während sie wütend um sich schlägt. Ihre Finger sind zu langen Krallen geworden, damit zerfetzt sie alles um sich herum.

Der Polizeiwagen fährt ab. Mutter und Kind stehen eng umschlungen da.

Das Kind wird nie wieder mit einer Phee sprechen.

Ich habe eine Gänsehaut, während ich mir diese Bilder anschaue. Mama, denke ich. Wie kannst du gedacht haben, dass jemand wie du in einer solchen Umgebung überleben kann. Sogar eine Familie gründen.

Ich hole aus und werfe das Bilderbuch in einem Anfall von Wut quer durch den Raum. Meine ganze Kindheit lang hatte ich nur mit Gleichaltrigen zu tun gehabt, die mit solcher Lektüre aufgewachsen waren. Da ist es höchstens erstaunlich, dass wir uns trotzdem recht gut vertragen haben.

Wie kann es aber sein, dass Dr. Rudolf Rettemi eine dieser Pheen geheiratet hat, zudem eine mit einem kleinen verstümmelten Kind am Bein? War sein Wunsch zu leben größer als der in der Kindheit antrainierte Ekel? Oder hatte er sich wirklich verliebt? Ich fürchte, ich werde es nie erfahren.

Das nächste Buch, das ich mit zusammengebissenen Zähnen aus dem Regal ziehe, hat viele Seiten, Text ohne Ende und schwarz-weiße Zeichnungen, unterteilt in Abschnitte – Anatomie, Physiologie, Psychologie. Ich blättere mich durch Skizzen quer und längs durchgeschnittener Pheenkörper. Pfeile führen zu den inneren Organen, beschriftet mit winzigen kursiven Buchstaben.

Ich beginne, mich durch den Text zu quälen. Es sind endlose Bandwurmsätze, die Begriffe verwenden, die ich noch nie im Leben gehört habe. Aber ich bleibe dran. So erfahre ich, dass Pheen drei Lungen haben und kein Herz. Dass sie wie Katzen bei Nacht sehen können, weswegen ihre Augen leuchten. Dass sie, wenn sie unbeobachtet sind, fliegen können. Ihr Gehirn besteht aus winzigen kleinen Würmern. Sie essen ausschließlich rohes Fleisch, manchmal auch Zweige penibel aufgezählter Bäume. Ihr Favorit dabei ist Menschenfleisch, insbesondere das kleinerer Kinder. Lieblingsgetränk: Blut. Im Abschnitt Physiologie gibt es Tabellen und Diagramme, die den Stoffwechsel unter besonderer Berücksichtigung des Bluttrinkens auseinandernehmen.

Ich würde gern lachen können. Aber ich ertappe mich dabei, dass ich mich beim Lesen frage, ob meine Mutter einen Herzschlag gehabt hat.

Natürlich hat sie.

Ich bin erleichtert, als ich mir das in aller Klarheit in Erinnerung rufe. Und schäme mich für mich selber. Das Buch hat so seriös gewirkt, dass ich ihm glauben wollte. Sogar ich. Wie muss es den anderen ergangen sein?

Ich schlage die erste Seite auf und lese: »Dies ist ein Standardwerk für Studenten höherer Schulen.«

Ich denke sofort an Ivan. Das hat er studiert. Und ich habe

mich noch gewundert, warum er mich immer so angeschaut hat. Ich muss vermutlich dankbar sein, dass er mir kein Blut zu trinken angeboten hat.

Ich überlege, ob ich das Buch zerreißen soll. Dann fällt mir ein, dass es mir gar nicht gehört. Ich lege es auf den Boden, schiebe es mit dem Fuß möglichst weit weg.

Ich habe keine Lust weiterzulesen. Übelkeit steigt meine Kehle hoch. Und auf einmal bedauere ich es, nicht wirklich tot zu sein. Ich habe keine Lust, in einer Welt zu leben, in der solche Bücher gelesen werden.

Ich lehne mich gegen das Regal und schließe die Augen. Ich will nicht mehr, denke ich. Und beneide Ksü plötzlich darum, dass sie sich gerade verwandelt. Ich will auch anders werden. Aber mein Körper ist eine träge Hülle, die nicht mitkommt bei den Veränderungen, die gerade mein Inneres sprengen.

Ich bin so vertieft in den Versuch, mir selber nachzuspüren, dass ich nicht höre, wie noch jemand das Zimmer betritt. Ich drehe mich um und bringe einige Bücher zum Umfallen, als ich ein vorsichtiges Hüsteln höre. Es ist der Rot-Weiß-Gestreifte, der, obwohl größer als ich, es irgendwie schafft, mich von schräg unten anzuschauen.

»Ja?«, frage ich heiser. Meine Hand klammert sich automatisch an eine der Broschüren, die aus dem Regal herausgefallen sind.

Er verbeugt sich und sagt, dass man sich freuen würde, mich beim Abendessen sehen zu können.

Ich werfe einen Blick aus dem Fenster. Offenbar habe ich stundenlang gelesen, draußen ist es bereits dunkel. Ich verstecke das Heftchen hinter meinem Rücken, er tut so, als würde er das nicht merken.

»Ich komme nach«, sage ich. Er nickt und entfernt sich im Rückwärtsgang, wie ein Krebs.

»Warten Sie bitte«, sage ich.

Er hält inne und sieht mich fragend an.

»Haben Sie zufällig einen ID-Scanner?«

Er schweigt so lange, dass ich meine Frage bereue. Aber dann greift er unter sein Hemd und holt das Gerät hervor.

Ich bücke mich und löse das Band, das ich um mein Fußgelenk geschlungen hatte.

»Hab ich auf der Flucht gefunden«, sage ich, während ich ihm den silbrigen Streifen reiche.

Er nimmt es in die Hände, als hätte er Angst, von dem Armband gestochen zu werden. Der Scanner piepst. Er zeigt mir das Display.

Konstantin Josephson, normal, 17 Jahre alt, 179 groß, Augenfarbe Blau, Haarfarbe Hellbraun, verwaist, keine Erbkrankheiten, zwei Verwarnungen wegen Zuwiderhandlung gegen das Gesetz, wohnhaft, chronologisch geordnet, in der Henry-Aneko-Straße …«

»Kennen Sie ihn?«, frage ich den Rot-Weiß-Gestreiften.

Er schüttelt den Kopf.

»Konstantin Josephson«, murmele ich und ich weiß es merkwürdigerweise gleich. Vielleicht liegt es an dem Straßennamen, der Henry-Aneko-Straße, die sich in mein Gedächtnis eingegraben hat.

Konstantin Josephson. Ich war an seinem Haus gewesen und habe mit ihm zusammen über den Zaun geguckt. Dort hat er mich dazu gebracht, Ksü und Ivan aufzusuchen.

Das Armband stammt von Kojote.

Der Rot-Weiß-Gestreifte sieht mich immer noch unterwürfig an. »Ich komme nach«, wiederhole ich mit Nachdruck.

Jetzt kann es ihm nicht schnell genug gehen, aus dem Raum zu verschwinden.

Ich drücke das Armband in der Hand zusammen. In der anderen halte ich immer noch das Heft umklammert. Ich werfe einen Blick aufs Titelblatt.

Es sind die gesammelten urbanen Horrorgeschichten über Pheen. Sie erinnern mich an meine Nächte im Rudel, an die Geschichten, die durch die Luft wehten.

Gleich zweimal Kojote. Zwei Stiche ins Herz. War er beim Stadion gewesen? Warum hat er das Armband weggeworfen?

Ich brauche Zeit, bis ich mein Gesicht derart unter Kontrolle habe, dass ich zum Essen in den Salon runtergehen kann.

Alte Bekannte

Diesmal speise ich in Gesellschaft von vier Freaks und der vierte lässt mich zum ersten Mal lächeln. Ich erkenne ihn sofort – es kommt mir so vor, als ob er sich in der Zeit, in der alles anders geworden ist als früher, am wenigsten verändert hat. Er ist seinem Irokesenschnitt und dem grünen Bart treu geblieben, selbst an die Brille mit den runden gelb getönten Gläsern erinnere ich mich sofort. Ich denke daran, wie er Tränen in den Augen hatte, als ich in seinem Büro war und er von meiner Mutter und anderen Pheen gesprochen hatte.

»Professor Melchior«, stammele ich, während er von seinem Sitz aufspringt, um mich zu begrüßen.

Ihn jetzt hier zu sehen, ist nicht nur eine Freude, sondern auch ein Schock. Seine Anwesenheit katapultiert mich in eine Zeit, in der ich zum ersten Mal versucht hatte, das Verhältnis von Freaks und Normalen zu durchschauen, und sogar mich bemühte, eine eigene Meinung zu bilden. Schon damals hatte sich der zur Rührseligkeit neigende Zwerg, anders als Ksü und Ivan, eindeutig positioniert.

Trotzdem hatte ich ihn in meinem Kopf als einen der besseren Freaks einsortiert – denn die gute Nachricht für mich war, dass es überhaupt bessere von ihnen gab. Ihn an der festlich gedeckten Tafel in einem geplünderten Haus zu sehen, aus dem eine Familie mit mehreren kleinen Kindern bestenfalls vertrieben, schlimmstenfalls gemeuchelt wurde, passt nicht zu dem, was ich gern von ihm halten würde.

Deswegen lasse ich schnell von ihm ab und setze mich als Erste hin, auch wenn es nicht sehr höflich ist.

Und bevor er den ersten Satz ausspricht, weiß ich schon, dass er sich sehr wohl verändert hat. Oder vielleicht war er immer so – bloß zeigt er jetzt eine andere Seite von sich.

»Was erstaunt Sie so, Juliane?« Ich habe keinen sentimentalen Professor mehr vor mir, der Tee im Puppengeschirr serviert, sondern einen entschlossenen Mann, dessen Stimme trocken und hart klingt. Er wird mich nicht mehr »mein liebes Kind« nennen. Er weiß genau, was er hier tut und warum, und das geschieht nicht aus Nettigkeit.

Aber er scheint auch zu begreifen, warum ich so irritiert dreinschaue.

»Wir müssen Ihnen wie eine marodierende Räuberbande vorkommen«, sagt er.

Nun, genauso ist es. Ich senke den Blick auf meinen Teller. Ein Klecks Spargelrisotto als Vorspeise. Wo haben sie in diesen Tagen Spargel aufgetrieben? Leider habe ich schon wieder schrecklichen Hunger.

»Es tut mir leid«, sage ich. »Ich muss bloß immerzu an die Kinder denken, die in diesem Haus gelebt haben. Sie waren noch jünger als meine Geschwister. Ich hatte einen Schnuller in meinem Zimmer gefunden.«

»Ich kann Ihnen versichern, Juliane, dass wir keine Kinder ermorden«, sagt Professor Melchior und sieht mich freundlich über seinen Brillenrand hinweg an.

»Das ist sicher sehr nett von Ihnen. Aber was ist mit ihren Eltern? Wo sind sie jetzt?«

»Die Kinder sind bei uns«, mischt sich der Gestreifte ins Gespräch ein. »Wir werden niemanden, der unter zwölf ist, im Stich lassen. Wir werden ihnen ein neues Zuhause geben.«

Unter zwölf, denke ich. Ich wäre also längst zum Abschuss freigegeben. Allerdings auch bei den Normalen – meine Hinrichtung war der beste Beweis, dass die Volljährigkeit mit einundzwanzig nicht für schlimme Verbrecherinnen gilt. Na sei es drum, ich bin ja auch kein Kind mehr.

»Sie haben so eine Art Waisenhaus für normale Kinder?«, frage ich weiter.

»Den Ausdruck normal wird es nicht mehr geben«, sagt Professor Melchior. »Das wird ein Unwort sein, das für längst vergangene, grausame Zeiten steht. Die Kinder werden zusammen mit anderen Waisen zu wertvollen Mitgliedern der Gesellschaft erzogen.«

»Das kommt mir schrecklich bekannt vor«, sage ich. »Ich hatte es die ganze Zeit so verstanden, dass die Freaks gegen jede Gesellschaftsordnung sind.« *Sie haben doch die Normalität mit allen Mitteln bekämpft. Überall unterwandert.* Wieder habe ich die Stimme meines Vaters im Ohr.

»Wir haben keine Gesellschaft bekämpft, sondern den Terror der Normalität«, mischt sich der Gestreifte von rechts ein.

Ich sage nichts.

Professor Melchior beugt sich vor.

»Ich weiß nicht, ob Sie über die jüngsten Entwicklungen *vor* Ihrer fürchterlichen Hinrichtung auf dem Laufenden sind, Juliane. Aber die Normalität hatte zuletzt die Schrauben noch mehr angezogen. Alle Studenten ohne ID-Armband wurden von der Universität verwiesen. Und ich bekam Berufsverbot.«

»Das wusste ich nicht«, sage ich. »Ich war... woanders.«

»Ich hatte davon gehört«, sagt Professor Melchior und an seinem Tonfall erkenne ich sofort, *von wem* er das gehört haben muss. »Ich jedenfalls hatte meine Studenten zu mir eingeladen, um unsere Vorlesungen und Seminare in der Pheenfrage privat fortzusetzen. Denken Sie, ein einziger Student mit Armband hat mich jemals besucht? Hat sich für mein Schicksal interessiert?«

In seinen Augen sehe ich den Hauch jener Empörung, die mich an den netten Professor von früher erinnert.

»Das tut mir sehr leid«, sage ich. »Ich verstehe Ihre Abneigung gegen die Normalität sehr gut. Ich kann nur nicht behaupten, dass mir Ihre Vorgehensweise gefällt. Sie kommt mir... eben irgendwie sehr bekannt vor.«

Er winkt ab. »Das ist doch alles nichtig im Vergleich zu anderen Schicksalen. Erlauben Sie mir, Ihnen weiter zu berichten. Es dauerte nicht lange und dann wurde auch mein kleiner privater Kreis verboten. Es war ihnen nicht zu grotesk, irgendwann die Polizei vor meine Tür zu postieren, um die erscheinenden Studenten zu verhaften, weil sie damit gegen ein schnell zusammengeschustertes Gesetz verstießen. Ich warnte die jungen Leute davor, mich aufzusuchen, aber fast alle sagten, dass sie sich von so etwas nicht einschüchtern lassen. Was danach kam, war allerdings schrecklich.« Er schluckt. »Ich habe die meisten von ihnen nicht wiedergesehen. Nur einige wenige habe ich später zu meiner großen Freude hier, bei uns, wiedergetroffen. Das hat mich unvorstellbar glücklich gemacht.«

Ich nicke. Während wir reden, haben die drei anderen ihr Risotto aufgegessen. Der Klecks auf meinem Teller ist längst kalt geworden ist. Trotzdem will ich nicht, dass er abgeräumt wird, und löffele ihn rasch in meinen Mund.

Ist Ivan auch irgendwo hier? Bin ich näher an ihm und Ksü, als ich die ganze Zeit gedacht habe? Ich muss Gelegenheit finden, mit dem Professor unter vier Augen zu sprechen.

»Es gab ein kleines makabres Detail«, sagt er und wischt sich mit der bestickten Serviette den Mund ab. »Als die Nachricht von Ihrer Verhaftung über alle Medien ging, wurde mein Arbeitsverbot kurzzeitig aufgehoben.«

Ich warte höflich ab, bis er fertig gesprochen hat. Meine Gedanken driften ab.

»Können Sie sich vorstellen, welche Stelle mir da angeboten wurde?«, fragt der Professor.

Ich schüttele den Kopf und hoffe sehr, dass er von diesem Thema schnell wieder wegkommt.

»Ich sollte im Dementio als Pheenexperte den Befragungen beiwohnen«, sagt er triumphierend. »Ich mutmaße, auch als Pheenrechtler. Am Anfang war noch die Rede davon, dass Sie als Minderjährige besonderer Schonung bedurften, andererseits galten Sie als besonders gefährlich, Sie waren ja *das* Symbol schlechthin für die Gefahr, die von Pheen ausging.«

»Ach, wirklich?«, sage ich, in der Tat überrascht. »Und warum haben Sie die Stelle nicht angenommen?«

»Woher wissen Sie, dass ich nicht dabei war? Angeblich wurden Sie den Experten geblendet vorgeführt.«

»Ich kann mir gut Stimmen merken.«

»Ach ja.« Er nickt, als würde es ihm sofort einleuchten.

»Nein, ich wollte mich an diesem Verbrechen nicht beteiligen. Ich habe abgelehnt.«

»Dabei hätten Sie mir vielleicht helfen können«, sage ich. »So zu tun, als ob Sie kooperieren würden, und mir in Wirklichkeit zur Flucht verhelfen.« Und plötzlich denke ich: Vielleicht hatte Ivan genau das vor.

»Ich muss gestehen, dass ich daran gedacht hatte«, sagt Professor Melchior. »Aber bedenken Sie bitte, was für einen verheerenden Einfluss das auf unser Bild in der Öffentlichkeit gehabt hätte. Stellen Sie sich das vor – der Pheenrechtler wird im Dementio engagiert und wenig später ist die junge Phee tot.«

»Furchtbar«, sage ich sarkastisch.

»Trotzdem dachte ich immer wieder darüber nach, denn so hätte ich ja wenigstens eine Möglichkeit gehabt, einen Blick auf Sie zu werfen und in der Tat etwas zur Verbesserung Ihrer Haftbedingungen beitragen zu können. Aber wissen Sie, es war bereits die Zeit, in der man sich auf gar nichts mehr verlassen konnte. Die Normalität war in einer großen Krise. Es gab viele Einstürze und vereinzelte Fälle, wo Normale und Freaks die Plätze getauscht hatten. Vielleicht wollte man auch einfach jemanden wie mich ins Boot holen … Jedenfalls überlegte ich einen Tick zu lange. Zu dem Zeitpunkt waren Sie schon verurteilt.«

»Hm«, murmele ich und denke die ganze Zeit: Soll ich ihn vielleicht jetzt auf Ivan ansprechen oder lieber nicht? Weiß der Professor, dass sein früherer Student bei den Befragungen dabei war? Wurde Ivan genau aus dem Grund ins Dementio geholt – als Pheenexperte und Pheenrechtler?

Ich weiß überhaupt nicht mehr, was ich noch denken soll.

»Ich wusste selbstverständlich, dass Sie nicht sterben können.« Der Professor beugt sich vor und blickt über den Brillenrand in meine Augen. »Und als der Wald dann begann, die Normalität zu bedrängen, fühlten wir uns alle gestärkt in dem, was wir tun. Wir wussten, dass es nicht nur uns, sondern auch die Stadt retten konnte. Dass das, was wir tun, im Sinne der Pheen war.«

»Hat der Wald Sie nicht auch bedrängt?«, frage ich. »Gehen Sie wirklich davon aus, dass er Ihre Häuser und Ihre Leute schonen wird?«

Der Professor lächelt. Eben noch hatte er ein runzliges, fast gutmütiges Gesicht. Jetzt strahlt er etwas Blutrünstiges aus.

»Wissen Sie«, sagt er. »Natürlich gibt es auch auf unserer Seite Verluste, herbe Verluste. Aber das wird uns nicht aufhalten können. Denn erstens klammern wir Freaks uns nicht so verzweifelt an das Leben, geschweige denn an den Besitz. Wir sind nicht nur leidensfähiger, sondern auch jederzeit bereit, alles zu verlieren. Insbesondere wenn es etwas gibt, wofür es sich zu kämpfen lohnt. Und außerdem«, jetzt wird sein Gesicht plötzlich ganz leer, als wären alle Gefühle daraus fortgeweht worden, »außerdem hatten die meisten von uns auch gar nicht so viel zu verlieren.«

Quadrum

Nach dem Abendessen schleiche ich durch die Villa auf der Suche nach dem Professor, um ihn endlich unter vier Augen nach Ivan zu fragen. Dabei springen mir die Dinge ins Auge, die einen Hinweis auf das frühere Leben in diesen Wänden geben: die abgerissene Garderobe, die in einer Ecke steht, geblümte Bettbezüge, die jemand gnadenlos in Fetzen gerissen hat, um wahrscheinlich seine Stiefel damit zu putzen, eine Rassel unter einem Schrank, gemusterte Krawatten, die zusammengebunden wurden – den Sinn dieser Übung kann ich nicht erkennen –, aber nichts ist so schlimm, wie auf der Blümchentapete im Eingangsbereich mein eigenes Bild in einem vergoldeten Rahmen zu entdecken.

Das Foto, das von dem Fahndungsplakat stammt, kommt mir fremder denn je vor, obwohl ich es so oft gesehen habe. Die Ränder sind schief, sie wurden wahrscheinlich hastig zurechtgebogen, damit das Bild in den Rahmen passt. Ich nehme es ab und drehe es um, löse die Verschlüsse und die durchsichtige Vorderseite. Das Foto ist auf schlechtem Papier gedruckt, es klebt fest, aber es interessiert mich nicht. Derjenige, der es hier eingesetzt hat, hat sich nicht einmal die Mühe gemacht, das Bild wegzuwerfen, das vorher drin gewesen ist und jetzt unter meinen runden Wangen zum Vorschein kommt.

Ich schaue in fünf Gesichter: ein Mann mit Schnurrbart, eine Frau mit blondem kinnlangem Haarschnitt, drei Kinder. Das jüngste ist noch ganz klein, ein winziges Bündel im Strampelanzug im Arm seiner Mutter. Der Mann guckt streng, aber seine Frau lächelt und die beiden größeren Kinder, ein Junge und ein Mädchen, blicken ernst in die Kamera. Trotzdem sehen sie aus wie Kinder, die nicht davon ausgehen, dass ihnen etwas Schlimmes widerfahren kann.

Ich schaue jeden von ihnen einzeln an, als könnte mir das Bild irgendetwas darüber verraten, wo sie jetzt sind, als könnte ich nachfühlen, was diejenigen von ihnen, die noch am Leben sind, jetzt wohl empfinden. Das Gesicht des Mannes kommt mir bekannt vor, ich habe ihn sicher auch schon einmal in der Zeitung oder im Fernsehen gesehen.

Ich knülle mein Foto zusammen und stecke es in die Tasche. Dann höre ich ein Hüsteln hinter mir und drehe mich mit aufflammenden Wangen um, als hätte mich jemand bei etwas Unanständigem ertappt. Eine Weile schaue ich ratlos in die Gegend, bis ich kapiere, dass ich den Blick nach unten richten muss. Ich brauche Professor Melchior für ein vertrautes Gespräch nicht mehr zu suchen – er hat mich bereits gefunden.

»Ich kann mir vorstellen, was gerade in Ihnen vorgeht«, sagt er, mich von unten betrachtend. Sein Bart liegt wie ein Schal um seine Schultern und ich kämpfe gegen den albernen Wunsch, mal kurz daran zu ziehen. Ich fürchte, dass meine neue Selbstbeherrschung Risse bekommt und ich sehr bald Dinge tun werde, die ich noch bereue. Ich darf hier nicht länger bleiben.

»Wirklich?«, frage ich.

»Das ist leider immer so.« Er seufzt und schiebt den Bartzipfel auf der Schulter zurecht. »Sie haben ein gutes Herz und denken an die Kinder der Normalität, deren Welt zusammenbricht. Sie denken aus nachvollziehbaren Gründen nicht an die Kinder der Freaks, denen der Zugang zur Ausbildung und zu einem würdigen Leben lange Zeit weitgehend verwehrt wurde. Diese Kinder erwartet jetzt eine strahlende Zukunft, sie brauchen sicher kein nachträgliches Mitleid. Denken Sie dann wenigstens an Ihre hochverehrte Frau Mutter. Welches Leid musste sie erfahren? Wer weiß es besser als Sie?«

Ich weiß es eigentlich gar nicht, denke ich. Je mehr Zeit vergeht, desto weniger weiß ich über das angebliche Leid meiner Mutter. Oder desto weniger bin ich geneigt zu glauben, dass irgendjemand außer ihr irgendetwas von ihrem Leid versteht. Oder überhaupt irgendetwas über sie weiß. Sie hat sicher für alles, was sie tat, ihre Gründe gehabt. Und irgendwann werde ich sie herausfinden.

»Ich möchte nicht, dass meine blöden Fotos hier rumhängen«, sage ich. »Das ist unglaublich albern, verstehen Sie das?«

»Ja, das verstehe ich.« Er lächelt mich an. »Sie sind eine echte Phee. Sie mögen kein Aufheben um sich machen. Sie sind nicht eitel. Das alles sind großartige Eigenschaften. Aber wir brauchen Sie. Dass Sie Ihre eigene Hinrichtung überlebt haben, sorgt dafür, dass wir alle Berge versetzen können, um die alte Ordnung zu zerstören.«

»Professor Melchior«, werfe ich in seine Atempause hinein. »Erinnern Sie sich an Ihren Studenten Ivan Okasaka?«

»Ob ich mich erinnere?« Er wirft den Bart empört von einer Schulter zur anderen. »Ob ich mich an einen meiner begabtesten Studenten erinnere? Armer junger Mann mit einem unglaublichen Schicksal. Ebenfalls ein Opfer der Normalität – wenn Sie noch ein Beispiel brauchen, um den Verbleib in dieser Villa ertragen zu können.«

»Haben Sie in der letzten Zeit irgendetwas von ihm gehört?«, frage ich. Mein Herz klopft plötzlich so, dass ich das Blut in den Ohren rauschen höre. Ich gebe mir größte Mühe, so zu sprechen wie bisher, bin mir aber dessen bewusst, dass meine Stimme jetzt ganz verändert klingt, hoch und aufgeregt.

»Wie schön, dass Sie sich nach ihm erkundigen.« Professor Melchior sieht mich gütig an. »Früher habe ich mich oft gefragt, was mit ihm passiert ist. Ich hatte gehört, dass er und seine Schwester spurlos verschwunden waren. Ich befürchtete ehrlich gesagt das Schlimmste.«

Er weiß nicht, dass Ivan mit uns im Wald war, denke ich. Nach seiner Rückkehr ist Ivan offenbar nicht mehr in die Uni gegangen. Oder hat er es versucht – und war plötzlich nicht mehr normal genug?

»Waren Sie denn die ganze Zeit gut zu erreichen?«, frage ich vorsichtig. »Wenn er wieder da gewesen wäre, hätte er Gelegenheit gehabt, Sie wiederzufinden?«

»Wie gesagt, ich bekam sehr bald nach unserem Kennenlernen in meinem Büro ein Berufsverbot und alle Studenten ohne ID-Armband wurden exmatrikuliert. Nicht alle hatten meine Privatadresse … Nicht alle wollten eine Verhaftung riskieren.

»Ivan hatte ein ID-Armband«, sage ich heiser.

»Ja, richtig.« Professor Melchior mustert mich nachdenklich. »Er stammt aus einer Freakfamilie, hatte aber einen Sonderstatus. Es hatte mit dem schlimmen Unfall zu tun, durch den er und seine Schwester die Eltern verloren hatten.«

»Ja«, sage ich. »Wissen Sie mehr darüber?«

»Nein, mein liebes Kind«, sagt er. Ich hätte mit dieser Anrede aus diesem Mund nicht mehr gerechnet. »Herr Okasaka war niemand, der einem seine persönlichen Verhältnisse unter die Nase rieb. Er war äußerst diskret und zurückhaltend, wenn auch fachlich brillant. Wäre er nicht eindeutig männlich und nachgewiesenermaßen von der Abstammung her ein Freak gewesen, hätte ich aufgrund seiner Geheimniskrämerei unterstellt, dass er Pheenblut hatte. Das war ein Spaß«, fügt er schnell hinzu, nachdem er meinen Gesichtsausdruck sieht. »Aber warum fragen Sie ihn nicht selbst?«

»Selbst?«, frage ich und lehne mich gegen die Wand. Auf einmal bin ich so erschöpft, dass ich am liebsten in das geblümte Schlafzimmer gehen und mich ins Bett verkriechen würde.

»Ja, denn Herr Okasaka beteiligt sich an den Kampfmaßnahmen und meldet sich regelmäßig hier im Hauptquartier. Bei der nächsten Gelegenheit werde ich ihm gern ausrichten, dass Sie sich mit ihm unterhalten möchten. Ich wünsche Ihnen noch eine entspannte Nacht.«

Er nickt mir zu, öffnet die Tür einen Spalt und schlüpft nach draußen.

Aber ich weiß, dass ich heute hier nicht schlafen werde. Ich möchte keine Sekunde länger in diesem Haus bleiben. Ivan weiß also, dass ich hier bin, ist regelmäßig hier und geht mir dabei konsequent aus dem Weg. Ich will mir nichts mehr vormachen: Er hat keine Lust, mich zu sehen. Und diese Erkenntnis reißt mich aus der Starre, die mich in diesem Haus gehalten hat.

In der Nacht sitze ich auf der Treppe, warte ab, bis die einstige Luxusküche sich geleert hat, und schleiche mich hinein. Ich packe Kekse und Vitaminriegel ein, Suppen- und Puddingpulver, die man mit Wasser verrühren muss, schiebe die gehorteten Medikamente unter meine Jacke und schaue aus dem Fenster. Irgendwo draußen knallt es, der Himmel wird hell erleuchtet. In den anderen Räumen ist noch Betrieb, Freaks kommen und gehen, ich drücke mich in eine Ecke, damit sie mich nicht entdecken.

Ich beschließe, noch ein wenig zu warten. Irgendwann müssen sie doch schlafen.

Ich gehe hoch in mein Zimmer und lege mich trotz früherer Vorsätze hin. Erst will ich mich nicht zudecken, weil ich fürchte, dass ich dann sofort wegdämmere und nicht rechtzeitig aufwache. Außerdem habe ich das Gefühl, mich nicht entspannen zu dürfen, immer auf der Lauer sein zu müssen.

Es kommt genau, wie befürchtet: Mein Wille reicht nicht aus, ich strecke mich aus, ziehe mir die Decke über den Kopf und bin sofort weg. Aber zum Ausruhen komme ich auch nicht, weil das Kleinkind auf meiner Brust sitzt und mir mit den Fingern die Augen zu öffnen versucht. Ich schüttele den Kopf und versuche, es abzuwerfen.

»Lern endlich richtig sprechen«, schimpfe ich. Dann sehe ich mich um und fahre mit einem Schrei hoch. Neben mir im Bett liegt eine Frau – die Blonde von dem Foto, ich erkenne sie sofort, ihr Haar schimmert im Mondlicht.

Ich denke zwar, dass ich schon einiges hinter mir habe, aber mich neben einer Frau im Bett wiederzufinden, gehört zu dem Gruseligsten, was ich erlebt habe. Sie liegt auf dem Rücken, ihre Augen sind geschlossen und sie lächelt im Schlaf.

Das Kind muss nicht mehr an mir zerren. Ich springe ganz von allein aus dem Bett und laufe hinter ihm her, Hauptsache, ich komme aus diesem Zimmer heraus. Und dann renne ich durch das Haus, wie es einmal gewesen ist.

Es ist kaum zu ertragen, jetzt hier zu sein. Ich laufe über den Flur, passe auf, an keiner Tür zu halten, hinter der ein Kind im Schlaf atmet, das mich an meine Geschwister erinnern könnte. Sehe die Garderobe an ihrem Platz, die ordentlich aufgehängten bunten Mäntel, den kleinen runden Beistelltisch, den ich schön finde, darauf eine runde Vase, in der Vase Blumen. Ich greife nach einem Blütenblatt und zerreibe es zwischen den Fingern. Erstaunt stelle ich fest, dass es echt ist.

Echte Blumen. Vielleicht gibt es hier ja auch … ich weiß, dass ich die Villa jetzt doch nicht so schnell verlassen werde. Ich will das Quadrum finden, von dem ich fester denn je überzeugt bin, dass die Familie eins besitzt. Und da es sich in meinem Traum nicht um die Gegenwart handelt, ist es bestimmt noch nicht verbrannt.

Es ist eine beklemmende Suche. Ich gehe davon aus, dass das Quadrum nicht an prominentester Stelle hängt, aber auch nicht ganz versteckt ist. Ich laufe den Flur ab, schaue in die vorderen Salons, auf die sich sanft im Wind bewegenden Falten der Gardinen, die farblich perfekt zu den Sesselpolstern passenden Kissen. Hier ist es nicht. In den Kinderzimmern will ich als Letztes nachschauen. Dann entdecke ich es aber in einem der hintersten Zimmer, an der Wand, in einem schlichten Rahmen.

Ich höre mich selber lachen. Das Quadrum ist heil.

Es ist von mittlerer Größe, ich erkenne die Handschrift meiner Mutter sofort. Darauf eine Lichtung, umrahmt von blühenden Sträuchern. Ich weiß nicht, ob meine Sehnsucht oder meine Angst größer ist. Ich schüttele mich wie ein nasser Hund, um alles abzuwerfen, was mich daran hindern würde, durch diesen Rahmen zu meiner Mutter zu kommen.

Dann gehe ich vor dem Kind in die Knie.

»Klettere auf meinen Rücken«, sage ich. Es nickt, schlingt die Beine um mich und umfasst meine Schultern von hinten mit seinen Ärmchen. Ich stehe langsam auf, das Kind hängt wie ein Rucksack da und ich sage: »Aber wenn du mir den Hals zudrückst, werfe ich dich ab.«

Ich springe in dieses Quadrum hinein, gefasst auf die Flammen, die mir bestimmt gleich das Gesicht versengen, lande aber auf dem feuchten Boden mit der Nase im Laub. Ich bin glücklich – der Wald ist noch da, grün und unversehrt. Es ist der Wald aus der Vergangenheit, den ich noch nicht angezündet habe.

Das Kind sitzt neben mir und schaufelt das Laub mit beiden Händen zusammen und wirft es lachend in die Luft.

»Steh auf, wir gehen weiter«, sage ich. »Ich habe keine Zeit zu verlieren.«

»Mama auch hier«, sagt es streng.

»Zieh Leine«, sage ich erschöpft.

Es setzt sich auf den Boden, sperrt den Mund auf und beginnt zu heulen. Es ist ein fürchterliches Geräusch. Ich halte mir die Ohren zu, aber es bringt nicht viel. Es geht mir trotzdem durch Mark und Bein.

»Hörst du sofort auf!«, brülle ich zurück und versuche, es an einer Hand hochzuziehen.

Es reißt seine Hand weg, springt auf die Füße und rennt davon. Ich überlege, ob ich hinterherlaufe, aber es ist blitzschnell wie ein Hase zwischen den Bäumen verschwunden. Ich habe keine Chance, es wiederzufinden. Ich akzeptiere es sofort. Eine Last weniger. Es ist nicht meine Schuld. Ich habe schon genug mit der aktuellen Version von mir zu tun.

Ich bin erleichtert, dass der Wald, der frühere jedenfalls, mich nicht rausschmeißt, sondern mich wohlwollend aufnimmt. Keine Zweige peitschen mir ins Gesicht, das Gras fällt zur Seite und lässt mich durch, ich rutsche auf dem feuchten Laub nicht aus, ich habe das Gefühl, den Weg zum Haus genau zu kennen. Ich laufe drauflos und erst nach ein paar Schritten fällt mir ein, dass ich mir überhaupt keine Sorgen um das Kind mache und deswegen ein schlechtes Gewissen haben müsste. Habe ich aber nicht. Es kommt schon zurecht, denke ich. Schließlich war es schon in schlimmeren Gegenden unterwegs.

Es ist genau das Haus, wie ich es in Erinnerung habe, aus dicken Holzstämmen, die Veranda mit den feuchten Brettern, diesmal hängt nichts zum Trocknen über das Geländer, weil es nämlich gerade regnet. Ich registriere, dass es der erste Regen überhaupt ist, den ich im Wald erlebe, und laufe schneller, weil es mir in den Kragen tropft und meine Schuhe blitzschnell voll mit Wasser sind. Ich laufe die Treppenstufen hoch und klopfe an die Tür, als wäre es nicht das Haus meiner Mutter, das ich betreten möchte, als müsste ich erst einmal um Erlaubnis bitten. Dann warte ich aber doch keine Antwort ab, reiße die Tür auf und stolpere hinein.

Sie sitzen am Tisch und essen, Laura, Kassie und Jaro. Bin ich auch dabei? Zum Glück nicht, mein Platz am Tisch ist leer. Allerdings ist davor gedeckt: Es steht ein Teller da, daneben liegt ein Löffel. Der Teller ist leer.

Meine Geschwister springen auf, als ich hereinkomme. Laura bleibt sitzen und ich kann meinen Blick nicht von ihrem Gesicht abwenden. Ich will jetzt nicht daran denken, dass es eben gar nicht die Gegenwart ist, in die ich hereingestolpert komme. Hier sind sie alle wohlauf und sie freuen sich, mich zu sehen. Die Zwillinge fallen mir nacheinander um den Hals, ich spüre die Wärme ihrer etwas feuchten, duftenden Haut, die Kraft ihrer mich umschlingenden Arme, ihr Gewicht, mit dem sie sich ohne jede Rücksicht an mich hängen. Es ist so lange her, dass ich sie gesehen habe, ich kann mich nicht mehr genau erinnern, aber jetzt kommt es mir vor, als ob sie etwas größer und schwerer geworden sind. Ich umarme sie beide gleichzeitig und drücke sie fest an mich. Als ich wieder aufsehe, steht Laura vor mir und ich falle ihr in die Arme.

»Verzeih«, sage ich und drücke meine Stirn gegen ihre Schulter. »Ich habe einen furchtbaren Fehler gemacht, verzeih.« Kann sie denn wissen, was gemeint ist? Sie scheint mich zumindest zu verstehen.

»Ist gut«, sagt sie. »Setz dich und iss mit uns.«

»Ich bin so blöd gewesen«, sage ich. »Ich habe alles kaputt gemacht.«

»Nein«, sagt sie. Erstaunt sehe ich, dass sie lächelt.

»Aber der Brand?«, frage ich. »Ist der Wald nicht verbrannt?«

»Nein«, sagt sie, streckt die Hand aus und wischt mir mit dem Zeigefinger über die Nase. Dann zeigt sie mir die Fingerkuppe, die sich schwarz verfärbt hat. »Aber du musst aufpassen«, sagt sie.

Ich will weiter fragen, worauf ich jetzt genau aufpassen soll und warum sie mir das sagt, aber sie legt mir den Arm um die Schultern, macht den Zwillingen ein Zeichen, dass sie mich loslassen, und führt mich zum Tisch. Ich setze mich an meinen Platz, greife nach dem Löffel. Die anderen nehmen ihre Plätze ein. Laura angelt die Schöpfkelle aus dem Topf und füllt heiße Suppe in meinen Teller. Ich führe den Löffel zum Mund, spüre, wie der Duft mich ausfüllt und mir das Gefühl gibt, alles könnte wieder gut werden. Sobald ich runterschlucke, fühle ich mich gestärkt. Blitzschnell habe ich meinen Teller geleert, nun bin auf einmal sehr müde und würde mich am liebsten hinlegen und endlich einschlafen – ohne Träume und wilde Herumrennerei.

»Du kannst dich sofort hinlegen«, sagt Laura. Entweder sie kann neuerdings meine Gedanken lesen oder … ich habe mein Gähnen dann doch nicht hinter meiner Hand verbergen können.

»Ich kann mich nicht hinlegen«, wehre ich müde ab. »Ich habe es eilig. Ich muss weiter. Hast du eine Ahnung, was da draußen los ist?«

»Ja«, sagt sie ernst.

»Draußen brennt auch alles.«

»Ja«, sagt sie.

»Und warum tust du dann nichts?«, brause ich plötzlich auf, um sofort wieder zusammenzusinken, weil mir der Grund einfällt. »Weil ich den Wald in Brand gesetzt habe und das Feuer griff auf die Quadren über und hat sie zerstört. Deswegen bist du hier gefangen.«

Sie schüttelt traurig den Kopf.

»Nein? Du greifst viel eher nicht ein, weil du eine Phee bist und weil es dir letztendlich egal ist, was mit den Normalen und den Freaks da draußen passiert«, sage ich. »Du hättest es gern anders, aber in Wahrheit ist es dir egal. Du willst nur deine Ruhe.«

Sie schaut mich an, sagt nicht Ja, widerspricht mir aber auch nicht.

»Hätte mich das Kind nicht in diese andere Zeit geholt, in der ich ein unzerstörtes Quadrum gefunden hatte, hätten wir uns womöglich nie wiedergesehen«, sage ich verzweifelt. »Wir wären für immer getrennt. Wäre dir auch das egal gewesen?«

»Wie soll man uns trennen können?«, fragt Laura, als verstünde sie es wirklich nicht.

Ich sehe sie misstrauisch an.

»Und welche Zeit ist es gerade, in der wir uns hier befinden? Vergangenheit, Gegenwart? Oder vielleicht sogar …« Ich wage kaum, es auszusprechen. »Zukunft?«

»Juli, im Wald gibt es keine Zeit«, sagt Laura.

»Aber ich habe hier Szenen aus der Vergangenheit gesehen!«, protestiere ich.

»Du kannst hier alles Mögliche sehen. Weil es die Zeit nicht gibt.«

»Ich habe ein Kind getroffen, das ich selber bin!«, brülle ich.

Laura lächelt.

»Das ist nicht komisch!«

»Doch. Der Wald ist groß genug für alle. Ich würde es allerdings vorziehen, mir selber aus dem Weg zu gehen.«

»Ich verstehe es nicht«, sage ich verzweifelt. »Kapiert ihr es denn?«, richte ich mich an die Zwillinge. Doch, sie sind wirklich größer geworden seit dem letzten Mal. Sie nicken gleichzeitig. Soll meine Mutter erzählen, was sie will – ich bin mir auf einmal sicher, dass ich hier einer zukünftigen Version meiner Familie gegenübersitze. Warum ist mein Platz leer, gibt es mich hier nicht mehr?

»Vielleicht bin ich zu doof dazu«, sage ich. »Ihr versteht es, weil ihr Pheen seid. Und ich bin zu normal.«

Kassie und Jaro schauen mich an. Ich habe diesen vollkommen identischen Ausdruck in ihren Gesichtern noch nie gesehen. Sie wissen etwas Neues über mich, und das verheißt nichts Gutes. Wahrscheinlich eben, dass ich normal bin. Eine Enttäuschung. Eine Hochstaplerin, die draußen als Erlöserin gefeiert wird. Keine Phee würde sich das gefallen lassen. Deswegen gibt es dort auch keine Pheen mehr. Es ist ihnen zu lästig geworden.

Ich stehe auf und gehe zum Fenster, schaue hinaus in den rauschenden Wald.

»Ich muss zurück«, sage ich. »Im Gegensatz zu euch habe ich draußen noch jemanden, der mir etwas bedeutet. Wie komme ich bloß hier wieder raus? Das kleine Kind, ich meine, ich selbst, hat mich im Hauptquartier in eine andere Zeit geführt, wo ich ein unzerstörtes Quadrum gefunden habe. Jetzt ist das Kind aber abgehauen.«

Muss Laura ausgerechnet jetzt so versonnen lächeln und »Ja, das hast du früher immer getan« sagen?

»Woher habe ich die Narben, Laura?«, frage ich, ohne sie anzusehen. Ich denke nicht einmal daran, dass es besser wäre, diese Frage unter vier Augen zu stellen. Ich will es jetzt auf der Stelle erfahren. »Ich bin als Kind gar nicht hingefallen. Es gab auch keinen Unfall, wie Ingrid mir früher erzählt hat. Hatte ich wirklich Flügel, wie es alle da draußen zu wissen scheinen?«

Laura steht auf und kommt an meine Seite. Ich bin ihr dankbar dafür, dass sie mich jetzt nicht anfasst. Ich will kein Mutter-Tochter-Gespräch mit Tränen und Umarmung. Ich will Information.

»Ja, so was in der Art«, sagt Laura.

Ich nicke, ohne mich zu ihr umzudrehen. Und stelle mechanisch fest, dass in diesem Moment der unglaubliche Juckreiz auf meinen Schulterblättern aufgehört hat.

»Und jemand hat sie mir abgeschnitten«, sage ich, auch meine Stimme klingt mechanisch und hohl wie bei einem Roboter.

Jetzt nickt sie und ihr Gesicht verzerrt sich.

»Ich bin die Missbildung, die man operiert hat, um ihr ein normales Leben zu ermöglichen«, sage ich. »Mein richtiger Vater wollte wenigstens das für mich tun, damit ich nicht so auffalle, bevor er uns beide sitzen gelassen hat.«

Ich wünsche mir dringend, dass Laura mir ins Wort fällt und sagt, die Formulierung sei unmöglich. Aber sie widerspricht mir nicht.

»Hätte ich fliegen können?«, brülle ich plötzlich los. Dann

sehe ich mich um, blicke beschämt in die Gesichter meiner Geschwister. Aber sie schauen mir ruhig und ernst entgegen. Ich atme wieder aus, spüre, wie die Hitze sich wieder von meinen Wangen in mein Inneres zurückzieht. »War ich eine Phee?«

»Eine Phee ist der Wald in Menschengestalt«, sagt Laura.

»Jaja, natürlich. Aber was bedeutet das? Sind Kinder von Pheen und Normalen Mischwesen aus Wald und Mensch? Bin ich das? Was haben die mit meinen Flügeln getan?«

»Die Kinder sind der Versuch des Waldes, mit den Menschen zu leben«, sagt Laura.

»Auch ich? Bin ich auch ein Versuch des Waldes?«

»Nein«, sagt Laura. »Du bist das Kind, bei dem der Wald gezeigt hat, dass es kein Zusammenleben mehr geben kann. Du bist das Kind, vor dem sich die Normalität die ganze Zeit gefürchtet hat. Die Ängste sind viel älter als du selbst und du kannst sie in alten Märchenbüchern finden.«

»Bin ich dafür da, um Dinge zu zerstören?«, frage ich. Wieder sehne ich den Widerspruch herbei, wieder kommt er nicht.

»Was mache ich ohne meine Flügel?«, frage ich. Plötzlich fühle ich mich verstümmelt. »Bleibe ich jetzt mein Leben lang so, ein Krüppel, ohne das Wichtigste, das mich ausgemacht hat?«

Laura seufzt. »Hast du es noch nicht gemerkt?«

»Nein«, brülle ich.

»Du bist ein Quadrum, Juli.«

»*Was* bin ich?« Verstört betrachte ich meine Hände, kneife mir in die Seite, ich lasse mir doch nicht ausreden, dass ich aus Fleisch und Blut bestehe, aus Schmerz und Ungeduld, aus Zorn und Sehnsucht.

»Du bist, wie du bist«, sagt Laura erschöpft. »Aber zugleich bist du der Zugang zum Wald. »Wo immer du bist, hast du ihn mit und er kann durch dich durchbrechen.«

»Aaaach so«, sage ich gedehnt, in einem hilflosen Versuch, diesem unglaublichen Gespräch mit Spott zu begegnen. Merke aber, ohne dass ich etwas dagegen tun könnte, dass langsam, aber sicher das Licht um mich ausgeht: Ich werde ohnmächtig.

Die Flucht

Ich komme im Himmelbett im Schlafzimmer mit der geblümten Tapete wieder zu mir. Es ist ein körperlicher Schmerz, Laura, Kassie und Jaro nicht mehr sehen zu können. Ich hatte mit meinen Geschwistern gar nicht richtig gesprochen. Ich habe sie kaum umarmt. Ich hatte wieder einmal mit meiner Mutter gestritten und sie dabei nicht einmal richtig angeschaut.

Sie hat endlich mit mir gesprochen. Mir allerdings auch Dinge gesagt, die nicht in meinen Kopf hineinpassen wollen. Ich verrenke meine Arme, um nach den Narben zu fühlen. Sie sind noch da, die vertrauten feinen geraden Erhebungen über der Haut.

Ich bin ein Quadrum. Der Zugang.

Das klingt nach Möglichkeiten. Warum liege ich dann immer noch da und überlege, wie ich mich hinausschleichen kann? Ich hatte meiner Mutter an den Kopf geworfen, dass ich hier draußen noch gebraucht werde. Dass es da jemanden gibt, der mich braucht. Jetzt muss ich den Worten Taten folgen lassen.

Ich setze mich im Bett auf.

Das Kind ist nicht da – es kommt nur im Traum zu mir. Es gibt niemanden, der mich rufen und leiten würde. Ich muss es allein schaffen. Das Kind bin ich, aber es weiß viel mehr als ich, obwohl es so klein ist.

Ich gehe zum Fenster und schaue hinaus in den Garten. Es kommt mir so vor, als wäre die eben noch so ordentliche Wiese überzogen von jungen Bäumchen, die mich an durchbrechende Milchzähne erinnern. Ist es das, was meine Mutter gemeint hat – der Wald kommt durch mich?

Ich packe die vorbereiteten Sachen zusammen und schließe die Tür lautlos hinter mir. Ich muss dringend zu Ksü und Ivan und anschließend werde ich auch bei Ingrid und Reto vorbeischauen. Ein paar letzte Worte sind fällig.

Ich ziehe mir die Kapuze über den Kopf. Obwohl es tiefste Nacht ist, schläft das Haus immer noch nicht. Ich höre Stimmen und Schritte, permanentes Kommen und Gehen, bloß hier oben ist es leise, vielleicht wollen sie mich in Ruhe schlafen lassen. Ich denke an meinen Spaziergang mit dem Kind zurück, an die Gänge, die ich dabei entdeckt hatte. Hier muss irgendwo ein Notausgang sein. Ich schließe die Augen, versuche, mich zu erinnern. Dann weiß ich wieder, wohin ich gehen muss.

Eine versteckte Tür führt hinaus auf einen winzigen Balkon, von dem sich eine Wendeltreppe hinunterschlängelt. Es ist kühler geworden. Meine Finger, die sich am Geländer festkrallen, werden sofort kalt.

Die Stufen sind schmal und ich habe das Gefühl, dass die ganze Konstruktion wackelt. Ich steige hinab, halte jedes Mal inne, wenn es quietscht.

Wovor habe ich Angst? Dass sie mich aufhalten könnten?

Ich atme aus, als ich den Boden unter den Füßen spüre. Von unten sieht die Anlage aus wie ein kleiner Park. Die Blumenbeete werden langsam überwuchert. Kleine Nadelbäume mit noch zarten, weichen Nadeln verdrängen langsam die sorgfältig zurechtgeschnittenen Rosen.

Ich versuche, mich zu orientieren. Dann laufe ich in Richtung des weiter entfernten Zauns.

Als ich Schritte hinter mir höre, renne ich schneller. Jemand verfolgt mich. Bis seine Stimme meinen Namen ruft. Ich bleibe sofort stehen, drehe mich um und er prallt gegen mich.

»Ivan«, sage ich, nicht wirklich überrascht.

Beim Zusammenstoß sind wir beide zu Boden gegangen. Er steht als Erster auf und gibt mir die Hand, um mich hochzuziehen.

»Was machst du hier?«, frage ich atemlos.

»Wo willst du hin?«, fragt er gleichzeitig.

»Ich will hier weg«, sage ich schnell. »Ich wollte zu euch. Ich will zu Ksü. Ich habe mir Sorgen gemacht. Wie gut, dass du da bist.«

Er hält immer noch meine Hand. Seine Finger sind eiskalt und er klammert sie so fest um meine, dass es wehtut. Ich sehe in sein Gesicht, die versteinerten Gesichtszüge, aufeinandergepresste Lippen. Ich würde sie gern mit meiner freien Hand berühren, aber als ich sie anhebe, schreckt er zurück, wobei er mich mit der anderen Hand immer noch festhält.

»Auf wessen Seite bist du jetzt?«, frage ich. »Bist du noch bei dem, was von der Normalität übrig geblieben ist? Oder zurück bei deinen Wurzeln, den Freaks?«

Er lächelt schmallippig.

»Okay, dann rede halt nicht mit mir. Lass mich los und zeige mir einfach den Ausgang.«

Seine Finger, die meine Hand halten, sind wie aus Stahl. Ich versuche, wenigstens meinen Daumen zu befreien und damit über seine Hand zu streicheln.

»Hilfst du mir?«, frage ich. »Wenigstens dieses eine Mal?«

Ich würde am liebsten die Augen schließen, weil ich weiß, was jetzt kommt.

Er schüttelt den Kopf.

»Und du lässt mich nicht gehen?«

Er schüttelt wieder den Kopf.

»Das warst du, der mich ans Dementio verraten hat«, sage ich. »Hast mich zu meinen Großeltern geschickt. Ich hatte sie verdächtigt, sogar Kojote. Aber das waren sie nicht. Das warst du. Dann hast du den begehrten Job bekommen.«

»Ich habe ihn nicht deswegen bekommen«, sagt Ivan und ich bin froh, dass er aufgehört hat, sich durch Kopfschütteln zu verständigen, und endlich einen vollständigen Satz zu mir sagt.

»Sondern aufgrund deiner Qualifikation.« Keine Ahnung, warum meine Stimme dabei so spöttisch klingen muss.

»Ja«, sagt er. »Und ich bin der einzige Normale, der den Zugang zum Wald benutzt hat. Ich hatte eure Welt betreten und wieder verlassen und war bereit, andere an meinen Erfahrungen teilhaben zu lassen.«

»So, so«, sage ich. »Und, konntest du wenigstens wichtige Informationen weitergeben?«

»Ich habe es immerhin geschafft, dass sie mir zuhörten. Und mir glauben, dass du gefährlich bist. Alle denken, die Pheen und der Wald stehen nur für ein paar Bäume, die die Stadt bedrängen. Dass ihr in Wirklichkeit mit unserem Unterbewussten spielt, wie ihr wollt, das wollte keiner glauben bis auf den

Anstaltsleiter. Immerhin konnte ich sie überzeugen, dir die Augen und die Hände zu verbinden.«

»Ach, du warst das«, sage ich. »Aber was hast du davon? Macht es deine Eltern wieder lebendig? Geht es Ksü dadurch besser?«

Sein Gesicht verzerrt sich vor Schmerz und ich denke, endlich sehe ich den richtigen Ivan hinter der Maske aus Abscheu und Angst. Ich habe seinen wunden Punkt getroffen. Am liebsten würde ich ihn in die Arme schließen, so sehr tut er mir leid.

Ausgerechnet jetzt lässt er meine Hand los.

»Soll ich dir was zeigen?«, fragt er und steckt die Hand in die Tasche.

Irgendwas in seiner Stimme ist so bedrohlich, dass ich einen Schritt zurückgehe. Ich denke, dass er eine Sprühdose rausholen wird, aber es ist nur ein kleines Kästchen, das er auf seine Handfläche legt und öffnet. Zwischen seinem Daumen und seinem Zeigefinger ist ein J eintätowiert, das vorher nicht da gewesen ist. Neugierig schaue ich ins Kästchen hinein. Ich sehe eine kleine zusammengerollte Schlange auf ein paar grünen Blättern.

»Was ist das?«, frage ich. Ich darf nicht in Tränen ausbrechen, wie es die frühere Juli getan hätte. Denn ich weiß sofort, was beziehungsweise wer das ist. Ich habe keine Worte und deswegen schweige ich einfach.

»Das ist Ksü«, sagt Ivan. »Das ist das, was von meiner Schwester übrig geblieben ist.«

»Nein«, sage ich wider besseres Wissen. »Das kann nicht sein.«

»Oh doch«, sagt Ivan. »Das habt ihr erreicht. Du und deine Familie habt sie mir zweimal weggenommen.«

»Das muss der Inspiro sein«, sage ich. »Wo ist Ksüs Körper? Warum hat er ihn verlassen? Was hast du mit ihr gemacht?«

»Ich?«, fragt Ivan leise. »*Ich* soll was damit gemacht haben?« Er schlägt das Kästchen zu und steckt es wieder in seine Tasche. »Ich sehe nicht ein, warum ich dich verschonen soll, nach all dem, was ihr uns angetan habt. Weißt du, dass mein Vater deine Mutter geliebt hat? Weißt du, dass ich nicht daran glaube, dass die Explosion ein Attentat war?«

Ich fühle mich, als hätte er mich ins Gesicht geschlagen.

»Das ist eine Lüge«, sage ich.

»Das ist mein Verdacht«, sagt er.

»Ich habe von der Liebe deines Vaters keine Ahnung, aber wie kannst du es wagen zu denken, meine Mutter würde durch ihre Quadren euer Haus explodieren lassen?« Und noch während ich das ausspreche, merke ich, dass ich gar nicht mehr sicher bin.

Seine Hand verschwindet wieder in seiner Tasche. Diesmal holt er etwas Rundes, Silbriges hervor und richtet es auf mich.

»Was ist das?«, frage ich. »Wirkt es wenigstens schnell?«

»Das hättest du vielleicht gern«, sagt er. »Aber am Ende bist du auf jeden Fall tot, versprochen. Du bist nämlich keine Phee, als Experte sieht man das mit bloßem Auge. Dass du noch lebst – da hast du einfach nur Glück gehabt. Glück, dass meine Familie nicht hatte.«

»Ich kann es nicht glauben«, sage ich. »Kann ich mich so in dir getäuscht haben? Weißt du eigentlich, dass ich die ganze Zeit in dich verknallt war? Dass ich darauf gewartet habe, dass du mir endlich hilfst? Du hast mir doch auch Wasser und was zu essen gebracht oder war das nicht so? Und jetzt sag nicht, dass du nur geschickt worden bist.«

»Doch«, sagt Ivan. »Ich hätte es eigentlich viel öfter tun müssen, der Leiter des Dementio hatte mich damit beauftragt, um dich bei Laune zu halten. Warum auch immer. Aber ich wollte dir nicht helfen.«

»Okay«, sage ich. »Dann drück jetzt doch endlich mal auf den Sprühkopf. Kojote hat es sich gleich gedacht, als er gesagt hat, dass du das gleiche Gas benutzt wie die Polizei.«

Ich straffe die Schultern und sehe ihn an. Schade, wenn jetzt der letzte übrig gebliebene Zugang zum Wald zerstört wird, denke ich. Der Wald wird neue Wege finden müssen. Am Ende kann man ihn nicht besiegen. Aber das alles wird nicht mehr mein Problem sein.

Ich sehe Ivans Finger zucken und bin bereit, tief einzuatmen. Da dreht er die Dose um und sprüht alles in sein eigenes Gesicht.

Es dauert lange, bis er tot ist, gefühlt eine ganze Ewigkeit. Ich weiß nicht, was ich für ihn tun kann. Er krümmt sich, aus seinem Mund kommt ein Zischen, er schüttelt den Kopf und versucht etwas Unsichtbares mit den Händen abzuwehren. Die Dose ist aus seinen Fingern herausgefallen und vor meine Füße gerollt. Ich denke daran, sie aufzuheben und noch mal zu sprühen, in der Hoffnung, dass es seinen Todeskampf abkürzt. Aber ich schaffe es doch nicht.

Wenn ich Zerstörung bringe, müsste es mir gelingen, ihn schneller zu erlösen. Ich betrachte meine hilflosen Hände. Soll ich ihn jetzt würgen? Auf seine Brust springen? Meine eigene Kaltblütigkeit entsetzt mich. Und ich fühle mich immer eisiger, je mehr Sekunden vergehen, in denen ich überlege, wie ich Ivans Qualen abkürzen kann.

Dann sehe ich in einiger Entfernung einen Steinzwerg, der von Rosen überwuchert wird, stürze zum Beet, hebe ihn ächzend hoch und lasse ihn auf Ivans Kopf fallen.

Ende.

Meine Augen sind ganz trocken, als ich die Dose aufhebe und in meine Tasche stecke. Man weiß ja nie. Dann fällt mir noch etwas ein. Ich greife in Ivans Tasche und hole das Kästchen hervor. Öffne es und gucke die winzige Schlange an.

»Willst du hier raus?«, frage ich. »Ich schätze, bald wird hier alles Wald sein.«

Ich lege das Kästchen mit dem aufgeschlagenen Deckel ins Gras. Die Schlange kriecht über den Rand und verschwindet zwischen den Grashalmen.

»Das war es«, sage ich und wische mir übers Gesicht.

Dann höre ich ein leises Rascheln. Ich hocke mich hin und sehe, dass die Schlange wieder da ist. Ich halte ihr meine Handfläche hin. Wenn sie drauf geht, hebe ich sie hoch, denke ich.

Es kitzelt, als sie sich auf meiner Handfläche zusammenrollt. Ich überlege, ob ich sie wieder ins Kästchen setzen soll, doch dann kriecht sie in meinen Ärmel und ich schiebe das leere Kästchen samt Deckel mit dem Fuß weg.

»Ksü«, sage ich laut. »Was machen wir jetzt mit Ivan?«

Ich spüre die Schlange auf meiner Haut, Unterarm, Oberarm, Schulter, Hals.

»Nicht kitzeln«, bitte ich. Dann drehe ich mich zu Ivans Körper um und erstarre. Das Gras, in das er gefallen war, eben noch kurz, steht bereits kniehoch und verbirgt ihn ganz.

Der Wald, merke ich, kümmert sich auch um die Toten.

Anstatt mir auf der hinteren Seite des Grundstücks ein Loch in der Hecke zu suchen, ändere ich plötzlich die Richtung und laufe nach vorne, dort, wo die Rosensträucher gerade von Kletten überzogen werden. Ich halte Kurs auf das gusseiserne Tor, drücke mich dabei an die Bäume, damit man mich nicht vom Haus aus auf der von Scheinwerfern beleuchteten Rasenfläche entdecken kann. Je näher ich komme, desto merkwürdiger fühlt es sich an. Ich kann nicht sehen, was sich auf der anderen Seite des Tors befindet, denn es verschwindet in der Dunkelheit, die im Kontrast zu den beleuchteten Flächen besonders düster wirkt.

Im ersten Moment habe ich das Gefühl, dort eine lebendige Wolke zu sehen oder ein riesiges schlafendes Tier. Ich schrecke zurück, drücke mich an den Zaun, bewege mich wieder vom Tor weg. Dann bleibe ich stehen und schaue angestrengt auf die schweigende, atmende Masse.

Es ist kein Tier und keine Wolke, es sind Menschen. Sie stehen dicht beieinander, es müssen ganz viele sein, sie rühren sich nicht, etwas flattert über ihren Köpfen. Ich kneife die Augen zusammen. Es ist die Haarklammer, an der ich mein früheres Gesicht erkenne. Es ist mein Foto aus dem Lyzeumsjahrbuch, ein Gesicht, das mir schon fremder geworden ist als jemand, den ich noch nie getroffen habe. Es guckt mit runden, aufgerissenen Augen von einem riesigen Transparent. Ich entdecke auch kleinere Schilder, auf denen steht »Hilf mir, kleine Phee«, »Rette uns« und »Lass unsere Welt nicht untergehen«.

Ich schlucke. Ein riesiger Kloß setzt sich in meinem Hals fest. Ausgerechnet jetzt, beim Anblick dieser handbemalten Buchstaben, könnte ich losheulen. Aber ich weiß, dass ich es nicht tun darf. Sie dürfen mich nicht entdecken. Vielleicht würden sie mich auch nicht in Stücke reißen, aber ich kann die Wucht ihrer Erwartungen und Enttäuschungen nicht ertragen, geschweige denn erfüllen.

Ich muss einfach ganz unauffällig über den Zaun klettern und davonrennen.

Ich schaue hoch. Spitze Zacken ragen in den Himmel, umwickelt mit Stacheldraht, der sicher erst in der jüngsten Zeit hinzugekommen ist. Selbst wenn ich es schaffen würde, dort hochzuklettern, würde ich aufgespießt und zerfetzt oben bleiben müssen. Was auch immer ich mir gedacht hatte – ich bin eine Gefangene wie eh und je.

Ich drücke mein Gesicht gegen den kalten Zaun. Ich kann nicht mehr, denke ich. Ich will zurück in den Wald. Ich will nicht mehr hierbleiben.

Wenn ich meine Flügel noch hätte, würde ich dann darüberfliegen können?

Und dann höre ich, wie jemand leise meinen Namen ruft.

»Kojote«, sage ich. Er steht auf der anderen Seite des Zauns und schaut mich an. Seine hellen Augen leuchten wie bei einer Katze. Er hat die Hände in den Hosentaschen, seine Haare sind jetzt neonblau und zurückgekämmt und er grinst wie früher.

Ich stelle keine dummen Fragen. Ich frage nicht, was er hier macht, wie es ihm so ergangen ist, warum seine Haare so blau sind und was das mit dem ID-Armband sollte. Ich drücke mein Gesicht gegen die Stäbe, stelle mal wieder fest, dass der Abstand viel zu klein ist, um meinen Kopf durchzulassen, und flüstere: »Bitte hilf mir hier raus.«

Er bewegt seine Lippen und seine Stimme erreicht geradeso meine Ohren.

»Du musst herausfinden, was für eine Tätowierung die Mitglieder des Hauptquartiers zwischen Mittelfinger und Daumen tragen. Sag mir Bescheid, dann kann ich hier reinkommen und dich rausholen.«

»Es ist ein J«, sage ich überrascht, während ich Ivans Hand vor Augen habe. »Einfach so ein unvollständiges Häkchen.«

Er greift in die Tasche, holt einen Filzstift hervor und hält ihn zwischen die Stäbe. »Mal es mir an.«

Ich schraube die Kappe vom Stift, nehme seine Hand, die er mir entgegenstreckt, spreize seine Finger und zeichne vorsichtig das J an, das ich bei Ivan gesehen habe. Ich kann nicht behaupten, dass es mir gut gelingt, und auch in Kojotes Blick lese ich eine gewisse Skepsis ab. Dann seufzt er und sagt:

»Das muss genügen. Ich komme jetzt rein. Wir treffen uns an der Blautanne da drüben. Dann gehen wir gemeinsam wieder raus. Mach, was ich dir sage.«

Ich nicke, nicke, nicke.

Er löst sich vom Zaun, geht an der schweigenden, stehenden Menge vorbei, nähert sich dem Tor und den bewaffneten Freaks. Er macht ein kurzes Handzeichen, ein unauffälliges Spreizen der Finger, und sie treten beiseite, um ihn durch die kleine Seitentür durchzulassen.

Dann löse ich mich vom Zaun und renne los, in die Tiefe, zu der Blautanne, die im Moment noch alles andere überragt.

»Warum tust du das für mich?«, frage ich, als ich ihn da stehen sehe. »Du riskierst dein Leben. Sie sehen so friedlich aus, aber sie meucheln jeden ab, der gegen sie ist.«

»Du täuschst dich. Sie sehen alles andere als friedlich aus.« Er drückt mich fest an sich, ich sehe überrascht zu ihm hoch, aber er schaut geradeaus.

»Wir werden zusammen durch die Drehtür gehen. Sie ist ein Stück weiter weg und wird kaum bewacht, weil man durch sie nur rausgehen kann. Mach keinen Mucks, klammer dich an mich, als wäre ich das Einzige, was dir noch geblieben ist, und stell all die Fragen später.«

Das muss er mir nicht zweimal sagen.

Es ist fast schon lächerlich, wie schnell es uns gelingt. Die Drehtür lässt uns raus und schlägt uns, weil wir zu zweit nicht schnell genug durchkommen, zum Abschied kräftig auf den Rücken. Kojote will mich wegführen, aber ich bleibe stehen.

»Ich will mir noch mal die ansehen, die auf mich warten«, sage ich.

In seinem Gesicht steht ganz klar geschrieben, dass er mich für irre hält.

»Mich erkennt keiner«, verspreche ich. »Guck dir dieses Mädel auf dem Plakat an, guck mich an. Ich sehe dir ähnlicher als ihr.«

»Du irrst dich«, sagt er.

»Bitte, Kojote«, sage ich. »Ich brauche das.«

Er beißt die Zähne zusammen. Dass er nichts mehr sagt, halte ich für Zustimmung. Ich habe meinen Arm immer noch um ihn geschlungen, als ich mich der schweigenden Menge nähere.

»Willst du dich dazustellen?«, flüstert Kojote in mein Ohr. »Soll die gute Phee auch dich erlösen?«

»Halt den Mund«, flüstere ich zurück. »Sonst erlöst sie *dich.*«

Ich denke, ich habe genug gesehen, als ich sie entdecke.

Sie stehen dicht nebeneinander, aber ohne sich zu berühren. Er deutlich größer, aber mit gebeugtem Rücken und herunterhängenden Schultern. Sie klein, aber aufrecht, der silbern glänzende Kopf gibt ihr etwas Freakiges. Sie halten nichts in den Händen, keine Blumen, kein Porträt, keine Kerze, keinen Brief. Sie schauen einfach nur in die gleiche Richtung, auf das Haus.

»Siehst du sie auch, Kojote?«, flüstere ich.

Daran, wie er aufstöhnt, merke ich, dass er sie sehr wohl sieht.

Bevor er es schafft, mich zurückzuhalten, löse ich mich von ihm. Ich arbeite mich zu Ingrid und Reto durch, höre empörte Rufe, einer schlägt mich sogar mit einer Fackel, die wenigstens nicht mehr brennt. Die Menge erwacht aus ihrer Starre, kommt in Bewegung. Nur Ingrid und Reto regen sich nicht, bis ich Ingrid am Ärmel berühre und meine Kapuze vom Kopf werfe.

Sie dreht sich zu mir um. Dann werden ihre Augen groß. Sie schaut zu Reto auf, deutet dabei auf mich, ihr Mund geht auf und zu wie bei einem Fisch.

»Lauft schnell weg«, flüstere ich. »Hier gibt es nichts, worauf es sich zu warten lohnt.«

Sie sehen sich an, dann wieder mich. Ingrid macht einen

Schritt auf mich zu und setzt mir blitzschnell die Kapuze wieder auf.

»Du bist wirklich auferstanden«, sagt sie.

»Nein«, sage ich genervt. »Ich war nicht wirklich tot. Es ist egal. Habt ihr noch ein Zuhause? Oder wollt ihr mit in den Wald?«

Ingrid wischt mir irgendwas vom Gesicht.

»Wir waren es nicht«, sagt sie. »Wir haben die Polizei nicht gerufen. Ich habe es in deinem Gesicht gesehen, dass du das dachtest.«

»Ich weiß, dass ihr das nicht wart«, sage ich schnell. »Das ist unwichtig. Geht ihr jetzt mit oder nicht?«

»Wir sind normal«, sagt Ingrid würdevoll. »Geh du in den Wald. Sag deiner Mutter...«

»Was?«

»Ach«, sagt Ingrid. »Sag ihr nichts.«

Kojote hat es zu mir geschafft und zieht mich an den Schultern zurück.

»Geht nach Hause!«, flüstere ich heiser meinen Großeltern zu. »Bitte!« Kojote zerrt mich davon und die Kapuze rutscht mir erneut vom Kopf, eine ältere Frau, die neben mir steht, fährt mir mit dem Ellbogen in die Seite und plötzlich schreit sie los: »Das ist sie! Sie ist hier! Die Phee ist hier!«

Es entsteht ein wildes Durcheinander aus Armen, Händen, die sich an mir festklammern, Menschen, die sich zu mir durchdrängeln wollen, die mir ihre Bitten zuschreien, während Kojote versucht, ihre Finger von meinen Klamotten zu lösen.

Sie reißen mich ja wirklich in Stücke, denke ich.

Dann höre ich Ingrids Stimme vom anderen Ende des Pulks: »Nein, sie ist hier! Die richtige Phee ist hier drüben!«

Sofort lässt der Druck nach, die Finger lösen sich und die Masse strömt weg von mir, auf Ingrids Stimme zu. Kojote packt mich an der Hand und treibt mich vorwärts, wir treten auf runtergefallene Transparente, meine Porträts, irgendwelche Fläschchen, und ich fürchte, auch auf Hände und Füße. Die Freak-Wachen am Eingang schreien die Menge an und dann höre ich auch das bereits vertraute Zischen der Sprühdosen.

»Weg von hier, ins Dunkle, je weniger Licht, desto besser«, ruft mir Kojote zu und ich renne und renne, bis mir die Beine wegknicken und die Sicht komplett verschwimmt.

»Ich habe es satt, die Gejagte zu sein«, schluchze ich, während Kojote neben mir hockt. »Ich kann schon die ganze Zeit keinen Schritt machen, ohne dass irgendjemand mich einfangen will, um mich ins Gefängnis zu werfen, zu töten oder von mir gerettet zu werden.« Jetzt, wo ich jemanden habe, der mir zuhört, kann ich gar nicht mehr aufhören zu jammern. Wahrscheinlich habe ich mich zu lange zusammengerissen. »Ich will meine Ruhe haben und mich endlich erholen. Ich will meine Familie zurück. Ich will in den Wald.«

»Kannst du haben«, sagt Kojote. »Der Wald ist schon da.«

»Wie – schon da?«

»Guck dich doch um.« Er deutet über die Straße. »Die Normalität hat den Kampf aufgegeben. Die Freaks feiern sich und sehen sich durch den Wald bestätigt. Sie denken, er ist auf ihrer Seite.«

»Wie kann man nur so dumm sein?« Ich wische mir die Tränen aus dem Gesicht. »Davon auszugehen, dass der Wald auf der Seite von irgendwelchen bekloppten Revoluzzern ist? Guck, meine Mutter ist ein Kind des Waldes, ich bin angeblich der wandernde Zugang – und trotzdem wäre ich niemals so dreist zu behaupten, dass der Wald auf meiner Seite ist.«

»Ist er aber«, sagt Kojote. »Als du ins Dementio gekommen bist, haben sich die Dinge überschlagen. Und es war der Wald, der der Normalität den Todesstoß versetzt hat, nicht die Freaks.«

»Aber schlau von denen, ihn zu einem Verbündeten zu erklären.«

»Kommt drauf an«, sagt Kojote. »Wenn sie es ernst meinen, sind sie in noch größerer Gefahr. Der Wald macht sie als Nächstes platt.«

Als er das sagt, fällt mir auf, dass er sowohl meine Bemerkung, meine Mutter sei ein Kind des Waldes, als auch, dass ich ein lebendes Quadrum bin, ohne mit der Wimper zu zucken geschluckt hat.

»Moment«, sage ich. »Wieso wunderst du dich überhaupt nicht?«

»Worüber soll ich mich wundern?«, fragt er müde, seine Hand um meine geschlungen, aber diesmal komme ich mir nicht gefangen vor, sondern gehalten.

»Du weißt sehr viel über den Wald.«

Er zuckt mit den Schultern.

»Woher, Kojote? Wer hat dir all die Dinge erzählt, die sonst niemand weiß? Warum bist du so schlau?«

»Jeder weiß diese Dinge«, sagt Kojote.

»Aber niemand redet darüber.«

»Das ist Quatsch, was du da erzählst, Babyfuß. Jeder redet darüber. Und du hast es auch schon tausendmal gehört. Man erzählt sich die Sachen weiter, wenn es dunkel wird, abends beim Feuer ...«

»Aber es wird doch so viel Mist erzählt«, versuche ich, mich zu verteidigen. »Wenn alles, was man so aufschnappt, wahr wäre ... Das geht doch auch einfach nicht. Vieles widerspricht sich schlicht.«

»Stimmt«, sagt Kojote.

»Also, wie trennst du die Spreu vom Weizen?«

»Geht von allein.« Plötzlich lächelt er und seine verschwitzte Stirn glättet sich dabei. »Bei manchen Erzählungen spürt man, dass da was dahintersteckt. Ich habe dann das Gefühl, ich bin gemeint. Und es zieht irgendwo hier.« Er legt sich die Hand auf die Brust.

»Du lässt dich von deinem Herzen leiten?«, frage ich spöttisch.

»Nein«, sagt er. »Von Fachbüchern. Und er holt unter seiner Jacke ein Buch hervor, das mir so bekannt vorkommt, dass ich mir mit flacher Hand auf die Stirn schlage.

»Ich bin so blöd«, stöhne ich. »Ich hatte stundenlang die Bücher über Pheen gewälzt. Aber dieses, das wichtigste, habe ich liegen lassen.«

»Ich leihe es dir aus«, sagt Kojote. Sein Exemplar der gesammelten urbanen Horrorgeschichten über Pheen ist deutlich zerfledderter als das, was ich in der Bibliothek der Villa gesehen habe.

Ich nehme es ihm aus der Hand und blättere es durch.

Von der Phee, die ihren Nachbarn aufgefressen hat

Von der Phee, die eines Nachts einen jungen Mann unter ein Auto lockte

Von dem Mann, der plötzlich herausfand, dass nicht nur seine Frau, sondern auch seine Tochter Pheen sind. Er und sein kleiner Sohn wurden bei Vollmond umgebracht und ihr Blut ist in die Erde geflossen

Von der Phee, die ihr Kind im Dementio kriegte und dem man die Flügel abgeschnitten hat

»Wie lange hast du es schon?«, frage ich.

Kojote lächelt. »Seit ich ganz klein bin. Ich habe es als Kind vorgelesen bekommen. Aber *mir* hat die Geschichte von dem geflügelten Mädchen keine Angst gemacht. Ich war fest überzeugt, dass ich sie eines Tages treffen werde.«

»Du bist doch hoffentlich kein Romantiker?«, frage ich misstrauisch.

»Um Gottes willen«, wehrt Kojote entsetzt ab.

Epilog

Es war ganz leicht, in den Wald zurückzukommen. Ich habe herausgefunden, dass es ein einziger Gedanke ist, der alles umschalten kann. Das Einzige, was ich tun musste, war, mich zu konzentrieren. Ich bin in das Haus meiner Familie zurückgekehrt und diesmal habe ich nicht mehr das Gefühl, fehl am Platz zu sein.

Wieder sitze ich im Haus, immer noch erschlagen von dem, was ich hinter mir habe. Die Stimmen der anderen hallen durch den Wald. Sie scheinen zu denken, dass ich gern allein bin, um mich zu erholen. Manchmal trifft es zu, manchmal allerdings fehlen sie mir schon, wenn ich sie nicht in meiner unmittelbaren Nähe habe.

Ich beobachte meine Mutter beim Beerensammeln, Kochen und Kräutersortieren und frage mich, ob ich ihr immer ähnlicher werde. Ich frage sie nicht, warum ich das Gesicht des Anstaltsleiters habe. Ich zweifle inzwischen daran, dass es wirklich der Fall war. Vielleicht kam es mir einfach nur so vor, weil ich nicht mehr die Kontrolle über meine Sinne hatte. Ich frage sie nicht nach Ivans Vater. Wenn ich ein lebendiges Quadrum bin, ist meine Mutter ein wanderndes Geheimnis.

Ich habe einen Vater, denke ich. Er hat vor mir gelebt und

wird auch mich überdauern. Er hat mich bestraft und mir auch wieder verziehen. Er kann nicht anders, weil ich ein Teil von ihm bin. Es ist der Wald.

Wenn mir alles gerade so egal ist, sage ich zu meiner Mutter, dass ich vielleicht doch eine Phee bin. Dann lacht sie und sagt, Nein, so etwas wie mich hat es noch nie gegeben.

Die anderen Pheen sollen auch hier im Wald sein, aber meist sieht man sie nicht. Sie sind so mit sich selbst beschäftigt, dass sie kaum Gesellschaft brauchen. Manchmal trinken sie Tee bei meiner Mutter und schauen zu, wie ich mit der Schlange spiele oder einen kleinen schwarzen Vogel, der ab und zu vorbeiflattert, aus der Hand füttere. Dann wird Zero eifersüchtig, aber ich kann es nicht jedem recht machen.

Dass Kojote auch hier ist, scheint die anderen Pheen zu irritieren. Meine Mutter sagt, er gehöre eben zu mir. Ich widerspreche nicht. Und denke oft, so etwas wie ihn hat es auch noch nie gegeben.

Der Wald ist groß genug, dass man sich nicht ins Gehege kommt. Nach dem Tee gehen die anderen Pheen wieder und wir bleiben wieder unter uns.

Nur manchmal denke ich, dass der Wald auch zu eng werden kann. Jedenfalls scheint er das für das kleine Kind mit den Verbänden zu sein, das es sich zu seiner schlechten Gewohnheit gemacht, bei uns aufzutauchen. Inzwischen habe ich den Verdacht, dass es nicht wegen meiner Mutter und auch nicht meinetwegen kommt. Es kommt wegen Kojote. Es hat einen Narren an Kojote gefressen und langweilt sich ohne ihn. Es ist vor allem Kojotes Schuld: Er liest dem Kind vor, spielt mit ihm und kitzelt es ausgiebig.

»Hör auf, so nett zu ihr zu sein«, sage ich. »Sonst haben wir hier nie unsere Ruhe. Sei lieber nett zu mir.«

Und er küsst mich und sagt, er wisse manchmal eben nicht, welche von uns die Richtige sei.

Alina Bronsky

Als Hörbuch bei Arena audio

Spiegelkind

Im Leben der 15jährigen Juli ist alles geregelt. Auffallen ist gefährlich, wer der Norm nicht entspricht, wird verfolgt. Doch dann verschwindet Julis Mutter plötzlich spurlos und der Vater zittert vor Angst. Nach und nach kommt Juli hinter das Geheimnis ihrer Familie: Ihre Mutter ist eine der wenigen Pheen, die wegen ihrer besonderen Fähigkeiten in der Gesellschaft der totalen Normalität gefürchtet und verachtet werden. Gehört auch Juli bald zu den Ausgestoßenen? Zusammen mit ihrer neuen Freundin Ksü und deren Bruder Ivan macht sie sich auf eine gefährliche Suche – nach der verschwundenen Mutter, der verbotenen Welt der Pheen und der Wahrheit über sich selbst.

Arena

304 Seiten • Gebunden
ISBN 978-3-401-06798-8
www.spiegel-trilogie.de

Antje Babendererde

Julischatten

Sim heißt eigentlich Simona und will um jeden Preis auffallen. Und das tut sie wie ein bunter Hund im Reservat Pine Ridge im Nordwesten der USA, mit ihren merkwürdigen kurzen Haaren, ihren verrückten Klamotten und dem schiefen Lächeln. Doch als sie die unzertrennlichen Freunde Jimi und Lukas kennenlernt, ändert sich etwas für sie. Denn der blinde Lukas zeigt ihr eine ganz neue Sicht auf die Welt und auf sich selbst. Und in den attraktiven Jimi verliebt sie sich Hals über Kopf. Doch die Dinge in Pine Ridge sind nicht so, wie sie scheinen. Während sich die Ereignisse überschlagen, die ihrer dreier Leben für immer verändern sollen, muss Sim erkennen, dass sie sich für einen der beiden Jungen entscheiden muss. Für Lukas oder für Jimi.

Arena

480 Seiten • Gebunden
ISBN 978-3-401-06589-2
www.arena-verlag.de

Holly Goldberg Sloan

Sam und Emily

Kleine Geschichte vom Glück des Zufalls

Sam Border ist immer auf der Flucht. Wenn es einen Gott gibt, dann hat der schon vor langer Zeit beschlossen, ihn im Stich zu lassen. Emily Bell sammelt die Geschichten anderer Menschen. An nichts glaubt sie so fest wie an das Schicksal. Als Sam und Emily einander zum ersten Mal begegnen, wissen sie, dass sie zusammengehören. Doch das Schicksal ist launisch. Die eigene Vergangenheit lässt sich nicht so einfach abschütteln. Und Glück und Unglück liegen nah beieinander.

Arena

432 Seiten • Gebunden
ISBN 978-3-401-06518-2
www.arena-verlag.de